RENAISSANCES

6 HISTOIRES QUI RÉINVENTENT LE MONDE

Ce livre accompagne l'exposition *Renaissances*, présentée à la Cité des sciences et de l'industrie du 15 juin 2021 à mars 2022, qui s'inscrit dans la ligne éditoriale « Société-Science. Les mutations de notre monde » traitant des évolutions de la science et de la technologie et de leur impact sur nos vies. Dès le 18 février 2021, une version numérique sera accessible sur le site Internet de la Cité des sciences et de l'industrie, à l'adresse : **cite-sciences.fr/renaissances**

Bénéficiez d'un tarif réduit pour visiter l'exposition et sa version numérique : voir les modalités p. 323 du livre.

Éditions SYROS
92, avenue de France, 75013 Paris
ISBN : 978-2-74-852727-8

Loi n° 49-956 du 16 juillet 1949
sur les publications destinées à la jeunesse,
modifiée par la loi n° 2011-525 du 17 mai 2011.

Mise en pages : DV Arts Graphiques à La Rochelle
Dépôt légal : janvier 2021

ANTHOLOGIE

DIRIGÉE PAR DENIS GUIOT

RENAISSANCES

6 HISTOIRES QUI RÉINVENTENT LE MONDE

NADIA COSTE · FLORENCE HINCKEL

CHRISTOPHE LAMBERT · YVES GREVET

NATHALIE STRAGIER · JÉRÔME LEROY

Préface de Denis Guiot • Postface de Roland Lehoucq

cité

SYROS sciences et industrie

PRÉFACE

Nous autres, civilisations, nous savons maintenant que nous sommes mortelles.

(Paul Valéry, « La Crise de l'esprit », *La NRF*, 1er août 1919)

Tout au long de l'Histoire, bien des civilisations ont disparu, pour des raisons diverses (conflits, catastrophes naturelles), voire inconnues : citons, entre autres, les Anasazis, peuple amérindien qui occupait le sud-ouest des États-Unis, évanoui bien avant l'arrivée de Christophe Colomb, les habitants de l'île de Pâques ou encore l'Empire khmer...

C'est aux lendemains de l'effroyable carnage que fut la Grande Guerre que le poète Paul Valéry écrivit les lignes ci-dessus. Un siècle après, cette réflexion est plus que jamais d'actualité, même si le contexte a changé. Notre société est gaspilleuse, inégalitaire, superficielle et égoïste. Placée sous le triple danger du dérèglement climatique, de l'épuisement des ressources et de l'extinction des espèces, elle est menacée par ce que la collapsologie[1] nomme : Effondrement.

---

1. La collapsologie, terme inventé par Pablo Servigne et Raphaël Stevens en 2015 (d'après le verbe « to collapse », s'effondrer en anglais), est un courant d'idées qui s'intéresse aux risques d'effondrement de la civilisation industrielle.

La science-fiction n'a eu de cesse de tirer la sonnette d'alarme, dans de nombreux romans-catastrophes et post-apocalyptiques, du *Troupeau aveugle* de John Brunner[2] à *Aqua™* de Jean-Marc Ligny[3], sans oublier les cauchemars surréalistes de James Graham Ballard[4]. Dans sa préface à l'anthologie *Demain la Terre*[5], le prospectiviste et écrivain scientifique Joël de Rosnay appelait de tous ses vœux la transformation de l'égocitoyen en écocitoyen « car le futur n'attend pas ». Mais accusée de jouer les Cassandre[6], la science-fiction prêchait quasiment dans le désert.

Et puis le coronavirus est apparu, confinant l'humanité, mettant l'économie mondiale sur Pause, donnant au mot « Effondrement », jusque-là plus ou moins abstrait, une signification immédiate et redoutable.

Le monde découvrait avec stupeur que la réalité dépassait la fiction !

Simple avertissement ou avant-garde d'un bouleversement civilisationnel majeur, l'épidémie de Covid-19

---

2. *Le Troupeau aveugle* de John Brunner (Le Livre de Poche, 1972).
3. *Aqua™* de Jean-Marc Ligny (L'Atalante, 2006).
4. *Le Monde englouti* (« Folio SF », 1962), *Le Vent de nulle part* (Pocket, 1962) *Sécheresse* (« Folio SF », 1964) et *La Forêt de cristal* (« Folio SF », 1966).
5. Anthologie dirigée par Denis Guiot, préface de Joël de Rosnay. Sommaire : Jean-Pierre Andrevon, Jean-Pierre Hubert, Christophe Lambert et Danielle Martinigol (Mango, collection « Autres Mondes », 2003).
6. Le syndrome ou complexe de Cassandre désigne les situations où l'on ne croit pas à des avertissements ou préoccupations légitimes, que l'on peut également choisir d'ignorer. L'expression, tirée de la mythologie grecque, fait référence à Cassandre, qui reçoit d'Apollon le don de prophétie. Se refusant à lui, elle sera incapable de convaincre autrui de la validité de ses prédictions.

a provoqué une rupture entre le Monde d'Avant et celui d'Après, mais à condition de saisir l'occasion qui nous est offerte, l'occasion de changer de société, de briser la prison de notre conditionnement, l'occasion de s'ouvrir à l'entraide, cette autre « loi de la jungle », selon les chercheurs indépendants Pablo Servigne et Gauthier Chapelle[7], l'occasion de faire preuve d'audace et d'imagination en pensant et agissant autrement.

On a souvent reproché à la science-fiction ses visions pessimistes de lendemains qui déchantent (dystopies, romans post-apocalyptiques). Mais c'est oublier, comme le fait remarquer l'écrivain Ray Bradbury, auteur entre autres du roman *Fahrenheit 451*[8] où les pompiers du futur ont pour mission de brûler les livres, que « la science-fiction cherche à prévoir l'avenir, non pour le connaître, mais pour l'empêcher ».

Il est *évidemment* toujours nécessaire d'insister sur les menaces qui pèsent sur notre civilisation, mais il est devenu tout aussi impératif de transmettre en lettres capitales un message d'espoir.

La science-fiction est le partenaire idéal de cette grande aventure. En utilisant la pensée spéculative (le fameux « Et Si ? ») et la puissance de l'imaginaire, elle développe une nouvelle qualité de l'attention, apprend à reformuler les questions et permet de s'ouvrir au changement.

---

7. *L'Entraide, l'autre loi de la jungle*, de Pablo Servigne et Gauthier Chapelle (Éditions Les Liens qui libèrent, 2019).
8. *Fahrenheit 451* de Ray Bradbury (« Folio SF », 1953).

Cette anthologie prolonge de manière totalement inédite l'exposition *Renaissances* à la Cité des sciences et de l'industrie[9]. Elle n'a pas pour but de se projeter loin dans le futur ou de disserter sur des utopies complexes et théoriques. Résolument ancrée dans les prochaines décennies, elle se propose de raconter des histoires vivantes, concrètes et optimistes, où des personnages comme vous et moi, lecteurs et acteurs d'aujourd'hui et de demain, osent l'espoir militant, refusent le piège de l'individualisme, prônent le respect du Vivant, défrichent des nouveaux chemins – apparemment modestes, certes, mais qui sont autant de pistes pour esquisser la carte du futur.

Six grands noms de la science-fiction échafaudent des univers possibles, à portée de main, qui sont autant de raisons de croire en l'avenir, en un avenir désirable.

Vous ferez ainsi la connaissance de Violette qui découvre qu'on peut transformer Paris en un étonnant potager, d'Agnès qui se bat pour insuffler l'Art dans notre quotidien, de Yüna et Karl qui défendent l'éolienne communautaire contre des pirates, de Gwen qui comprend que le Net peut être un obstacle à l'accomplissement d'une vie, de Sofia, à la santé fragile, qui cherche à s'évader d'une ferme tenue par des survivalistes, et des habitants de la Douceur qui vivent dans un monde ayant banni la notion de propriété…

9. Produite par Universcience, l'exposition *Renaissances* est présentée à la Cité des sciences et de l'industrie du 15 juin 2021 à mars 2022.

Que ces personnages de fiction vous accompagnent dans vos rêves d'une société solidaire plus juste et plus humaine et vous aident à bâtir le Monde d'Après, un Monde à hauteur d'individu, un Monde où la Vie prendra alors tout son sens : celui de Demain.

Denis Guiot

Promoteur et spécialiste de la science-fiction pour la jeunesse, **Denis Guiot** a lancé en 1996 chez Hachette la collection « Vertige SF » (qu'il dirigera pendant quatre ans), puis créé et dirigé à partir d'octobre 2000 la collection de référence « Autres Mondes » chez Mango (47 titres de 2000 à 2007) et aussi développé le concept *Young Adults* chez Intervista en collaboration avec Constance Joly-Girard (collection « 15-20 »).
En mai 2008, il crée la collection « Soon » pour les éditions Syros et, en janvier 2010, réalise un vieux rêve : faire lire de la science-fiction aux enfants dès 8 ans avec la collection « Mini-Soon » !
Il a été aussi critique littéraire (*Phosphore*, *Fiction*, etc.), anthologiste, auteur de deux dictionnaires sur la SF, formateur et créateur en 1982 de la catégorie Jeunesse du Grand Prix de l'Imaginaire... Et, enfin, enseignant dans un univers parallèle.

SOLANGE DE PARIS

NADIA COSTE

J'ai rencontré Solange pendant le premier confinement. J'étais étudiante en vente et marketing, isolée dans mon petit appartement en banlieue parisienne, loin de ma famille en province. Nos profs, pensant nous occuper, nous ont lancé des défis en lien avec notre filière pour profiter de la période comme d'un stage de terrain. Nous devions leur envoyer le résultat de nos actions : vraies ou fausses affiches publicitaires, renfort des équipes dans les commerces alimentaires près de chez nous, tout était possible. Dès les premiers jours, tourner en rond, seule, chez moi, m'a donné l'impression que j'allais devenir folle, alors j'ai très vite cherché à me rendre utile. Je me suis portée volontaire pour faire les courses des personnes âgées de l'immeuble. J'ai créé une affiche selon les recommandations de mes profs, et je l'ai placée près des boîtes aux lettres. Les consignes étaient claires : ceux qui le souhaitaient pouvaient m'appeler, convenir d'un rendez-vous pour me remettre leur liste, et je me chargerais du reste.

Munie de mon attestation de sortie, mon masque, mes gants et d'un caddie à roulettes façon mémé, je me suis mise à sillonner les rayons du supermarché le plus proche pour dénicher le papier toilette, les packs d'eau, et tout ce que les vieux estimaient comme étant de première nécessité. J'ai ainsi appris que madame Rodriguez, au troisième, ne pouvait se passer de chocolat noir 70 % de cacao, que monsieur Berger, au cinquième, pressait des oranges pour son petit déjeuner, et que monsieur et madame Vanier, au quatorzième, avaient une consommation de fromage assez hallucinante.

Je déposais les sacs devant leur porte, sonnais pour signifier mon passage, puis reculais dans le couloir afin de respecter au moins deux mètres de distance. Bien souvent, lorsqu'ils ouvraient la porte, un grand sourire éclairait leur visage. Je pouvais le voir même sous leur masque de fortune, écharpe ou foulard bricolé.

– Violette, tu es le rayon de soleil de cette journée !

Mes voisins étaient avides d'échanges, d'un peu d'humanité dans leur isolement. Je ne pouvais jamais repartir aussitôt, il fallait au moins discuter dix minutes, même si les sujets tournaient toujours autour de la même chose : les rayons des supermarchés pris d'assaut, les caissières en première ligne et leurs conditions de travail difficiles, les dernières nouvelles apprises à la télé, des banalités... mais plus personne ne parlait de la météo, ce qui était quand même une avancée significative dans la sociabilisation des gens de l'immeuble. On parlait de nos proches, nos amis. Qui était touché, qui était à risque. Certains s'inquiétaient pour leurs enfants, leurs petits-enfants, un cousin hospitalisé, ou une nièce médecin qui racontait la réorganisation de son service, sa fatigue, le manque d'équipements.

La troisième semaine, madame Chaize m'a demandé non pas de faire ses courses, mais de livrer pour elle un stock de masques qu'elle avait cousus pour l'hôpital. J'ai tout de suite pensé à l'un de mes camarades de classe, Djalil, dont le père anesthésiste travaillait là-bas. Pour son « stage », Djalil avait fait un super boulot de bouche à oreille afin de trouver du tissu et des élastiques, puis fédérer des couturières pour dépanner l'hôpital en masques et en blouses. On s'est arrangés pour se retrouver un jour devant le supermarché.

Pas de bises, juste des regards mi-amusés, mi-gênés derrière nos masques. Le mien m'avait été envoyé par ma sœur, archéologue, qui en avait un petit stock pour ses fouilles. Celui de Djalil, cousu maison dans un tissu wax, lui donnait l'air d'un guerrier du Wakanda. Se voir comme ça nous a donné l'impression de vivre hors du temps. Ce nouveau quotidien ne pouvait pas entrer dans la normalité.

– Tu tiens le coup ?

– Pour l'instant, ça va. Et toi ?

– Ouais.

– Courage.

– Toi aussi.

Et le paquet a changé de mains.

Même si on avait envie de parler, on ne voulait pas risquer d'échanger des microbes.

C'est lorsque je suis rentrée de ce rendez-vous que Solange m'a contactée. Bien sûr, à l'époque, elle s'est présentée avec son nom de famille...

– Allô ? C'est vous qui faites les courses pour les vieux de l'immeuble ?

Sa voix était un peu sèche, comme si elle était fâchée. Instinctivement, je lui ai donné pas loin de quatre-vingts ans, mais sa franchise m'a tout de suite amusée.

– Oui, madame. Je m'appelle Violette, j'habite au quinzième.

– Peu importe. Vous pouvez faire mes courses ? Même si elles sont un peu... spécifiques ?

– Bien sûr.

Qu'est-ce qu'elle allait me demander ? Ça ne pouvait pas être pire que la litière et les dix kilos de croquettes pour chat qui m'avaient cassé le dos la veille !

– Je suis au 8 B. Solange Pointerau. Demain matin, c'est bon pour vous ?

Nous avons convenu d'une heure, et elle a raccroché. Je n'aurais jamais pensé que de cet échange aussi simple et froid allait naître une relation qui me tient tellement à cœur aujourd'hui.

Quand je suis arrivée, le lendemain matin, devant l'appartement 8 B, il y avait une enveloppe scotchée sur la porte. *Pour les courses.*

J'ai hésité à sonner. Puis j'ai ouvert l'enveloppe. Il y avait la liste, et quelques billets. Plutôt une preuve de confiance. D'habitude, la première fois, je me faisais payer à la livraison, pour que les petits vieux ne pensent pas que j'allais me tirer avec leur fric sans revenir avec leurs courses.

Dans l'ascenseur, j'ai pris connaissance de la liste et de ce qu'elle avait de si particulier.

Champignons de Paris
Endives de Paris
Brocoli de Paris
Salade de Paris
Tomates de Paris
Fraises de Paris
Miel de Paris
6 litres de lait entier

J'ai souri en me demandant pourquoi le lait n'était pas « de Paris », lui.

À cet instant précis, madame Pointerau me semblait originale, et peut-être un peu folle, mais quelle personne âgée n'avait pas ses manies ?

Je suis allée au supermarché en répartissant les courses des différents habitants dans des sacs de couleur pour les identifier.

Les rayons avaient été approvisionnés récemment et, même si certains consommateurs se jetaient encore sur les pâtes, le pain de mie ou la farine, globalement, les gens avaient arrêté de stocker par peur de manquer. J'ai trouvé tout ce que mes voisins réclamaient, ou des équivalents lorsqu'il manquait leur marque préférée.

Au rayon fruits et légumes, j'ai eu une pensée particulière pour madame Pointerau en choisissant une barquette de champignons de Paris frais. Les endives venaient de Normandie, j'ai dû prendre du brocoli bio pour qu'il soit d'origine française (les autres venaient d'Espagne), la salade et les tomates avaient le drapeau tricolore, quant aux fraises, j'ai choisi celles de Carpentras, parce qu'elles sentaient très bon. J'imaginais que la mention systématique « de Paris » signifiait que ma voisine voulait manger local, au maximum.

J'ai passé beaucoup trop de temps devant les pots de miel en lisant toutes les étiquettes, jusqu'à en trouver un bien français pour faire plaisir à ma nouvelle cliente. Bon, il venait de Charente-Maritime, mais c'était ce que je pouvais proposer de mieux à « Solange de Paris ».

J'avais quand même envie qu'elle soit contente.

Après avoir livré mes autres voisins, j'ai posé les courses sur son palier et j'ai sonné. Elle m'attendait sans doute derrière la porte car elle a ouvert avant que je puisse respecter la distance de sécurité réglementaire. J'ai fait un bond en arrière et j'ai bredouillé :

– Bonjour, je suis Violette et…

– Oui, oui.

Elle ouvrait déjà les sacs pour vérifier les courses. Petite et menue, elle ne portait ni gants ni masque. Ses cheveux aux racines blanches formaient un halo flou tout autour de sa tête. Le jean qu'elle portait la faisait paraître plus jeune, mais son visage marqué confirmait qu'elle avait plus de soixante-dix ans. Son pull noir – que ma grand-mère aurait appelé un chandail – était décoré d'une grosse broche colorée.

– C'est n'importe quoi, a-t-elle grommelé en découvrant mes choix.

Elle a levé les yeux vers moi, et leur lueur féroce m'a fait faire un nouveau pas en arrière. J'ai tenté de me justifier :

– C'est tout ce qu'il y avait au supermarché… J'ai pris ce qui venait de France, mais je n'ai pas trouvé des appellations de Paris !

Je n'avais pas du tout envie de me moquer de ses manies à cet instant précis.

– Au supermarché ? a-t-elle repris, toujours fâchée. Forcément. Enfin, le lait, ça va. Merci.

Son ton ne gagnait pas en chaleur pour autant.

– Je vous ai laissé la monnaie dans l'enveloppe.

Quelque chose me disait qu'elle ne ferait plus jamais appel à moi et une grande sensation d'échec me gagnait.

– Si vous avez besoin d'autre chose…

– Ça ira.

Elle a rentré les courses. J'ai aperçu une lumière rose qui provenait d'une des pièces de son appartement. La cuisine, si les plans étaient similaires au mien. C'était étrange. À la fois artificiel, comme un néon, et pourtant organique. J'aurais pu jurer qu'un coucher de soleil nimbait l'intérieur de la pièce.

Solange Pointerau a surpris mon examen de la lumière, et quelque chose a changé dans son regard. Je ne sais pas si je l'amusais, si elle avait pitié de moi, ou autre chose, en tout cas, elle s'est finalement adoucie.

– Il y a mon composteur à porter. Il ne déborde pas encore, mais ça m'aiderait bien…

Un composteur ? Ici ? Dans notre barre d'immeubles ?

J'ai immédiatement visualisé celui de mon père, l'énorme boîte en bois au fond du jardin de la maison familiale.

– Euh…

– Ce n'est pas très loin. Il faut marcher, oh, peut-être dix minutes. Moi, ça me prend plus, mais vous, avec vos jeunes jambes, ça sera rapide.

Je n'avais pas envie de rester sur un échec, et puisqu'elle faisait un effort de son côté, le moins que je pouvais faire, c'était accepter.

– D'accord.

Solange a enfin souri, ce qui l'a soudain fait ressembler à une gerbille ou un hamster plutôt attendrissant. Elle a porté les sacs de course à la cuisine en laissant la porte ouverte. La lumière rose attisait ma curiosité. J'ai légèrement bougé pour mieux voir et j'ai aperçu une sorte de bac à fleurs futuriste. Un design arrondi, blanc, presque aseptisé, tout droit sorti d'un film de science-fiction, surmonté de deux bras piquetés de LEDs d'où venait la fameuse lumière rose. Des plantes vertes, brillantes, dépassaient du bac, douchées par la lumière qui a légèrement changé de couleur, tirant davantage sur le blanc.

Ma voisine est revenue au moment où j'imaginais qu'elle faisait pousser de la drogue dans sa cuisine.

– Voilà.

Elle m'a tendu un cube muni d'une poignée et j'ai avancé pour le lui prendre des mains, trop perdue dans mes pensées pour me rappeler de respecter une quelconque distanciation. Le composteur devait peser pas loin de cinq kilos. Il avait un couvercle, bien fermé, et un petit robinet sur le côté. Si elle m'avait dit que c'était une glacière pour le camping, je l'aurais crue.

– Où est-ce que je dois l'emmener ?

En quelques mots, elle m'a expliqué la direction, les points de repère, et les endroits où tourner. Je me suis sentie submergée d'informations.

– Ne vous inquiétez pas, m'a dit Solange. Une fois sur place, Quentin vous expliquera tout.

Et elle a fermé sa porte, me laissant là, avec sa poubelle de déchets organiques.

Après un coup d'œil à ma montre, je décidai de me débarrasser de la corvée au plus vite, d'une part pour ne pas empuantir mon appartement – bien qu'aucune odeur ne s'échappât pour l'instant du composteur –, d'autre part pour ne pas oublier les informations sur le chemin. J'aurais préféré que Solange me dessine un plan, mais il était trop tard pour cela.

Je repassai chez moi chercher une nouvelle attestation. Qu'est-ce que je pouvais cocher ? Ce n'était pas un déplacement pour des achats de première nécessité, et ça ne pouvait pas vraiment entrer dans la case *aide aux personnes vulnérables*. Je n'avais pas du tout envie de me prendre une amende pour une poubelle qui n'était même pas la mienne ! Je finis par choisir la case correspondant aux déplacements brefs, concernant l'activité physique, en espérant que les indications de Solange ne me conduiraient pas à plus d'un kilomètre de chez moi.

Une fois dans la rue, occupée à suivre le chemin donné par ma voisine, je me mis à imaginer n'importe quoi. Solange Pointerau était peut-être une trafiquante de drogue, qui faisait pousser de l'herbe dans sa cuisine, cachait de la coke dans son salon, et fabriquait de la méthamphétamine dans sa salle de bains ! Et elle se servait de moi comme mule pour transporter sa production à un dealer. Je ne voyais pas d'autre explication. Qui aurait un composteur en appartement, de toute façon ?

Peut-être que les rues vides amplifiaient ma paranoïa ? Toujours est-il qu'en tournant dans une ruelle déserte, je n'y tins plus : j'ouvris le couvercle du composteur.

Des épluchures de pommes, de pommes de terre, du marc de café, quelques feuilles de salade noircies…

La théorie sur ma voisine tombait à l'eau.

D'un bon pas, j'accélérai, persuadée d'avoir bientôt le fin mot de l'histoire. Et, effectivement, après moins d'un quart d'heure de marche, j'arrivai devant la palissade de ce qui ressemblait à un terrain vague. Une flèche, sur laquelle apparaissait le mot « compost », indiquait l'entrée.

Si la vieille avait voulu me conduire dans un traquenard, elle avait des complices et préparait son coup depuis longtemps. Il était donc beaucoup plus probable que des Parisiens possèdent réellement des composteurs dans leur appartement et qu'ils aillent tous les vider au même endroit, même si tout cela me dépassait.

Un panneau de consigne concernant les gestes barrières me rassura. Au moins, je n'arrivais pas dans une espèce de campement bobo un peu perché, et hors des problèmes actuels.

– Bonjour ! me lança une voix étouffée.

Un jeune homme se tenait à l'entrée d'un bâtiment préfabriqué qui ressemblait au bureau temporaire d'un chantier. Ce devait être le fameux Quentin mentionné par ma voisine.

– Je peux vous aider ? continua-t-il.

Il portait des gants épais, un masque de travaux, et des chaussures de sécurité. Mais son jean et son tee-shirt, plutôt décontracté, ne donnaient pas l'impression qu'il travaillait dans le bâtiment. Et il lui manquait un casque sur ses cheveux ébouriffés.

– Je… j'apporte le composteur de madame Pointerau, dis-je en désignant le cube auquel je m'accrochais.

– Madame Pointerau… Ah, Solange ! OK, super, viens par ici.

Le tutoiement soudain ne me dérangea pas car il semblait que Quentin et moi avions relativement le même âge. Il me dépassait d'une bonne tête, mais ses yeux souriants me faisaient oublier son masque. Je me détendis.

Il me fit entrer dans le bureau, où se trouvaient d'autres composteurs, vides et propres, et, dans un coin, une table munie de registres, ainsi qu'une balance.

D'un geste expert, il me prit le composteur des mains et le pesa avant de reporter la mesure sur son registre, en face du nom de Solange.

– J'ai juste besoin d'une petite signature, et ce sera bon, me dit-il en désignant une case du menton.

Par réflexe, je sortis mon propre stylo et obéis à la consigne, ajoutant *Violette Guillot, pour Solange Pointerau* près de ma signature, histoire que l'on ne m'accuse pas d'usurpation d'identité.

– Super… Violette, me dit Quentin en me souriant derrière son masque.

Et il me tendit un composteur vide.

– Tu es de la famille de Solange ?

– Non, euh, je suis sa voisine. Je lui donne un coup de main pendant le confinement.

– C'est sympa !

Je balayai sa réaction d'un geste de la main : je n'agissais pas pour la reconnaissance. Une pointe de culpabilité me pinça le cœur : est-ce que je l'aurais fait spontanément, sans les consignes de mes profs ? Je n'étais peut-être pas une si bonne personne que cela.

Maintenant que j'avais déposé mon fardeau, j'imaginais qu'on allait me ramener à la sortie, mais ma curiosité n'était toujours pas assouvie. Je voulais percer le mystère de ce qui se tramait ici.

– Dites… euh, dis-moi. Quentin, c'est ça ? Qu'est-ce que tu fais, avec le compost ? C'est peut-être idiot de ma part, mais madame… euh, Solange, ne m'a pas vraiment expliqué, et…

Les yeux du garçon s'éclairèrent.

– Tu n'as pas du tout entendu parler du projet ?

Je hochai la tête, un peu honteuse d'ignorer ce qui se passait aux limites de mon propre quartier.

– Viens avec moi.

Il m'indiqua de laisser le composteur vide au bureau et, transportant celui de Solange, il me conduisit à l'extérieur, derrière le petit bâtiment préfabriqué. Un homme et une femme travaillaient là, près de grandes cuves. Ils portaient des visières en plastique tenues par un élastique au niveau du front. Une odeur de sous-bois s'infiltra progressivement derrière mon masque.

– Donc, ici, on récupère le compost de tous les volontaires de l'arrondissement, m'expliqua Quentin. C'est encore assez expérimental, c'est sûr, mais on est en bonne voie de généraliser le ramassage. Faut juste que certains votent le budget, et qu'on puisse embaucher si ça prend.

Il remit le composteur à la femme, qui ouvrit le robinet au-dessus d'un seau pour extraire l'eau issue de la fermentation du compost. Des bouteilles de liquide verdâtre, posées sur le sol, montraient leur futur conditionnement.

– C'est un concentré d'engrais naturel ! me dit la femme avant de passer le composteur à un collègue, qui le vida dans un grand bac.

– On accélère la formation du compost avec un activateur bio, ajouta l'homme en versant un sachet de poudre dans le bac.

Quentin m'encouragea à avancer. L'homme que nous venions de quitter grimpait sur une échelle, une tige métallique à la main, pour brasser le contenu du bac. Pendant ce temps, la femme récupérait le composteur vide pour le laver et le désinfecter.

– Tu découvres un autre monde, pas vrai ? me dit Quentin, taquin.

Pas la peine de cacher ma surprise, tout ça était si étrange et nouveau pour moi ! Si je me tournais, je pouvais voir les immenses barres d'immeubles à l'horizon, les bâtiments des bureaux tout proches, et même la flèche d'une église coincée entre un hôtel et un cinéma. Le bruit des rares voitures qui circulaient me parvenait de loin. Pas de doute, on était toujours aux limites de Paris. Mais quand je pivotais et que mon regard s'arrêtait sur les palissades du terrain vague, je me sentais en pleine campagne.

– C'est dingue, répondis-je finalement, ce qui accentua l'amusement de Quentin.

– Et, attends, il y a mieux. Le cœur du projet : la Ferme Verticale !

Il me conduisit jusqu'à un bâtiment tout en hauteur qui ne payait pas de mine, vu de l'extérieur. Un container métallique, semblable à ceux conçus pour le transport des marchandises sur les bateaux, se trouvait au pied de ce que Quentin désignait comme la « Ferme Verticale ». Il frappa à la porte du container et, peu après, une femme en blouse blanche ouvrit.

– Désolé de te déranger, Myriam, lui dit mon guide. Je fais visiter.

Je me sentais comme une exploratrice sur une autre planète, qui dérangerait des aliens en plein travail. Quoique l'impression était peut-être renforcée par la combinaison blanche, le masque et la visière de ma nouvelle interlocutrice.

– Pas de souci, lui répondit Myriam.

Puis elle se tourna vers moi et désigna l'immense bâtiment tout proche.

– La Ferme Verticale doit rester semi-stérile, donc il n'y a que le personnel qui peut entrer. Mais comme tout le monde aime savoir comment ça marche, on a également cette version miniature pour le côté didactique.

Elle ouvrit la porte en grand, et j'aperçus la même lumière rose que chez ma voisine, mais à l'échelle du container. Des dizaines d'étagères s'alignaient, montant jusqu'au plafond. Sur chacune d'elles, toutes sortes de plantes poussaient, bien serrées. Je n'avais jamais rien vu de tel, et mon émerveillement soudain ravit mes guides.

– Tu peux faire un tour, m'encouragea Quentin.

Je me glissai entre les rayonnages, aussitôt impressionnée par la chaleur et l'humidité de l'endroit. Comme une serre 2.0. Partout, les LEDs colorées renforçaient cette impression futuriste, mais cette fois-ci, je ne pensais pas du tout à une exploitation de marijuana car de grosses tomates rondes étaient bien visibles, sur l'un des murs. Je vis même des fraises, près du sol, des feuilles de basilic et plusieurs variétés de salades. Des parfums m'assaillaient de toutes parts.

Tout était très propre, comme dans un laboratoire, et en même temps complètement naturel.

– On régule la chaleur pour obtenir la meilleure pousse possible, m'expliqua Myriam. Il y a aussi la possibilité de modifier la ventilation au besoin. Et la lumière simule l'ensoleillement. On est presque autonomes, grâce aux capteurs solaires et à la récupération d'eau de pluie.

Elle semblait très fière de l'installation, et, d'après ce que je voyais, elle pouvait l'être.

– Waouh ! Et vous produisez beaucoup ?

J'essayais d'imaginer le volume d'aromates, de fruits et de légumes qui devaient se trouver dans la véritable Ferme Verticale.

– On a vendu près de trente tonnes de tomates, l'année dernière, me répondit Quentin. Et à peu près autant de salades. Mais on va probablement doubler ce chiffre cette année.

Il me laissa faire le tour, une nouvelle fois. Je résistai à la tentation de toucher et de goûter les fruits et légumes juteux qui s'offraient à moi.

– Pourquoi est-ce qu'on n'en entend pas plus parler que ça ? demandai-je, fascinée.

Mes réflexes d'étudiante en vente et marketing me faisaient imaginer des campagnes d'information, de la pub, un logo pour l'identité visuelle...

– On se fait un réseau petit à petit, répondit Quentin. Le bouche à oreille fonctionne bien. Et puis, on ne peut pas non plus approvisionner tous les supermarchés du coin, donc on se développe progressivement. On n'est pas une grosse entreprise, et on ne compte pas le devenir.

En cours, on m'apprenait à faire des *business plans* pour gagner des parts de marché, mes profs mettaient en avant les stratégies marketing pour faire connaître une marque au plus grand nombre... mais cette logique n'avait pas de sens ici. La Ferme Verticale ne cherchait pas le profit à tout prix : elle défendait un idéal.

Myriam désigna des fiches plastifiées, dans un coin, et ajouta :

– On propose des formations aux écoles, donc peu à peu les parents nous suivent. Ça se fait assez naturellement.

Je hochai la tête pour signifier que je comprenais, même si je restais persuadée qu'un peu plus de communication ne leur ferait pas de mal. S'il n'y avait pas eu Solange, je n'en aurais peut-être jamais entendu parler !

J'emboîtai le pas à Quentin alors que nous retournions vers le bureau de l'entrée.

– Et il y a d'autres initiatives comme ça, autour de Paris ?

– Ça se développe, me répondit-il. Par exemple, on s'est associés avec l'agriparking du dix-huitième, je ne sais pas si tu connais ?

Je secouai la tête, gênée de mon ignorance.

– C'est une boîte qui a racheté un parking qui n'était plus aux normes pour les voitures... Ils l'ont reconverti, et maintenant, ils y font pousser des champignons, des endives, et même des brocolis et des choux-fleurs !

Je songeai à la liste de Solange. Des produits « de Paris », cultivés ici même, dans des fermes verticales aux lumières de l'espace, ou des parkings !

– Vous ne faites pas du miel, par hasard ?

Quentin rit derrière son masque.

– Nous, non, mais il y a plusieurs structures qui ont implanté des ruches sur les toits. Tu savais que les abeilles sont super heureuses en ville ? Les scientifiques ont fait des études et se sont rendu compte qu'il y a beaucoup moins de pesticides qu'à la campagne... Bref, contrairement à ce qu'on pourrait penser, ici, pour elles, c'est moins pollué !

– C'est dingue, dis-je une fois de plus. Et où est-ce que ça s'achète, tout ça ?

– On livre quelques commerces, et on a un dépôt, comme une sorte de coopérative. Ou une AMAP, si tu connais ? On peut s'inscrire à l'année, ou venir faire ses courses de temps en temps. Ça t'intéresse ?

– Bien sûr !

Sur le moment, je pensai à Solange, à qui je pourrais livrer tout ce qu'elle avait l'habitude de consommer. Et puis, j'étais curieuse de goûter ces produits cultivés dans la Ferme Verticale. L'odeur du basilic frais me restait encore dans les narines. Les produits poussaient sans pesticides, d'accord, mais peut-être n'avaient-ils pas de goût ? Peut-être que les légumes préféraient pousser au grand air, comme les poulets qui étaient bien plus heureux à gambader plutôt qu'à grandir entassés dans des cages étroites ?

– Tu n'as qu'à faire le tour pour atteindre le dépôt. Difficile de faire un circuit plus court !

Il regarda sa montre.

– Ça va bientôt fermer, par contre.

– Je me dépêche, alors !

– Super ! Et passe le bonjour à Solange pour moi !

– D'accord. Vous connaissez le prénom de tous vos clients, ou... ?

– Solange est plus qu'une simple cliente, tu sais ! Elle était dans nos premiers soutiens, au démarrage du projet. Elle a toujours cru en nous. Elle ne pouvait pas investir de l'argent, alors elle a fait pression sur la mairie pour nous obtenir le terrain ! Elle défendait notre dossier et restait des heures dans les salles d'attente pour faire entendre notre voix. Sans elle, on chercherait peut-être encore…

Ma voisine, qui ressemblait presque à n'importe quelle personne âgée de mon immeuble, prit soudain encore plus de relief. Comme si je venais de découvrir un costume de super-héroïne dans son placard.

– Je vais bien m'occuper d'elle, promis-je.

Je me hâtai de faire le tour du pâté de maisons pour trouver le dépôt, presque vide. Les employés rangeaient en vue de la fermeture, mais ils m'accueillirent tout de même gentiment. Peut-être parce que je me promenais avec un composteur propre venant tout droit de la Ferme Verticale ?

– Si tu ne trouves pas ton bonheur, reviens demain, on va renflouer les stocks !

– Merci !

Je choisis à la hâte quelques tomates, un pied de basilic et une petite barquette de fraises avec l'impression de les avoir moi-même récoltés. Le tarif était légèrement supérieur à celui du supermarché, mais pas excessif non plus, ce qui me fit plaisir : au moins, il n'y avait pas de discrimination financière, en ne laissant les produits locaux qu'aux plus riches !

***

Le retour à la réalité, dans mon petit appartement, me donna un coup au moral. Je venais d'échanger avec des gens sympas, autour d'un projet qui ramenait de l'agriculture en ville, avec des techniques modernes, et je me retrouvais seule, rattrapée par la réalité du virus et du confinement.

Dans mes placards et mon frigo, j'avais le choix entre des plats tout prêts, à réchauffer au micro-ondes, des sachets de riz « 2 minutes », ou des nouilles instantanées à reconstituer avec de l'eau bouillante. Ma consommation de fruits et légumes se limitait à quelques bananes venues du bout du monde, des compotes en gourde, une salade sous vide, déjà lavée, prête à l'emploi, et des conserves dont l'origine « UE et hors UE » sur la même étiquette me laissait perplexe. Les paquets de gâteaux aux emballages bien trop nombreux me firent culpabiliser, eux aussi.

Derrière quoi est-ce que je me cachais ? Mon budget serré ? Mon temps ? Était-ce simplement de la paresse de ma part ? Les efforts à fournir étaient-ils si importants que ça ?

Un profond sentiment d'inutilité m'envahit, comme si on venait de poser une loupe sur la superficialité de ma vie.

Peut-être était-ce pour cela que je m'étais portée volontaire pour les courses ? Pour me sentir utile ? Faire quelque chose de bien ? Ce n'était pas juste pour répondre aux consignes des profs, sinon, j'aurais pu faire n'importe quoi d'autre. Ça couvait déjà quelque part en moi. Le besoin de… plus.

Je préparai les tomates, avec un peu de sel, un filet d'huile d'olive et des feuilles de basilic frais. Toutes mes craintes concernant le goût des produits s'évanouirent dès la première bouchée. C'était comme si les tomates étaient passées de leur plan à mon assiette. Et elles n'avaient pas cette pellicule un peu poussiéreuse qui les recouvre parfois, ces résidus de pesticides qu'il faut bien laver.

Quant aux fraises, je les passai rapidement sous l'eau et les dégustai à même la barquette, laissant leur jus sucré me faire frissonner de plaisir.

Assise sur mon canapé, entourée d'un plaid confortable, je méditai sur mes choix de vie.

J'avais bien participé à quelques marches pour le climat, avec d'autres étudiants et lycéens, mais cela me semblait normal : si les dirigeants n'agissaient pas massivement pour changer les choses, tout ce qu'on pourrait faire à notre petit niveau ne servirait à rien. Couper l'eau en se brossant les dents et éteindre les lumières derrière soi, c'était bien beau, mais tant que les panneaux publicitaires connectés resteraient allumés la nuit dans les centres commerciaux fermés, ça n'avait pas assez de sens.

Sauf qu'aujourd'hui je venais d'avoir la preuve qu'une de mes voisines, qui ressemblait à une petite souris, avait réussi à soutenir un grand projet, simplement par sa détermination. Ce n'était même pas une question d'argent. D'autres avaient investi financièrement dans la Ferme Verticale. Elle, juste parce qu'elle y croyait, avait trouvé un autre moyen d'aider.

– Et moi ? Qu'est-ce que je peux faire ?

On m'avait offert une gourde à mon dernier anniversaire, ainsi que des cotons démaquillants lavables, mais le « zéro déchet » me semblait encore loin. Au moins, je triais sans me tromper de poubelle, c'était déjà un début.

Bon, je jetais encore des pots de yaourt en verre dans la poubelle grise au lieu de les porter dans un bac spécifique. La flemme, encore et toujours. Mais maintenant que je m'en rendais compte, je me trouvais franchement nulle. Ce n'était pas si difficile.

Mon abattement fit place à une énergie nouvelle, renforcée par la dégustation réussie des produits de la Ferme Verticale. Dès demain, moi aussi, j'allais changer. Ce confinement, qui modifiait nos habitudes, c'était une grande chance de ne pas s'enfoncer dans une spirale négative. Un nouveau monde était possible, à nous de le réinventer, par des petites initiatives, ou à plus grande échelle.

***

Dans la matinée, munie de mon attestation de sortie et de mon caddie à roulettes, je me dirigeai vers le dépôt qui avait bien été réachalandé. J'y achetai tout ce qui se trouvait sur les différentes listes de mes voisins : en plus des fruits, légumes et champignons produits par la Ferme Verticale et l'agriparking, la coopérative qui gérait le lieu avait passé des accords avec des producteurs d'Île-de-France et j'y trouvai toutes sortes de fromages, des œufs, du miel, des confitures...

Tout sentait très bon. Certaines pommes n'étaient pas aussi lisses et brillantes que celles que je prenais habituellement, mais il y avait quelque chose de rassurant à ce qu'elles ne soient pas formatées.

En livrant mes courses, j'expliquai ma démarche à chacun :

–Vous saviez que certains produits étaient cultivés juste à côté de chez nous ? En plus, ils sont délicieux !

Et je racontai ce que j'avais vu la veille. Certains avouaient en avoir entendu parler, lors du montage du projet, ou à l'ouverture de la Ferme Verticale, mais personne n'avait changé ses habitudes. Je mis cela sur le compte de l'âge.

Mes voisins étaient dépendants de moi pour leurs courses, alors ils ne me firent aucune critique, mais je voyais bien que certains étaient embêtés de ne pas avoir leurs produits préférés.

Je me demandai si je n'étais pas allée trop loin en imposant ma décision de changer de mode de vie à l'ensemble des voisins qui me faisaient confiance... et puis je me repris : cela ne leur ferait pas de mal, et, s'ils n'adhéraient pas, ils retrouveraient bien le chemin du supermarché sans moi dès qu'ils pourraient sortir.

Je terminai ma tournée en allant chez Solange. J'avais envie de lui poser plein de questions, peut-être même la prendre dans mes bras pour la remercier de la découverte, mais ce n'était franchement pas la bonne période pour des élans de tendresse !

– Alors, tu as trouvé ? me demanda-t-elle en découvrant son composteur propre devant sa porte.

Elle avait coiffé ses cheveux et poudré son nez, ce qui me fit aussitôt penser à ma grand-mère, qui avait toujours ce grain de peau velouté lorsque je lui rendais visite.

– Une vraie expédition ! lui dis-je, amusée. Quentin vous passe le bonjour. Il espère que vous allez bien.

– C'est un bon garçon.

– Il m'a fait visiter. Elle est extraordinaire, cette ferme ! Et j'ai goûté des tomates et des fraises... incomparables !

– N'est-ce pas ! Un bon produit récolté à des kilomètres perdra toujours de la saveur et de la fraîcheur. Ils ajoutent des conservateurs, ou frôlent la congélation, comme si ça pouvait être la solution ! Mais le secret, c'est le local.

J'approuvai.

– D'autant plus en ce moment, continua Solange. Si on ne dépend que de nos importations, on va mourir de faim ! Et jouer local, c'est aussi bon pour l'emploi.

Si elle s'était présentée à des élections, j'aurais voté pour elle. Dès qu'elle parlait de ses convictions, ses yeux pétillaient. Elle était physiquement assez frêle, et pourtant je ne doutais plus de sa capacité à soulever des montagnes.

– Comment ça vous est venu, tout ça ? lui demandai-je.

– Oh, c'est une longue histoire...

Je m'assis par terre dans le couloir pour lui montrer que je n'étais pas pressée. Ça la fit rire.

– Attends voir.

Elle alla chercher une chaise et s'installa confortablement dans son entrée. Et c'est ainsi qu'elle commença à me raconter sa vie. Son enfance, après guerre, un petit peu, mais surtout ses combats, quand elle avait mon âge.

– Mai 68, ça te dit quelque chose ? me demanda-t-elle avec un sourire.

Elle se rappelait encore les slogans comme « Je ne veux pas perdre ma vie à la gagner », « Si vous continuez à faire chier le monde, le monde va répliquer énergiquement »... Le début de son engagement militant.

– Avec des copains, on voulait sauver la planète, mais on nous traitait de beatniks, de hippies... comme si on allait toujours rester des marginaux. Comme si nous avions tort ! Et puis, il y a eu le Larzac.

– C'est là que les babas cool voulaient aller élever des chèvres, non ?

– Ça, c'est l'image qu'on en garde. En réalité, le gouvernement de l'époque voulait exproprier des paysans pour agrandir une grande base militaire. On était nombreux à être contre. Quand on était pour la paix, on allait manifester dans le Larzac ! C'est devenu un symbole. Là-bas, on a protesté pour tout le reste. La non-violence, le droit des femmes, la libération sexuelle...

Je rougis quand elle me raconta avoir manifesté seins nus dans ce « Woodstock à la française ». Je n'arrivais pas à l'imaginer jeune, ni à me rendre compte que l'époque dont elle me parlait n'était pas si lointaine. Tellement de choses avaient changé depuis ! Mais tant d'aspects de la société posaient toujours les mêmes problèmes, malgré tout...

Chaque jour, j'en apprenais un peu plus sur la vie et les combats de Solange. Elle m'interrogeait, aussi, et je me mis peu à peu à la considérer comme l'une de mes mamies, me recréant une deuxième famille, loin de la vraie.

Mes autres voisins, ravis du goût des produits que je leur avais proposés, me firent des compliments et m'encouragèrent à continuer à soutenir les producteurs locaux. Lorsque j'en parlai à Solange, elle ouvrit de grands yeux étonnés :

– Tu convertis ces vieux croûtons malgré leurs œillères ? Incroyable. Quand je pense qu'ils ont presque ri quand j'ai proposé la mise en place de composteurs communs à la copropriété...

– On ne se rend pas compte de ce que ça peut donner, lui dis-je en défendant nos voisins, bien consciente qu'à leur place, j'aurais sans doute fait les mêmes choix. Et puis, ça demande un petit effort... Peut-être qu'ils sont contents parce que c'est moi qui le fais pour eux !

– C'est possible. Pas sûr qu'ils continuent quand la vie reviendra à la normale.

Solange, elle, avait hâte de sortir à nouveau. Elle avait gardé ses petites habitudes, les premières semaines, sans abuser dans ses promenades, et puis son médecin l'avait contactée pour lui rappeler qu'elle était à risque : son âge – soixante-douze ans, précisément –, son hypertension, et le fait qu'elle soit asthmatique jouaient contre elle.

– Si quelqu'un peut faire vos courses, ce serait plus raisonnable, lui avait-il dit.

C'était pour cela qu'elle m'avait appelée et que je l'avais trouvée plutôt fâchée : ce n'était pas contre moi, mais contre la situation exceptionnelle qui l'obligeait à rester cloîtrée chez elle.

Après coup, j'ai compris que sa liste « de Paris » était un test pour savoir si j'avais entendu parler de la Ferme Verticale. Plutôt que rester dans la déception en voyant que ce n'était pas le cas, elle avait choisi de m'initier à ses secrets.

– Solange, et ces lumières roses, dans votre cuisine ? C'est comme à la Ferme Verticale, non ?

Ses yeux pétillèrent.

– Presque.

Elle hésita.

– Je t'aurais bien fait entrer pour te montrer mais...

Avec le virus qui circulait, il valait mieux éviter.

– On ne va pas attendre la fin du confinement, non plus ! s'exclama-t-elle, décidée.

Elle alla chercher le gros bac futuriste que j'avais aperçu de loin. L'engin semblait très lourd dans les petits bras de Solange, mais son envie de partager son savoir prenait le dessus sur sa raison.

– Ça marche pas mal, dans le genre potager d'intérieur !

Elle faisait pousser ses propres herbes aromatiques, et même quelques tomates cerises.

– Il n'y a pas besoin d'arroser : je verse de l'eau dans le bac quand la lumière clignote, et ça se débrouille... Tu connais le principe de l'hydroponie ? L'eau circule dans le bac pour apporter des nutriments et des minéraux. Il n'y a même pas de terre, ça pousse dans du substrat composé d'argile et de sable ! Oh, attends, il y a mes petites pousses, aussi !

Elle disparut et revint avec un bocal plein d'étranges fils jaunâtres.

– Tu as déjà entendu parler des graines germées ? me demanda-t-elle. Ce sont des super-aliments. Tu en ajoutes à tes salades, et ça fait des compléments de vitamines ! C'est bon pour le cœur, le cholestérol. Et ce n'est franchement pas dur à faire pousser chez soi !

Je n'en avais jamais entendu parler, mais je me promis d'essayer.

***

Durant les mois de confinement, je me suis ouverte à ce monde qui mêlait techniques avancées et bon sens paysan. Une fois que l'on a goûté à des produits bio et locaux, c'est difficile de faire marche arrière en revenant aux fruits et légumes aseptisés du supermarché !

Je pense que j'étais vraiment prête à changer.

Je me suis inscrite à la Ferme verticale et Quentin m'a remis mon propre composteur.

– Ça fait plaisir de te revoir, m'a-t-il dit, en souriant derrière son masque.

Je me suis demandé à quoi il ressemblerait, quand il l'enlèverait. Moi qui étais plutôt du genre à craquer d'abord sur l'apparence d'un garçon, avant même qu'il ouvre la bouche, je me suis surprise à flirter avec lui à cause de l'énergie positive qu'il dégageait.

Quelques mois plus tôt, il m'aurait paru impensable de me rendre où que ce soit sans maquillage, à peine coiffée, et avec des fringues confortables qui ne me mettaient pas en valeur. Pourtant, c'était comme ça que Quentin m'avait rencontrée. Lui non plus ne savait pas ce qui se cachait derrière mon masque, et c'était plutôt drôle de devoir conserver la distanciation physique tout en échangeant un peu plus que des politesses.

J'avoue que j'allais vider mon composteur trop souvent.

Quentin m'en a fait la remarque, sans doute parce que c'était son métier de former ses clients. Mais peut-être avait-il compris qu'il me plaisait ? J'ai joué la naïve, qui voulait être une bonne élève, mais j'ai espacé les visites.

De toute façon, qu'est-ce que j'espérais ? Qu'il m'inviterait boire un café ? Alors que tout était encore fermé ?

La première fois que j'ai vu Quentin sans masque, bien après le déconfinement, je ne l'ai pas trouvé particulièrement beau. Pourtant, il avait toujours le même charme, la même attitude positive qui m'avait plu dès notre rencontre.

Puisque mes histoires précédentes, fondées sur une attirance physique forte, mais pas grand-chose de plus, n'avaient rien donné, j'ai décidé de faire confiance à la « nouvelle Violette ». Je ne l'ai jamais regretté.

***

Peu à peu, ma vie a changé, et Paris aussi.

Grâce à Solange, depuis ce moment-là, je cultive quelques plantes chez moi, j'achète bio et local, j'ajoute des graines germées dans mes plats... Je réduis ma consommation de viande, même si je n'en suis pas encore à me priver de foie gras ou de dinde à Noël quand je retourne chez mes parents.

Je termine mes études et, à la différence d'une partie de ma promotion, je ne cherche pas un moyen de sauver l'ancien système avec son besoin du profit et sa publicité pour des tonnes d'objets dont on n'a pas réellement besoin. Le pays se relève de la crise du Covid, mais les séquelles sont nombreuses. Comme Solange, « je ne veux pas perdre ma vie à la gagner ».

Je m'engage dans des associations où je supervise la communication, notamment l'une d'elles qui propose des formations sur la permaculture en ville. Je gère leurs réseaux sociaux, les campagnes de *crowdfunding* pour implanter de nouvelles fermes verticales dans des banlieues. On installe au moins un container au pied de chaque tour pour produire le minimum, en proposant, au passage, de la formation et des emplois. Je ne sauve pas le monde, mais au moins j'essaie d'agir.

D'autres initiatives fleurissent un peu partout pour aider les citoyens à moins consommer, éviter le gaspillage. Des microfermes, en périphérie des villes, apportent une solution moins technologique mais complémentaire au niveau des ressources alimentaires.

Ma relation avec Quentin se développe naturellement, comme une évidence. Les années passent. On finit par habiter ensemble dans le dix-huitième. Pas trop loin de mon ancien quartier pour pouvoir rendre visite à Solange une fois par semaine.

Dans notre appartement, on aménage un grand mur végétal pour la cuisine. Tout en haut, des plantes ornementales donnent l'impression d'entrer en pleine forêt tropicale. Les fruits et légumes sont plus accessibles, et les aromates se trouvent tout en bas. On produit tellement qu'on ne peut pas tout manger à deux, alors on en fait profiter des associations d'aide alimentaire pour les plus démunis. L'installation se généralise bientôt et ce qui semblait être une invention nouvelle devient une mode, puis la norme. Ça me fait sourire de voir les panneaux publicitaires des cuisinistes, avec leur mur végétal intégré, comme une évidence.

De nombreux quartiers s'équipent à leur tour d'une Ferme Verticale qui recycle les déchets organiques et produit de la nourriture. Quand il est impossible de trouver un endroit où l'installer, ce sont les toits qui sont privilégiés, ou le rez-de-chaussée de certains bâtiments. Entre une banque et un coiffeur, on trouve un accès au composteur, à un primeur de produits locaux, ou une boutique de réparation d'objets d'occasion pour prolonger leur vie le plus longtemps possible. Un réseau de distribution à vélo, comme des petits pousse-pousse ou des triporteurs, se crée pour répartir les denrées selon les lieux de production ou renforcer les services d'aide à la personne avec du portage de repas aux plus âgés. Le ramassage des ordures prend finalement en compte ce mode de fonctionnement, et les échanges de composteurs se font au pied des immeubles.

Peu à peu, Paris inspire d'autres grandes villes de France et d'Europe. En seulement huit ans, la prise de conscience porte ses fruits. Nous étions des milliers de personnes à qui il ne manquait pas grand-chose pour devenir les acteurs du monde d'après. Pour moi, le coup de pouce a été Solange.

***

– Violette, tu es prête ?

Quentin m'attend dans l'entrée de l'appartement tandis qu'il ajuste sa veste. Il me voit arriver dans le miroir et sourit au reflet. La robe du soir moulante fait ressortir mon ventre qui s'arrondit timidement.

– Tu es superbe !

– Toi aussi !

Je l'embrasse aussitôt, appréciant son odeur encore humide de savon, puis je tourne sur moi-même pour lui confirmer qu'il a raison.

– Allons la chercher.

Exceptionnellement, nous délaissons nos vélos au profit d'une voiture, louée pour l'occasion, afin de véhiculer la reine du jour dans de bonnes conditions.

Nous nous retrouvons bientôt devant la porte du 8 B de mon ancien immeuble.

– Joyeux anniversaire, Solange ! lançons-nous en chœur, dès qu'elle nous ouvre.

Elle porte les deux mains à sa bouche, tout émue. Ses cheveux sont maintenant entièrement blancs, et ses rides ont gagné du terrain, mais elle a à peine changé, en huit ans.

– Vous êtes mignons, vous deux ! Vous allez où ?

– Surprise ! On t'emmène avec nous !

Elle baisse les yeux vers ses pantoufles et secoue la tête.

– Pas comme ça ! Entrez, le temps que je me change. Servez-vous quelque chose à boire.

Elle ne pose pas de questions, mais ses yeux brillent de bonheur. Elle adore les surprises.

Quelques minutes plus tard, Solange revient, pomponnée.

– On va où, alors ? Au restaurant ?

– Mieux que ça ! lui dit Quentin sans dévoiler le mystère.

Nous la prenons chacun par un bras et la guidons, à son rythme, jusqu'à la voiture qui attend dehors.

***

La fête a lieu sur le toit d'un hôtel. Tous les amis de Solange sont là. Des anciens, mais aussi des jeunes comme Quentin et moi, pour qui elle compte beaucoup.

Ses enfants et petits-enfants ont préparé tout ça en secret, avec notre aide.

Le lieu est magnifique. Tout y est végétalisé depuis des années, mais pas simplement avec un peu de gazon : il y a des arbres, des buissons de lavande où butinent des abeilles… On se croirait en pleine campagne, et pourtant, on a une vue imprenable sur Paris.

Les serveurs proposent de la bière locale, et expliquent à qui veut l'entendre qu'ils brassent dans la cave de l'hôtel le houblon qui pousse sur ce toit. Les grandes lianes forment un mur végétal qui cache le vis-à-vis avec l'entreprise voisine, la seule qui gâcherait un peu le paysage féerique.

J'entends des bribes de conversation au sujet des truffes qui ont poussé ici, au pied des charmes : un phénomène incroyable qui prouve que la nature a sa place en plein Paris.

Solange est installée dans un fauteuil et chacun vient lui dire un petit mot. Elle observe, les yeux brillants, une flûte de champagne à la main. Heureuse, sans le moindre doute.

Lorsque l'énorme gâteau arrive, orné des quatre-vingts bougies, elle se lève et se racle la gorge. Chacun fait silence.

– Merci d'être venus si nombreux ce soir… C'est un plaisir pour moi de partager ce moment avec vous. Je ne vais pas vous faire un long discours sur ma vie, même s'il y aurait beaucoup à dire !

Nous connaissons tous ses engagements qui ne datent pas d'hier. L'un de ses amis a même ressorti de vieilles photos prises au Larzac où Solange ressemble à l'une de ses chanteuses préférées de l'époque : Joan Baez. Sur les clichés en noir et blanc, on reconnaît ses yeux malicieux. Elle lève le menton, aussi déterminée à l'époque qu'aujourd'hui.

– Ça aura mis le temps, continue-t-elle, mais quand je regarde autour de moi…

Elle ouvre les bras pour désigner à la fois le toit végétalisé, le buffet où s'alignent des mets de qualité cultivés tout près, et le soleil couchant qui fait rougeoyer Paris.

– J'ai l'impression d'avoir participé à quelque chose de grand. Et même si je ne tiens pas quatre-vingts ans de plus, j'espère que vous continuerez à tout faire pour que ce monde-là gagne vraiment.

Elle lève sa flûte de champagne.

– À votre avenir, les enfants !

Nous applaudissons tous et dans un même élan, nous faisons bloc autour d'elle pour l'aider à souffler ses bougies.

Je crie soudain :

– Bon anniversaire, Solange de Paris !

Et, en lui faisant une bise furtive, je lui murmure :

– Merci d'avoir changé ma vie.

Parmi les inspirations pour cette histoire :

• Un article sur les Fermes Verticales : https://usbeketrica.com/article/les-fermes-verticales-ou-l-utopie-d-une-ecologie-hors-sol

• La Cité Maraîchère de Romainville (93) : https://www.ville-romainville.fr/1076-cite-maraichere.htm

• La Caverne, une ferme souterraine à Paris : https://lacaverne.co/

• La Ferme du Rail, pour le système de collecte des déchets organiques : https://fermedurail.org

• Et je vous laisse chercher l'histoire de la truffe qui a poussé sur le toit d'un hôtel parisien, ainsi que tous les modèles de potagers d'intérieur, comme celui de Solange, qui existent bel et bien !

LA FERME AU CHAPEAU VERT

FLORENCE HINCKEL

– Ne réfléchis plus, Sofia, c'est maintenant. Après, il sera trop tard.

Elle porta la main à son cœur. Un tic venu de son enfance, quand une émotion forte la submergeait.

– Tu as fait ton sac ?

Gabriel s'agitait, à l'étroit dans la chambre universitaire minuscule pour son long corps.

– Où est ton sac ? Tu n'as pas encore fait ton sac, Sof ? Pourquoi tu ?...

– Stop ! cria-t-elle, avant d'enfouir sa tête dans ses bras.

Puis elle le défia du regard.

– Arrête de me presser comme ça. Pour toi, c'est facile, tu vas rejoindre tes parents. Moi, j'ai besoin d'un peu de temps.

Il s'agenouilla face au lit où elle était assise et lui prit les deux mains.

– Du temps, on n'en a plus, tu le sais bien... Tu as failli mourir, cette nuit !

Cette nuit...

Tout était encore noir quand elle avait ouvert un œil. Le temps que son cerveau enregistre l'image du voyant vert qui clignotait, elle s'était redressée, une main posée sur la poitrine. La batterie branchée à son cœur artificiel était en train de se vider... Par précaution, elle rechargeait les accus en milieu de journée, avant de les regonfler à bloc pendant une nuit entière. Pourquoi, alors, ce clignotement vert alarmant ?

Une pression sur l'interrupteur. Toujours l'obscurité. Le voyant en forme de pile était formel : il ne restait plus que 15 % d'énergie. L'autonomie était pourtant de huit heures ! La coupure de courant avait donc eu lieu tout de suite après qu'elle s'était endormie. Sofia s'était précipitée sur son téléphone pour appeler les urgences. Aucune réponse. Débordées ou carrément fermées ? Tout était possible en cette période trouble. Le voyant passa au rouge. Plus qu'une heure de batterie. Affolée, elle avait composé le numéro de Gabriel, qui vivait dans un studio du centre-ville. Il était accouru pour la retrouver, puis avait tambouriné à toutes les portes de la résidence. Parmi les quelques étudiants encore présents, aucun n'avait de batterie externe. Le voyant rouge s'était mis à clignoter : il restait à Sofia quinze minutes de vie à peine. Trop peu pour se rendre à l'hôpital. En temps normal, une alerte y aurait été envoyée trois quarts d'heure plus tôt. Une ambulance serait arrivée pour la sauver. Mais nous n'étions plus « en temps normal » depuis déjà quelques jours...

Les appels répétés de Gabriel aux urgences n'avaient pas été plus fructueux que ceux de Sofia. Paniqué, il poussait des gémissements en la tenant par la main. Elle avait fermé les yeux pour accepter que tout allait finir, quand la lumière avait inondé la chambre.

Le voyant était redevenu vert d'un coup.

Gabriel s'était effondré, incapable de retenir des pleurs de soulagement. Sofia, elle, s'était concentrée sur les battements de son cœur. Sur son souffle. Sur la vie qui reprenait.

– Sois réaliste, Sofia, reprit son petit ami en serrant ses mains, les coupures de courant sont de plus en plus longues. Je ne veux plus prendre le risque de te perdre. Je ne veux pas.

Elle sourit. Gabriel lui rappelait tant Esteban, son grand frère ! Comme lui, il aurait remué ciel et terre pour son bien-être. Ou sa survie. Elle lui caressa les cheveux.

– Laisse-moi une heure, d'accord ? Une petite heure. Comme ça, en plus, je recharge ma batterie à bloc, c'est plus prudent.

Il jeta un œil sur le boîtier que Sofia portait en holster, relié à la prise électrique au-dessus du lit, puis sur le câble qui émergeait de sa peau derrière son oreille, raccordé à la batterie.

– Je te laisse une demi-heure. Je préférerais ne pas conduire de nuit, par les temps qui courent. Je t'attends dehors avec Marwa. Pas plus d'une demi-heure, tu me promets, hein ?

Elle acquiesça vaillamment.

–Tu pourras te recharger sur l'allume-cigare, lui murmura-t-il avec un clin d'œil avant de passer la porte.

Une fois seule, elle laissa le silence se déposer en elle. Un silence tout relatif, puisque la résidence était parcourue de bruissements, cris soudains, fracas imprévus. Tout ne s'était pas arrêté sur le campus. Une poignée d'enseignants faisaient encore cours. Certains professeurs d'université et membres du personnel de santé refusaient d'abandonner leur poste, malgré la situation. Les uns voulaient donner l'exemple, les autres tenaient à poursuivre leur mission. Tous étaient conscients de leur importance dans la société. Et pourtant, ils faisaient partie des plus mal payés…

–Allô, maman ? Oui, c'est moi… Je vais bien ! T'inquiète, ma nouvelle batterie dure hyper longtemps… Je sais, ici aussi il y a des pannes de courant. Justement… Écoute bien, maman, écoute-moi, je t'en prie… Non, je ne vais pas te rejoindre à Paris. Le problème serait le même… Oui, j'ai une solution. Gabriel en a une. Je sais, je ne le connais pas depuis longtemps mais il est formidable. Plein de ressources. Tu ne sais pas ce qu'il a fait ? Dès le lendemain des troubles ? Il a… je ne sais pas comment, je crois qu'il connaît quelqu'un à l'hôpital de Besançon, en tout cas il en est revenu avec un stock phénoménal de mes médicaments ! Oui, mes antiagrégants plaquettaires, mes statines. J'en ai pour des mois !… Je sais, maman, mais écoute. Les parents de Gabriel vivent dans une ferme dans le Jura. Ça fait dix ans qu'ils y sont en totale autonomie. Ils se préparaient à ce genre de choses... Non, maman, tu ne peux pas dire ça, avec ce qui arrive. C'est nous qui avons été fous de ne pas nous y préparer. On a été fous. Le monde est fou... Écoute, l'important, c'est qu'ils fabriquent leur propre énergie. Je ne sais pas encore comment, mais ils n'en manquent jamais, Gabriel me l'a juré. Jamais. Je serai en sécurité, là-bas, en attendant que ça s'arrange... Oui. Oui. Je te donne l'adresse. Viens, si tu veux. Quand tu veux. Viens, s'il te plaît, si ça ne s'arrange pas. Avec Esteban. On sera bien, là-bas, tous ensemble. Oui, maman, je t'embrasse fort. Fais attention à toi. Je t'aime. Oui, oui, à tout bientôt...

La traversée de la ville fut pesante.

Sofia avait voulu conduire. À dix-huit ans, elle était plus jeune d'un an que les deux autres, mais elle avait passé le permis en conduite accompagnée dès ses quinze ans. Surprotégée par sa mère et son frère à cause de son cœur artificiel, elle avait très vite tenu à piloter sa vie elle-même. C'était pour cette raison qu'elle avait choisi cette classe préparatoire à une grande école de sciences politiques à Besançon, après son bac, loin de sa famille, pour prendre le large et éprouver son autonomie.

Marwa était assise à l'arrière, muette et bras croisés. Elle jetait des regards apeurés au-dehors.

Gabriel posa une main sur la cuisse de Sofia alors qu'ils croisaient des passants à l'air préoccupé. Ils longèrent une banque à la vitrine explosée. Des feuilles et des détritus jonchaient le sol. Tout était sens dessus dessous. Quelques jours plus tôt, des foules nerveuses s'étaient pressées devant les banques, vociférant et hurlant comme une seule bête prête à tout démolir. Ce qu'elle avait fait, bien souvent, envoyant des pavés dans les jolies façades, pénétrant dans les halls lustrés, grimpant sur les guichets sécurisés, réussissant parfois à accéder aux coffres remplis de billets. Certains voulaient encore croire que l'argent avait une valeur, mais la machine s'était enrayée. Dès le deuxième jour des troubles, les propriétés des personnes les plus riches du pays avaient été prises d'assaut. On eut vent de crimes odieux. Les émeutes se firent de plus en plus nombreuses et de plus en plus sauvages. La violence grandissait, à l'aune de la colère sociale qu'on avait laissée enfler durant toutes ces années. Craignant de ne plus être payés, n'ayant plus les moyens de s'acheter de quoi manger, les employés ne vinrent plus travailler. Parmi eux se trouvaient des chauffeurs de camions qui achalandaient les magasins, des pilotes d'avion, des éboueurs, des facteurs, des employés de centrales énergétiques...

Depuis quelques jours, tout semblait s'effondrer.

Après quarante minutes de routes départementales, Sofia, Gabriel et Marwa arrivèrent sans encombre au village de Courtefontaine. Les scènes de panique et de violences n'avaient pas atteint ces endroits reculés.

À l'inverse, ils paraissaient déserts. Le village était-il vide ? Aucun signe de vie, nulle part.

– On est arrivés, non ? demanda Sofia à Gabriel. C'est l'adresse que tu m'as donnée.

– Gare-toi là, je vais prendre le relais, tu ne saurais pas comment y aller.

Pendant tout ce temps, Marwa était restée silencieuse. Taiseuse. La meilleure amie de Gabriel était de ces personnes à l'enfance heurtée, dont la posture méfiante était destinée à tenir le monde à distance. Ce monde si hostile moins un. Ce « un » était Gabriel, le seul qui avait su percer la carapace, quand ils avaient dix ans, qu'ils étaient voisins et qu'il avait compris le secret de ses parents défaillants. Le secret les avait liés. À vie, pensait Sofia. Cela ne la dérangeait pas, elle avait confiance dans son histoire d'amour débutante avec Gabriel. Ce qui la dérangeait, c'était la défiance de Marwa. Menue, le regard vif, elle ressemblait à un animal farouche qui refusait d'être apprivoisé.

– Mais c'est hyper loin de Courtefontaine, en réalité ! s'exclama Sofia alors que la voiture cahotait sur des petits chemins de forêt difficilement praticables. Pourquoi tu m'as dit que c'était dans ce village que vivent tes parents ?

– Parce qu'ils habitent bien dans cette commune, mais loin du village. Leur ferme est en plein cœur de la forêt de Chaux.

Sofia sortit son téléphone pour expliquer cela à sa mère par SMS.

– Merde, ça ne capte plus !

– Même dans le village, ça ne captait déjà plus depuis quelque temps, expliqua Gabriel. On est dans l'un des coins de France les plus isolés.

– De toute façon, ça aussi ça va bientôt s'arrêter, lâcha Marwa.

C'était la première fois qu'elle ouvrait la bouche depuis leur départ de Besançon.

– Les communications téléphoniques, Internet, l'électricité, puis l'eau courante, tout ça c'est de l'histoire ancienne. Ce qu'on est en train de vivre, c'est un effondrement. Pas une petite décroissance qui va juste nous obliger à limiter nos besoins. Pas une crise qui va s'arranger dans quelques semaines. Un véritable effondrement !

Sa voix tremblait. Elle croisa les bras plus fort contre elle. Gabriel se tourna pour la consoler d'un regard. Sofia, elle, était trop préoccupée pour répondre à Marwa.

– Attends, Gab, comment est-ce que ma mère et mon frère la trouveront, cette ferme, s'ils ne peuvent même pas m'appeler ?

– Tu n'as pas à t'inquiéter. S'ils demandent le chemin de la ferme au chapeau vert, au village, ils sauront le leur indiquer... Ah, nous y voilà.

« Mais tu ne m'as jamais dit qu'elle s'appelait comme ça, tu m'as juste donné le nom de tes parents », eut envie de répondre Sofia, mais ses parents étaient là, justement, au bout du chemin de terre et de cailloux, devant la bâtisse en pierre de taille et à la toiture végétale qui expliquait son nom. Verdure sur le versant sud du toit, panneaux solaires au nord. Une éolienne plantée à l'arrière de la ferme tournait ses bras au-dessus du poulailler et des enclos à chèvres. Il y avait aussi deux ruches, dans une petite clairière, un peu plus loin.

Les parents de Gabriel avaient-ils entendu le ronronnement du moteur électrique, malgré le bruit du ruisseau en contrebas ? Le père se tenait aussi droit que les sapins qui se pressaient autour de la ferme comme pour l'engloutir. Il était aussi grand que son fils, mais plus massif. La mère était ronde, avec les pieds bien campés dans le sol. Un « I » et un « O », songea Sofia au moment où Gabriel éteignait le moteur. S'approchant pour leur tendre la main, elle constata qu'ils approchaient la soixantaine : ils avaient eu leur enfant sur le tard. Mais Sofia fut surtout frappée par leurs regards respectivement bleu et noir, à la détermination proche de la dureté. Cette impression s'envola au premier sourire qu'ils lui adressèrent.

– Je m'appelle Daphné. Sois la bienvenue, Sofia. Toi aussi, Marwa.

– Et moi, je suis Patrick. Et voici Dante et Corail.

Il désigna deux dobermans qui leur tournaient autour en haletant et remuant la queue.

– Ils ont l'air impressionnants mais il n'y a pas plus affectueux, je vous assure. Heureux de vous voir ici.

Patrick et Daphné enlacèrent chaleureusement leur fils, avant de montrer leurs chambres aux filles. Ils avaient prévu que Sofia dorme avec Gabriel, dans le grand lit de la chambre aux rideaux bleus du rez-de-chaussée. Daphné leur lançait des regards attendris. Le parfait petit couple. Pourquoi pas ? Mais il serait difficile de s'isoler. Sofia envia la jolie petite chambre aux rideaux jaunes sous les toits, réservée à Marwa.

– Voilà, lança Patrick au dîner, on va vivre ensemble, ici, loin du chaos du monde. Et croyez-moi, ce chaos-là ne fait que commencer. Ça va être le paradis, ici, en comparaison.

– On est contents que vous soyez là, poursuivit Daphné. On a bien besoin de bras supplémentaires. Vivre en autonomie, ça demande beaucoup de travail. Et puis nous devons nous préparer à l'hiver qui arrive. Il est rude, par ici. Mais on a l'habitude, vous n'avez pas à vous inquiéter. On vous dira quoi faire.

– Marwa le sait, et je suppose que Gabriel te l'a dit, Sofia : Daphné et moi avons une formation de médecins. Tu as fait le bon choix en venant ici. Tu ne pourrais pas être mieux entourée, et tu pourras recharger ton cœur sans souci. On utilise l'énergie du vent, du soleil et du ruisseau. En plus de cela, au cas où, on a un groupe électrogène avec une réserve de carburant dans la grange.

– De l'essence ? s'étonna Sofia. Mais il ne s'en vend plus qu'à prix d'or, depuis des années !

– On se l'est procurée avant que les prix ne flambent, expliqua Daphné, mais on n'a jamais eu à s'en servir. Les éléments naturels font assez bien leur job !

– Je suis tellement rassurée d'être là, souffla Marwa.

– Tu as raison de l'être, ma petite, répondit Daphné en posant sa main sur la sienne.

– Vous avez une réserve de médicaments, j'imagine ? demanda Sofia. Peut-être du matériel médical aussi ?

– Du matériel, oui, mais des médicaments, on n'en a plus beaucoup, je dois bien dire.

Patrick sourit et but une gorgée de vin de noix avant de poursuivre.

– On n'a pas tant besoin de médicaments, tu sais.

– C'est bizarre d'entendre des médecins dire ça !

– Autant que tu le saches, Sofia, reprit Daphné, nous avons été radiés de l'ordre des médecins à cause de nos positions... controversées. C'est surtout notre pensée anti-vaccins qui ne passait pas. Nous, on pense qu'il n'y a pas besoin de vacciner les gens.

– Mais il paraît que c'est criminel de penser comme ça, ironisa Patrick avec amertume. Bref, c'était il y a longtemps, tout ça. Nous nous sommes retirés dans cette ferme. On n'a pas beaucoup de besoins mais pour y subvenir on s'est mis à écrire des livres sur la phytothérapie, l'acupuncture, la méditation... Et à donner des consultations, disons... clandestines. On y était bien obligés. Il y avait une vraie demande. On a soigné des tas de gens qui étaient très heureux de nous trouver. Beaucoup de nos anciens collègues nous ont pris pour des fous ! Mais regarde-nous. Des années que nous sommes ici et nous sommes dans une forme olympique.

Les parents de Gabriel éclatèrent de rire. C'était comme si le monde, ailleurs, n'existait pas. Comme s'il n'était pas en train de sombrer, si les pronostics de Marwa étaient bons. Sofia se mordit un ongle. Elle voulait encore croire que le monde allait se reprendre, et qu'elle pourrait bientôt y retourner. Bientôt enlacer de nouveau sa mère, son frère, et ses amis d'enfance. Bientôt reprendre ses études.

***

En ce début novembre, la forêt de Chaux s'était teintée d'ocres lumineux et de pourpres triomphants. Les champignons s'épanouissaient et tout un cortège d'insectes, de batraciens et de rapaces grouillaient, croissaient, guettaient. Par moments, Sofia s'y réfugiait pour s'imprégner de cette atmosphère apaisante. Mais s'y arrêter était un luxe. Il fallait se préparer à l'hiver, et cela demandait un travail de chaque instant. La première préoccupation était de faire des réserves, pour les humains et pour les bêtes. Couper du bois, le stocker, ramasser des châtaignes, des champignons, des plantes médicinales, s'occuper du potager, de la serre, faire des conserves, faire sécher les fruits... Il y avait aussi toutes les tâches ménagères et la cuisine, qui prenaient un temps fou sans l'aide des lave-vaisselle, lave-linge, ou autre robot. Daphné avait réparti les rôles. C'était facile à résumer : cuisine, ménage, cueillette, jardinage et soins aux animaux pour les filles ;

le reste pour les hommes. Sofia trouvait cela archaïque, mais elle n'osa pas protester.

Un jour, Sofia entreprit de fouiller chaque recoin de la grande remise, pour savoir sur quoi compter à l'avenir. Elle découvrit un solide stock de boîtes de céréales, de pâtes, de thon, d'huile, de sardines, de savon et de dentifrice... La vie n'allait pas être si aride en fin de compte, au moins pendant un temps. Puis elle souleva un vieux drap.

Elle le lâcha, la main posée sur son cœur.

Deux fusils étaient pendus là, au-dessus de caisses de munitions.

Une fois dehors, face au soleil voilé par des nuages épars, elle rit de son émoi. La consommation de viande était devenue rare, dans le monde d'avant, depuis qu'on avait pris conscience de l'impact majeur de sa production sur le réchauffement, la déforestation et la consommation d'eau. Mais dans cette nouvelle vie, et à l'échelle d'un seul foyer, consommer de la viande de temps à autre ne serait pas idiot. Ces fusils serviraient sans doute à abattre un sanglier ou un chevreuil. Quoi de plus normal ?

– Tout va bien, Sofia ? On dirait que tu as vu un fantôme.

Gabriel venait de derrière la remise, flanqué de Dante et Corail dont il caressait la tête en marchant. Sofia sourit.

– Tu ressembles à un mafieux avec ses gardes du corps !

– Je vais te faire une offre que tu ne pourras pas refuser...

– Tu imites trop mal Marlon Brando !

– Ah, t'es dure, tu me blesses.

Ils rirent, puis Sofia s'assit sur une bûche couchée à terre à côté des tronçons de bois. La hache était plantée dans l'un d'eux.

– C'est beau ici. C'est apaisant. Mais le monde moderne me manque un peu ! Ça te dirait qu'on regarde un épisode de *Game of Thrones* enregistré dans mon ordi, ce soir ?

– Non, Sof. Tu n'aurais même pas dû l'emporter, cet ordi. Mes parents sont hyper stricts sur la consommation d'énergie. Ils ont raison, tu sais bien. Il faut stocker le maximum d'énergie dans les batteries pour les nuits ainsi que les jours nuageux et sans vent. On n'a qu'une autonomie de cinq jours. Et la priorité, c'est ton cœur.

– Oh, ça va... On peut brancher l'ordi pendant une ou deux heures, quand même ! Ou mon smartphone pour écouter de la musique. Avoue que tu en meurs d'envie, toi aussi !

– Non. Il faut respecter les règles édictées par mes parents si on veut rester chez eux.

Sofia chercha le petit sourire qui accompagnait chacune des railleries de son petit ami. Mais il était sérieux. Et son regard était dur. Avant qu'elle ait à porter la main à son cœur encore une fois, il sourit enfin et vint s'installer à côté d'elle pour l'enlacer tendrement. Les deux chiens les observèrent avec méfiance, puis s'en allèrent suite à un échange de regards avec leur jeune maître.

– J'ai amené quelques romans qui m'ont l'air pas trop mal, dit Gabriel, je suis sûr qu'ils vont te plaire. On a aussi un Scrabble, et des cartes. On va trouver d'autres moyens de se divertir, tu vas voir. Tu ne trouves pas que… que cette vie nous reconnecte à nous-mêmes ?

– J'ai tout de suite vu que tu étais bizarre, toi, quand je t'ai croisé pour la première fois dans l'amphi, il y a deux mois.

Elle le sentit se raidir.

– Eh, je plaisante, ne le prends pas mal ! Tu as raison, ça fait du bien, ce… ce retour à la terre. On est tournés vers l'essentiel. Je découvre des sensations, des odeurs, des lumières que je n'avais jamais connues. J'aime plutôt ça, c'est vrai.

– On ne se connaît pas encore parfaitement, Sofia, mais ce que tu viens de dire, là… et ce que tu es, comment tu vis, ça me plaît. J'aime tout ça…

Il la dévorait des yeux.

– Je t'aime. Mon instinct me trompe rarement.

– Tu… Quoi ?

« C'est quoi, cette réplique de roman de gare ? »

– Ce que j'essaie de te dire, c'est que cette vie-là, rude et simple, et toi à mes côtés dans cette vie-là, c'est… ça me va, quoi. Ça me va même très bien.

Il l'embrassa. Quand ils se séparèrent, elle faillit plaisanter en lui demandant s'il avait apporté dans ses bagages *La Confusion des sentiments* de Stefan Zweig.

– Allez, je dois aider mon père à colmater un trou dans la toiture, dit-il avec un sourire.

Elle le regarda s'éloigner en se mordillant un ongle.

***

– Sofia ?

C'était dix jours avant Noël. Le froid était devenu vif et il fallait s'emmitoufler comme un Esquimau pour risquer un nez dehors. Dès que Sofia avait mis le pied sur le perron, Dante et Corail l'avaient rejointe puis reniflée de près, pour ne plus la quitter. Elle commençait à détester ces deux cerbères. Et à étouffer. Un mois auparavant, elle avait profité de la maison déserte pour brancher son smartphone dans la chambre. Elle voulait voir ses photos de famille stockées dans l'appareil. Mais Daphné avait surgi comme par magie dans l'entrebâillement de la porte, et lui avait fait une leçon de morale cinglante. Sofia s'était sentie si infantilisée qu'elle en aurait pleuré. Depuis, ses relations avec les parents de Gabriel s'étaient refroidies au même rythme que la température extérieure.

Alors qu'elle se dirigeait vers le ruisseau bordé de neige et de glace, Marwa la rejoignit en courant.

– Sofia ! Attends-moi, je voulais te demander quelque chose.

Une fois à sa hauteur, Marwa sautilla sur ses pieds. Pour lutter contre le froid ou contre sa gêne ? Elle adressait rarement la parole à Sofia. Pourtant, cette fois-ci, aucune trace de méfiance sur son visage.

– Il y a un truc que j'ai mal calculé, osa-t-elle dire enfin. Et Daphné n'a pas fait de stocks de ça. Je... bref, je n'ai plus de protections périodiques.

– Mais tu utilisais encore ces saletés pleines de dioxine ?

– Pas toi ?

– Ben non. Depuis que j'ai mes règles, j'utilise des culottes menstruelles.

– Tu... tu ne peux pas me dépanner, alors ?

Marwa avait l'air catastrophée. Elle était déjà maigre et pâle avant de venir ici, et cela ne s'était pas arrangé. Des larmes apparurent au bord de ses cils. « Elle est en train de craquer », pensa Sofia.

– Combien de temps on va devoir rester là ? demanda Marwa d'une voix éraillée. On n'a aucun moyen de savoir ce qui se passe ailleurs. Aucun de nous n'a prévu de se munir d'une radio hertzienne ! Qu'est-ce qui se passe, plus loin ?

Même si elle n'en menait pas large, Sofia tenta de la rassurer.

– Gabriel et Patrick vont régulièrement à pied au village. Ils disent qu'il est désert, depuis le début. Ils sont même allés plus loin, là où les téléphones captaient, avant. Ça ne capte plus rien. Ils disent que ce n'est pas bon signe. Ils ne savent pas ce qui se passe dans les villes mais d'après eux ça doit être un tel chaos que les habitants de Courtefontaine n'en sont pas revenus, après avoir voulu y chercher des vivres ou de l'aide. On est beaucoup mieux ici, d'après eux…

– Et à Dole ? Pourquoi on ne va pas voir ce qui se passe à Dole ?

– C'est à sept heures de marche. On ne peut pas utiliser l'une des deux voitures électriques, en recharger une demanderait trop d'énergie. De toute façon, avec toute cette neige, on n'arriverait jamais à se frayer un passage dans la forêt. On est bloqués ici pendant tout l'hiver.

Le visage de Marwa se décomposa.

– Mais c'est pas possible, je vais devenir folle, moi. Je veux savoir ce qui se passe ailleurs !

Sofia lui saisit les avant-bras pour la calmer.

– Moi aussi, je veux savoir. Et je veux avoir des nouvelles de ma famille. Mais on doit attendre le printemps. En attendant, ne te fais pas de souci pour tes règles, on va te confectionner des protections en tissu. C'est facile à faire, j'ai appris à coudre quand j'étais petite, avec ma grand-mère. J'ai vu qu'il y avait du tissu dans la remise. On va s'y mettre tout de suite, d'accord ?

– Et quand elles seront usées, et quand on n'aura plus de tissus ? Le stock de tissus et de laine dans la réserve n'est pas inépuisable !

Sofia dut admettre que les inquiétudes de Marwa étaient fondées… si leur présence ici s'éternisait. S'il n'y avait plus de tissu, elles n'allaient pas se mettre à tisser, tout de même ! Et avec quoi ? Et comment ? Une pointe de révolte perça sa poitrine en s'imaginant en train de tisser sur un métier en bois fabriqué par Gabriel. Qu'étaient-elles en train de devenir ? Les hommes aux gros travaux d'extérieur, et elles reléguées aux multiples tâches d'intérieur… Oui, qu'allaient-elles devenir ? Mais pour l'heure, il lui fallait calmer Marwa.

– Eh, on n'est pas ici pour toujours. Je te le promets. Je te le jure, même. Tu peux me croire.

Marwa passa la manche de sa doudoune sur ses joues mouillées, renifla, et acquiesça comme une enfant rassurée par une promesse de conte de fées.

Sofia avait désormais un semblant d'amie pour se réchauffer le cœur. Ce n'était pas du luxe pour passer Noël. Gabriel et ses parents, eux, exultaient. Ils étaient en famille, et vivaient leur meilleure vie possible en suivant leurs convictions profondes. Sofia se demandait parfois si elle faisait partie de leur puzzle si bien pensé : elle serait le gage de leur descendance, s'il fallait rester ici longtemps. Cette idée lui faisait froid dans le dos. Avec Marwa, elles s'échangeaient désormais des regards qui signifiaient : « Vivement le printemps ! »

Patrick et Daphné avaient chassé un sanglier quelques jours avant le réveillon. Sofia avait été horrifiée à la vue du sang, lors de la découpe. Les viscères tombées à terre, fumantes dans la neige. Cette vie qui s'échappait en vapeurs et miasmes. La bête ouverte, cette langue obscène, ces os luisants… Elle aurait pu s'épargner ce spectacle, mais elle tenait à tout voir, tout savoir de ce qui se passait autour d'elle. Elle désirait analyser chaque détail du comportement de ses hôtes. Elle nota la précision des gestes, l'absence d'hésitation, les yeux plissés, les sourcils froncés et, de nouveau, cette dureté dans le regard. Il s'agissait de tuer et de dépecer. Peut-être cela ne pouvait-il pas se faire avec tendresse ou pitié. Peut-être que pour vivre cette vie, il fallait en épouser la rudesse.

La décoration du salon était parfaite. Sapin fraîchement coupé, guirlandes et boules de Noël à foison, bougies et feu de cheminée fourni. On se serait cru dans l'un de ces films de Noël qu'adorait la grand-mère de Sofia. Le petit chalet idéal pour passer les fêtes de fin d'année. Sa mère et son frère lui manquaient atrocement. Étaient-ils en train d'essayer de la retrouver ? Qu'étaient-ils devenus ? Elle pensait à tous ceux qu'elle connaissait bien à force de les côtoyer à l'hôpital lors de ses fréquentes visites de contrôle, tous ces jeunes gens dépendant comme elle des médicaments ou de l'électricité. Étaient-ils morts ? Combien de morts ? Combien de résurgences de maladies ? Combien de nouvelles épidémies ?

– Qui sait ? dit Patrick en cuisinant des cardes le soir du réveillon. Cet effondrement est peut-être la meilleure chose qui aurait pu nous arriver. Sans lui, on aurait pu continuer pendant longtemps cette vie insensée, cette société inique, cette dévastation de la planète… Je ne sais pas ce que devient le monde en dehors de nous, mais ça ne peut être que pour aboutir à mieux qu'avant, vous ne croyez pas ? Regardez comme on est bien, nous, ici !

Ce discours empêchait Sofia de poser toutes ses questions aux deux anciens médecins. Elles les agaceraient, ou bien leurs réponses lui feraient peur.

Les fêtes passèrent ainsi. Elles auraient été moins douloureuses pour Sofia si Gabriel et ses parents n'avaient pas mis autant d'entrain à singer le monde d'avant...

Elle vit arriver janvier avec soulagement, mais sa poitrine la brûlait quand elle toussait, et elle toussait de plus en plus. À cela s'ajoutaient des maux de tête et un nez qui coulait comme une fontaine. Elle en vint à s'inquiéter pour son cœur mais Daphné la rassura à ce sujet.

– Tu as juste chopé un très vilain rhume, lui dit-elle après l'avoir auscultée. Aussi, avec tout ce temps que tu passes dehors, par ce froid, ce n'est pas étonnant ! Au moins on est sûrs que ce n'est pas viral, isolés comme on est.

Elle rit brièvement. En effet, c'était vraiment sain de ne côtoyer personne, au moins on n'attrapait pas tous ces nouveaux virus apparus ces dernières années à cause du dégel du permafrost. Mais Sofia eut du mal à s'en réjouir.

Daphné lui concocta des inhalations de thym et de menthe poivrée, de l'extrait de pélargonium, de la tisane de sureau noir et du sirop de plantain. Patrick, qui s'était davantage formé à la médecine chinoise, lui prépara une soupe claire avec des échalotes, du sel et du poivre, ainsi que de la poudre de Yini Qiao San, une formule à base de chèvrefeuille, forsythia et grande bardane.

– Voilà, jeune fille. On passera au Gan Mao Ling si ça s'aggrave. C'est une mixture quasi magique !

Le traitement fonctionna et Sofia fut rapidement remise sur pied. Elle s'avoua bluffée par les connaissances de Daphné et Patrick. Il lui fallait admettre que leur mode de vie était cohérent, réfléchi, sain et sensé. Le meilleur possible ?

***

Les jours rallongèrent peu à peu. Marwa et Sofia passaient plus de temps ensemble, ce qui ravissait Gabriel, heureux que sa petite et sa meilleure amies s'entendent si bien. Elles aimaient prendre l'air pour discuter en toute liberté, aussi longtemps que le permettait le froid cinglant. L'hiver paraissait interminable, mais cette amitié l'adoucissait.

– Ouille, fit Marwa un jour de mars, portant vivement sa main à la bouche.

Toutes deux étaient sorties se promener, un jour où le ciel était d'un bleu céruléen. En longeant le ruisseau, elles surprirent un renardeau au pelage roux qui tremblait dans la neige. Il était si mignon ! Dante et Corail grognaient mais Sofia les retint pendant que Marwa s'approchait doucement du jeune animal, voulant le caresser. Mais quand elle tendit sa main, il y planta ses crocs. Trois gouttes de sang percèrent le sol blanc. Les dobermans aboyèrent furieusement et le renardeau s'enfuit pour leur échapper.

– Un peu d'huile de palétuvier du Mexique et d'urine de rat des champs là-dessus, et ce ne sera plus qu'un mauvais souvenir ! plaisanta Sofia.

Elle avait imité la voix de Patrick en levant un doigt en l'air. Marwa faillit s'étouffer de rire, pendant qu'elle entourait sa main d'un mouchoir en tissu.

Quand ils examinèrent la blessure de Marwa après qu'elle leur eut tout expliqué, les parents de Gabriel échangèrent un regard auquel Sofia repenserait longtemps. Mais sur le moment elle n'eut pas le loisir de s'en étonner, car le soir même, par une de ces coïncidences dont le destin a le secret, Gabriel se plaignit à son tour d'une douleur à la main. En sculptant un bout de bois pour passer le temps au coin du feu, il s'était entré une écharde dans le doigt quelques jours plus tôt. Daphné l'avait retirée avec une pince à épiler mais depuis, l'index avait enflé et le faisait de plus en plus souffrir.

– C'est en train de s'infecter, diagnostiqua son père. Rien de grave mais il faut agir vite. D'abord tu vas bien nettoyer avec du savon, ensuite on va y appliquer du miel. On alternera avec des compresses de tisane de thym très concentrée. Ça va vite passer. Et on va faire pareil pour toi, Marwa, pour désinfecter ta main.

Si la main de cette dernière cicatrisait parfaitement malgré de fortes démangeaisons qui finirent par s'apaiser, le doigt de Gabriel devint rouge et enfla de plus belle. Il avait mal à en gémir et commença à avoir de la fièvre.

– Il lui faudrait des antibiotiques, non ? hasarda Sofia. Vous en avez certainement en stock.

Patrick et Daphné échangèrent un regard gêné.

– On n'en a plus, ma belle. On a tout écoulé.

– Quoi ? Mais quand ? Pourquoi ?

– On n'a pas à se justifier, répliqua Patrick froidement.

– J'ai eu une bronchite en décembre, tu te rappelles ? lâcha Daphné en serrant son mari contre elle pour l'adoucir. Et Patrick a eu une vilaine toux, après la tienne, Sofia. À nos âges, on ne doit pas prendre de risques, alors...

– Mais vous aviez dit que si vous étiez en pleine forme, c'était grâce à votre mode de vie naturel !

– On allait à la pharmacie quand il le fallait, avant tout ces événements, concéda Daphné. À part ça, bien sûr que c'est à notre mode de vie qu'on doit d'être en forme !

– Mais pourquoi vous n'en avez pas stocké davantage, des antibiotiques, alors ?

– Mais qu'est-ce que tu crois ? s'emporta Patrick. Qu'on avait prévu que l'effondrement se produirait là, maintenant ? Quand on a compris la gravité de la situation, avant que vous arriviez, j'ai fait toutes les pharmacies de la région, je suis même allé voir mes anciens collègues à l'hôpital, mais c'était trop tard, il n'y avait plus rien.

– Ne t'inquiète pas, Sofia, fanfaronna Gabriel qui tentait de rester digne et droit dans son fauteuil malgré la douleur, je suis jeune et fort, moi, je vais guérir naturellement.

Sofia serra les dents tout en effleurant la joue de Gabriel. Elle était brûlante. Tout en ayant pitié de lui, elle se demanda pour la première fois comment il avait fait pour obtenir une si grande quantité de ses propres médicaments vitaux, à l'hôpital de Besançon. Les avait-il volés ? Avait-il dû tuer pour les obtenir ? Dans tous les cas, ces médicaments avaient manqué à d'autres qui en avaient eu besoin. D'autres qui, peut-être, en étaient morts...

Huile de millepertuis, origan, vinaigre de cidre, curcuma, ail ou huile de pépin de pamplemousse, tous les antibiotiques naturels que Patrick et Daphné connaissaient furent tentés. Mais rien n'y fit. Le doigt enfla de plus belle et prit une vilaine couleur violacée. Gabriel était alité, frissonnant, et rien ne soulageait sa douleur. Sofia était obligée de dormir sur le canapé pour avoir une chance de passer la nuit sans être réveillée par ses gémissements.

– Je crois qu'on n'a pas le choix, murmura Daphné quelques jours après le début de l'infection.

La douleur se lisait sur son visage. Patrick ne répondit pas mais ses traits se durcirent. Il se dirigea vers la remise et en revint avec une scie, une trousse à outils, une bouteille d'alcool de prune et une fiole de whisky.

– Qu'est-ce que vous allez faire ? demanda Marwa qui avait pâli d'un coup.

Sofia n'avait même pas osé poser la question. Patrick et Daphné disparurent dans la chambre dont ils fermèrent la porte. Marwa et Sofia se serrèrent sur le canapé.

Elles tombèrent dans les bras l'une de l'autre quand elles entendirent le premier hurlement de Gabriel. Les cris du jeune homme leur parurent durer des heures, jusqu'à ce que le silence total se fasse, subitement.

– Tu… tu crois qu'il… qu'il est ?…

– Sofia, non, ne dis pas des choses comme ça, pitié…

Leurs joues étaient baignées de larmes. Elles tremblaient comme des feuilles. La porte s'ouvrit enfin. Patrick apparut, plus pâle que la mort.

– C'est fait, leur apprit-il d'une voix blanche. Il s'est évanoui… mais je crois qu'il est tiré d'affaire.

Il serrait quelque chose dans la main, entouré d'un linge sanguinolent. Sofia fut saisie d'un nouveau tremblement en comprenant ce que c'était.

Patrick eut un spasme nerveux puis sortit pour aller se débarrasser du doigt de son fils. « Très loin d'ici, j'espère », songea Sofia. Cette fois elle n'avait pas voulu tout voir, tout savoir, comme avec le sanglier. Elle ferma les yeux, ne put que visualiser la scie et les pinces pleines de sang, et pria pour se réveiller ailleurs, dans une autre dimension.

***

Gabriel se remit rapidement, après l'amputation du doigt malade. La menace de la gangrène et de la septicémie était écartée et chacun respira mieux. Dès qu'il fut remis sur pied, il réussit même à en plaisanter. « Ça fait partie des petits accidents de la vie ! » disait-il en secouant sa main à quatre doigts.

La vie monotone du chalet put reprendre, mais Sofia trouva Marwa changée. Le choc du traumatisme qu'ils venaient tous de vivre, sans doute. Elle était de plus en plus agitée, triste et de mauvaise humeur. Elle avait perdu l'appétit et restait de longues heures abattue.

– J'ai mal à la gorge et à la tête, dit-elle un matin. Et je crois que j'ai un peu de fièvre. Je dois avoir un rhume.

– T'inquiète, la rassura Sofia, Patrick sait très bien soigner ça !

Mais les symptômes de Marwa ne se calmèrent pas. Elle devint de plus en plus irritable, s'agaçant s'il y avait trop de bruit ou si une porte était restée ouverte. Un simple courant d'air la rendait nerveuse. Elle dormait plusieurs heures dans la journée ou au contraire restait toute la nuit éveillée. Puis un jour, durant le déjeuner, elle poussa brutalement son verre d'eau qui se fracassa par terre, se leva en hurlant de terreur et tomba au sol, le corps parcouru de convulsions.

– Qu'est-ce qu'elle a ? cria Sofia.

Daphné s'agenouilla et se pencha pour prendre son pouls. Au moment où elle voulut poser sa main sur son front, Marwa eut un sursaut et empoigna la gorge de Daphné. Elle serra de toutes ses forces en rugissant. Patrick se précipita pour tenter de desserrer son étreinte, pendant que Gabriel s'emparait d'une poêle en fonte pour la brandir au-dessus de la tête de la jeune fille.

– Non ! hurla Sofia.

Elle se jeta sur la poêle pour éviter que Gabriel ne l'abatte sur son amie. Patrick ne parvenait pas à écarter les bras de Marwa, qui paraissaient tétanisés et durs comme du bois. Le visage de Daphné devenait écarlate, mais elle eut la force d'envoyer un vigoureux coup de poing dans le visage de son assaillante. Du sang gicla au sol. Daphné réussit à se dégager et Patrick enserra les poignets de Marwa entre ses grosses mains. Elle se débattit comme une diablesse et finit par perdre connaissance, le nez en sang.

Un silence macabre envahit la pièce. Sofia tremblait des pieds à la tête.

Gabriel porta Marwa dans son lit, pendant que Patrick et Daphné se tenaient la main, assis dans le canapé, essayant de reprendre leurs esprits.

– Je ne voulais pas l'admettre, mais cela faisait quelques jours que j'avais reconnu les symptômes de la rage, laissa tomber Daphné.

L'état de Marwa se dégrada tant qu'il fallut l'attacher à son lit pour éviter qu'elle ne se lève et essaie de tuer quelqu'un d'autre dans la maisonnée. Sofia essayait de passer le plus de temps possible auprès de son amie, lui racontant des histoires ou lui parlant de ce qu'elles feraient toutes les deux au printemps, quand elles partiraient enfin d'ici. Mais elle était effrayée par les crises impressionnantes qui s'emparaient du corps de la jeune fille, comme si elle était possédée. De l'écume lui sortit un jour de la bouche et Daphné baissa les yeux quand Sofia le lui raconta. Quelques heures plus tard, Marwa mourut. Arrêt cardiorespiratoire.

Sofia faillit sauter à la gorge de Daphné, comme Marwa l'avait fait, quand elle murmura « C'est la loi de la nature », devant le corps recouvert d'un drap. Elle qui avait déjà eu une belle vie, longue et heureuse, qui avait connu l'amour et eu un fils ! Marwa ne connaîtrait jamais tout cela.

Sofia resta prostrée dans le salon pendant que Gabriel et Patrick se demandaient comment creuser un trou pour la tombe avec ce sol gelé. Ils résolurent d'aller déposer le corps dans la forêt, au pied d'un arbre, enroulé dans un drap, et de le recouvrir de pierres en tumulus.

C'était un cauchemar. Ça ne pouvait qu'être un cauchemar.

***

Sofia vécut la fin de l'hiver dans un état second. Elle avait lu tous les livres disponibles et n'en pouvait plus des jeux de société. En plus de cela, elle ne supportait plus la tendresse de Gabriel. Elle ne voyait plus en lui qu'un fils à papa et maman incapable de remettre en question les prises de position les plus absurdes de ses parents... même après avoir perdu sa meilleure amie ! Ah, il était triste, ça oui, même inconsolable. Il était si proche de Marwa ! Mais lui aussi avait fini par dire en pleurant « C'est la loi de la nature », tout en enlaçant le cou de ses deux dobermans pour se réconforter…

Prétextant le besoin de faire son deuil, Sofia s'installa dans la chambre de Marwa. Elle pouvait enfin respirer et savourer un peu de solitude. À présent, la nuit, elle pouvait brancher son smartphone quelques minutes pour contempler les photos de sa mère et de son frère. Chaque fois, elle ne pouvait résister à la tentation de chercher une connexion Internet, mais c'était peine perdue.

Le printemps arriva enfin.

Avec les beaux jours, le labeur reprit de plus belle au-dehors. On pouvait de nouveau cueillir des fruits, s'occuper du potager, pêcher ou chasser du petit gibier au moyen de pièges au sol. Pour ne pas mourir de solitude, mais peut-être surtout pour ne pas créer de tensions qui se retourneraient forcément contre elle, Sofia n'avait pas rompu avec Gabriel. Elle avait tenu néanmoins à garder sa propre chambre, pour avoir plus d'intimité. Gabriel et ses parents avaient respecté ce besoin.

Mais à sa demande répétée d'aller à Dole voir ce qui s'y passait, puisqu'on le pouvait désormais, on lui répliquait invariablement :

– Patrick ira la semaine prochaine. Il nous ramènera des nouvelles de l'extérieur. Promis.

La semaine suivante, cependant, il n'y allait pas, prétextant une tâche urgente. Sofia finit par comprendre qu'il avait peur. Terriblement peur du chaos qu'il risquait d'y trouver. Terriblement peur de la violence qui pourrait s'exercer contre lui. Peur de ne pas revenir.

– Et toi, Gabriel, tu n'as pas envie d'aller voir ? Allons-y en voiture !

– Elle consomme beaucoup d'énergie et tu sais ce que mes parents en pensent.

– Tes parents, tes parents ! Ça t'arrive de penser par toi-même, des fois ?

– Arrête Sofia, tu délires, là. Tu sais qu'on leur doit la vie !

– Et quand je n'aurai plus de médicaments, comment on va faire ?

– Quand ça arrivera, je remuerai ciel et terre pour en retrouver, tu peux compter sur moi. Je t'en trouverai d'autres s'il le faut, mais peut-être que ce ne sera pas nécessaire. Avec mon père on cherche déjà comment en fabriquer par nous-mêmes. Il est sûr que c'est possible, il va y arriver. Et en attendant, il t'en reste encore pour plusieurs mois, tout va bien.

« Fabriquer soi-même des médicaments aussi complexes ? s'interrogea Sofia. Mais il est en plein déni, ma parole. Il est dans un putain de déni ! »

– Mais tu n'as pas envie d'aller voir ce qu'il y a ailleurs ? demanda-t-elle le plus doucement possible, comme on s'adresse aux fous. Tu n'as pas envie de savoir ?

– Honnêtement, non, je t'avoue. Je me sens bien ici, avec toi. Je n'aspire à rien d'autre. Te protéger, prendre soin de toi, t'aimer, être sûr qu'il ne t'arrivera rien, c'est le seul but de ma vie.

Sofia détournait la tête tout en imaginant les moyens de se rendre seule à Dole. Utiliser la voiture était impossible : elle n'arriverait jamais à la brancher pour la recharger à l'une des batteries de la grange sans que Gabriel ou ses parents s'en aperçoivent. À pied, il fallait environ sept heures, d'un bon pas, avait calculé Patrick. Or c'était très risqué, étant donné la durée d'autonomie de la batterie du cœur de Sofia, qui était de huit heures. Pourquoi n'y avait-il pas de cheval à la ferme ? Cela aurait été la solution ! Mais ce n'était qu'un rêve.

En mai, une angoisse lancinante colla à la peau de Sofia, plus poisseuse de jour en jour.

Ses règles étaient en retard.

Or cela faisait plusieurs semaines que le stock de préservatifs était épuisé. Les rapports avec Gabriel s'étaient espacés, elle ne ressentait plus de désir pour lui, mais quand il était trop pressant, elle ne trouvait pas le courage de le repousser. Elle avait peur que la famille entière se retourne contre elle. Elle était plongée dans cette zone grise où le viol ne dit pas son nom. Elle réussit à imposer l'abstinence les jours du mois les plus risqués, mais comme elle n'avait pas Internet pour vérifier, elle n'était pas bien sûre du nombre de jours après le début de ses règles où elle était fertile ou non. Il se pouvait très bien qu'elle ait été imprudente sans le savoir vraiment. Tournoyaient dans sa tête des images effrayantes d'accouchements éprouvants, sans assistance médicale ni antibiotiques si les choses tournaient mal. Elle imaginait Daphné et Patrick rayonnants avec leur petit-fils ou leur petite-fille dans les bras, en train de susurrer au-dessus de son cadavre : « C'est la loi de la nature. » Ça, c'était dans le cas où l'enfant survivait. Ou bien elle convoquait d'autres scénarios tout aussi horrifiques de tentatives d'avortement, seule, avec l'une des aiguilles à tricoter de Daphné.

– Ah, le retour à la terre, c'est magnifique ! cria-t-elle en donnant un coup de pied dans le tronc d'un épicéa. Vive la loi de la nature !

Aussitôt, Dante et Corail grognèrent, toujours auprès d'elle quand elle était dehors. Elle les regarda longuement, puis leur murmura :

– Je n'ai que dix-huit ans. Seulement dix-huit ans ! Ça n'arrivera pas. Ça n'arrivera pas, vous m'entendez. En tout cas pas dans cet endroit de malheur, avec ces gens de malheur. Pas ici, pas avec eux.

Elle réalisa qu'elle grinçait des dents et serrait les poings. Sa décision était prise.

Pendant plusieurs jours, elle préleva subrepticement du pain ou des gâteaux à chaque repas, glissés dans sa poche. Elle en remplit un sac à dos, à côté de ses boîtes de médicaments. Dans la pharmacopée, elle dénicha des somnifères. L'un des parents de Gabriel n'arrivait visiblement pas à se satisfaire des délassants naturels pour s'endormir... Un matin, elle se leva avant l'aube. Elle écrasa des somnifères sur des cuisses de lapin cuites la veille par Patrick et Daphné, et les déposa devant la grange. Dante et Corail se jetèrent dessus en grognant. Sofia les caressa doucement pendant qu'ils s'assoupissaient. Puis elle alla chercher l'un des fusils dans la réserve, jeta un dernier coup d'œil à sa batterie dans son holster, ajusta son sac à dos, prit une grande inspiration et commença sa marche en direction de Dole.

C'était l'un de ces matins que connaissent les solitaires devant le soleil se levant en pleine nature, un matin semblable au premier du monde. Le printemps éclatait de vie, explosait de couleurs, tonitruait en chants et bruissements divers. La forêt charriait son lot de mystères et de contes. Elle avait jeté un matelas d'aiguilles sous les pas de Sofia. Elle tendait ses branches pour l'envelopper, et sa canopée pour la protéger du soleil. Il fallait que Sofia hâte le pas, d'abord pour arriver avant que sa batterie ne se décharge, ensuite pour s'éloigner le plus possible avant que Gabriel ne s'aperçoive de son absence. « Et si, une fois arrivée, je ne trouve aucun endroit pour recharger ma batterie ? » Cette phrase tournoyait dans l'esprit de la jeune fille, mais n'entamait pas sa détermination. Tant pis, il lui fallait prendre le risque. Tout plutôt que rester dans cette maison où elle étouffait, où elle n'avait plus d'amie, et où elle ne voyait pas d'autre avenir que la mort.

Deux heures s'écoulèrent sans encombre. Elle ne pouvait pas se perdre en suivant le chemin de terre. D'ailleurs, elle vit bientôt un panneau annonçant Dole à vingt-cinq kilomètres. Sofia se raccrochait à la ritournelle des oiseaux pour rythmer ses pas, puis au moment où elle quitta le chemin de terre pour uriner dans le sous-bois, elle entendit crier son nom. Elle s'arrêta, dressa l'oreille.

C'était la voix de Gabriel.

Accompagnée du ronronnement de la voiture électrique. Ils avaient dû prendre le temps de la recharger une heure ou deux.

Elle eut une seconde d'hésitation. Crier « Je suis là » ? Les convaincre de poursuivre avec elle la route vers Dole, puisqu'ils étaient sur le chemin ? L'engin était-il suffisamment rechargé pour cela ? Mais quand elle vit la voiture passer, sans réfléchir, elle se dissimula derrière un rocher. Patrick était au volant, tandis que Gabriel émergeait du toit ouvrant, fusil en bandoulière.

Sofia porta la main à son cœur.

Était-il possible qu'il ait l'idée de la menacer avec son fusil, pour la forcer à revenir à la ferme ? Était-ce vraiment possible ?

« Non, se raisonna-t-elle, c'est pour se protéger des rôdeurs éventuels. » Néanmoins, elle ne voulut pas en avoir le cœur net. Elle prit ses jambes à son cou, serrant la lanière de son propre fusil très fort entre ses mains. Elle courut le plus vite possible, plus vite qu'elle ne l'avait jamais fait, avec la peur que son cœur artificiel, de si bonne qualité qu'il fût, ne tienne pas le coup, et quand elle s'arrêta, hors d'haleine, et que le silence total la rassura, elle réalisa qu'elle ne savait pas où elle était.

Elle se repérait grâce à la position du soleil. Elle marcha, marcha, et le soleil commençait à taper de plus en plus fort. Sofia fit une pause pour reprendre des forces et manger un morceau, avec l'impression d'être le Petit Poucet perdu au milieu de la grande forêt.

Puis elle reprit sa route. Cela faisait plus de cinq heures qu'elle était partie. La panique commençait à la gagner. Se dirigeait-elle vraiment vers Dole ? Elle tenta d'accélérer le pas. Mais la fatigue et la chaleur rendaient ses gestes moins précis, et elle trébucha sur une racine sortie du sol. Elle tomba violemment, et sa tête heurta une pierre. Une douleur vive lui fit pousser un cri. Du sang coula sur ses yeux. Un voile commença à s'y déposer. Les branches des arbres dansaient au-dessus d'elle, faisant pétiller des éclats de lumière. Elle allait perdre connaissance, puis les battements de son cœur artificiel allaient s'arrêter tout doucement. Et tout doucement, elle allait quitter ce monde.

– Ce monde magnifique... chuchota-t-elle.

***

Elle rouvrit les yeux dans une pièce immaculée et à l'odeur propre et saine.

– Est-ce que c'est le paradis ? murmura-t-elle.

Mais au paradis, on n'avait sans doute pas de câble qui sortait de derrière son oreille, branché sur une prise de courant. Et on n'était pas reliée à une machine qui mesurait son rythme cardiaque.

– Je suis vivante...

– J'espère bien !

Une homme d'une trentaine d'années venait de pénétrer dans sa chambre. Il portait une blouse et entreprit d'ausculter Sofia.

– Où suis-je ?

– À l'hôpital de Dole, jeune fille ! Tu as eu une sacrée chance, tu sais ? Si Marianne ne t'avait pas trouvée en revenant de son champ, tu ne serais plus de ce monde.

Sofia porta la main à sa tête. Elle était bandée.

– Plus de peur que de mal de ce côté-là, la rassura l'infirmier, mais on va te garder en observation quelques jours. Il faut que tu me dises quelques petites choses. Ton nom, ton âge, ton adresse ?

– Mais... je... tout ne s'est pas effondré ?

Le jeune homme la considéra gravement.

– Te rappelles-tu ton nom ?

– ... Oui. Sofia Agostino.

– Ah, tu me rassures.

Il vérifia ses réflexes.

– Quel jour est-on ?

– Vendredi. Mais que... que s'est-il passé depuis... novembre dernier ?

– Mmmm... Tu as eu un traumatisme crânien. On va faire d'autres tests pour en déterminer la gravité, mais dans certains cas cela fait perdre la notion du temps... et parfois, la mémoire.

– Je n'ai rien perdu ! En tout cas, pas ça. Je sais très bien qu'on est en mai, et je me souviens parfaitement de ce que j'ai vécu depuis novembre. Mais je ne sais rien de ce qui s'est passé dans le monde.

Il la considéra longuement en fronçant les sourcils.

– Ferais-tu partie de ces gens qui ont choisi de se retirer au lieu d'affronter la réalité ?

– Ce n'était pas volontaire. Mais oui, j'étais en retrait... total.

– Pas volontaire ? Tes parents t'ont... forcée ?

– Non ! Personne ne m'a forcée. C'est plutôt... ça.

Elle désigna le câble qui la reliait au secteur.

– Je croyais faire le meilleur choix, murmura-t-elle.

Le jeune homme se détendit.

– Ne t'inquiète pas, tu n'es pas seule dans ce cas. Il y a eu des réactions plus ou moins extrêmes en fin d'année dernière. Écoute, je crois qu'il vaut mieux que tu discutes de tout cela avec un spécialiste. Je vais faire appeler un psychologue. En attendant, tu dois encore te reposer un peu. Veux-tu que je prévienne quelqu'un que tu es là ?

Prévenir quelqu'un ? Elle devait avant tout mettre de l'ordre dans ses idées. Comprendre ce qui s'était passé... Devant l'air confus de Sofia, qui secoua négativement la tête, le jeune homme sourit avec bienveillance et se tourna vers l'autre lit qui était dans la chambre. Une femme rousse y était allongée. Elle était d'une pâleur et d'une maigreur extrêmes. Elle confia dans un souffle qu'elle avait mal partout. L'infirmier lui prit la main et, à la grande stupeur de Sofia, se mit à fredonner une mélodie apaisante. Puis il appuya sur une télécommande placée sur le mur à côté du lit, et des sons de mer – ressac de vagues, roulis de graviers – envahirent la pièce, remplaçant son chant... Il entreprit alors de lui masser les bras, le cou, les jambes...

– Quand j'allais chez la sophrologue, dit Sofia à voix basse, elle diffusait aussi ce type de sons.

Sans s'arrêter de masser, l'infirmier hocha la tête.

– Déjà, avant, on utilisait la musicothérapie pour atténuer les douleurs, améliorer les fonctions cognitives après un AVC ou lutter contre la dépression. Cette technique thérapeutique est en train de se répandre et d'acquérir ses lettres de noblesse dans la médecine traditionnelle. Tout comme le massage, ou la méditation, ou l'acupuncture...

– Ou la médecine chinoise ? Et la phytothérapie ?

– Oui, tout cela. C'est très efficace. On le reconnaît enfin.

Un frisson parcourut l'échine de Sofia en reconnaissant le discours de Patrick et Daphné. Le monde entier était-il devenu complètement marteau ? Mais l'infirmier, décelant l'incompréhension qui se lisait sur le visage de la jeune fille, poursuivit ses explications, tout doucement, en continuant de masser sa patiente qui soupirait d'aise par moments.

– Nous n'en sommes qu'au début. Ces médecines alternatives ont à la fois fait leurs preuves et trouvé leurs limites pendant cette période chaotique. On s'est rendu compte qu'il fallait trouver le bon dosage entre techniques naturelles et techniques modernes. Pour cela, il faut raviver un savoir ancestral qu'on était en train d'oublier. Dire qu'on aurait pu mettre ça en place tellement plus tôt !

Sofia l'écoutait avec attention, se sentant elle-même apaisée par les bruits de la mer.

– Avant tout ça, c'était hop une piqûre, hop une opération, hop un médicament, vite vite, parce qu'on devait remplir des objectifs de performances et de rentabilité... C'était tellement déshumanisant ! Aujourd'hui, on est autorisés à prendre le temps de comprendre et traiter le patient dans sa globalité. En tout cas ici à Dole, c'est le choix qui a été fait. C'est le chemin que prend le pays entier, petit à petit. Ça va prendre un long moment mais si la volonté politique est là, et a priori, c'est bien le cas, on va y arriver. Dans cet hôpital, on nous donne des moyens et donc du temps pour comprendre la vraie source des problèmes des patients.

– Vous pensez que c'est possible ?

Le jeune homme sourit.

– Ça ne sera pas facile, mais oui, j'y crois. Cela fait des années que les hôpitaux tirent la sonnette d'alarme ! Les associations, les particuliers mobilisés, les alertes des médecins, des patients eux-mêmes, bien avant l'effondrement, tout cela a été très utile.

La jeune fille eut une pensée pour Marwa.

L'infirmier regarda sa patiente, qui semblait de plus en plus détendue.

– On peut désormais tenter la médecine douce avant de voir s'il faut passer à une médication plus lourde. Les traitements sont beaucoup moins médicalisés : on y gagne en argent et en qualité. On recourt aux équipements de pointe encore présents dans tous les hôpitaux uniquement quand c'est nécessaire. La consommation d'énergie est rationnée, mais la priorité nous est donnée, dans les hôpitaux. On recourt même parfois encore aux intelligences artificielles dites faibles, pour mieux soigner certaines pathologies. Pour nous, les soignants, ces pratiques éclairées sont inespérées.

La femme finit par s'endormir et l'infirmier s'éclipsa discrètement.

Sofia avisa son sac à dos posé sur une chaise. Elle se leva précautionneusement pour en extirper son smartphone. Enfin ! Elle le brancha et attendit qu'il se recharge. En attendant, elle entra dans la salle de bains. Tout y était comme avant. L'eau coulait des robinets. Puis, en allant aux toilettes, elle constata... qu'elle avait ses règles ! Jamais elle n'avait été aussi contente de les avoir. Ce n'était donc qu'une fausse alerte, un bête retard peut-être dû au stress. Quel soulagement ! Un immense poids quitta ses épaules.

Le téléphone était rechargé, mais ne captait aucun réseau. Elle vérifia que sa batterie portative était pleine, puis sortit de la chambre après avoir enfilé son jean sous sa blouse médicale. Les couloirs ressemblaient à des couloirs d'hôpitaux comme elle en avait connu dans le monde d'avant. Quoique... Des médecins et des infirmiers les arpentaient ou s'y affairaient, mais ils semblaient plus calmes et moins pressés.

Elle trouva la grande salle commune, réservée aux patients, baignée de lumière grâce aux larges baies vitrées. Dans un coin, un ordinateur était occupé par un homme chauve avec un cathéter posé sur le bras. Sofia s'approcha lentement, les yeux écarquillés.

– Tu veux l'utiliser ? demanda l'homme. J'ai fini, vas-y ! Quand je pense qu'au début, quand on a décidé qu'il y aurait un seul ordinateur connecté pour tous les patients de l'hôpital, c'était la cohue ! On s'habitue à tout, mais on se déshabitue aussi de tout.

Il sourit en lui laissant la place et Sofia s'assit devant l'écran. Elle ouvrit le navigateur. Internet fonctionnait bien ! Fébrile, elle rechercha dans les archives des journaux en ligne ce qui était arrivé après son départ pour Courtefontaine. Elle découvrit que, le lendemain de son arrivée à la ferme, l'état d'urgence avait été décrété, pour éviter que le pays ne sombre totalement dans la violence et le chaos. Sofia comprit la suite des événements grâce aux gros titres qu'elle trouva dans l'ordre chronologique. Certains organes de presse s'étaient remis en place assez rapidement, et le maintien d'Internet avait été l'une des priorités du gouvernement pour rétablir lien et cohésion dans tout le pays.

Elle apprit que l'effondrement économique, qui menaçait de devenir total, avait été évité de justesse. Bien que sévère et non sans dérives de violence et de surveillance abusives, la reprise en main avait permis peu à peu un retour au calme et une reprise de l'économie. Cinq mois plus tard, à la suite de gros efforts collectifs, le gouvernement avait pu assouplir l'état d'urgence. Il n'était pas loin d'y mettre totalement fin et de faire confiance à la population, rassurée par des mesures enfin sensées, et davantage tournées vers l'humain que vers la mondialisation à tout crin. Car enfin, l'État avait pris des décisions appropriées pour l'humain et la planète. Dire qu'il avait fallu en arriver là pour qu'il en perçoive l'urgence !

Pendant les mois précédents, le pays avait tant souffert des dysfonctionnements dans les hôpitaux, du manque de moyens et de personnels, tant de morts en avaient découlé que le domaine de la santé était à présent en passe de devenir le mieux abondé des budgets de l'État, avec celui de l'éducation. En tout cas, c'était la volonté d'une nation en pleine reconstruction, dont le mot d'ordre était : « Plus jamais ça. »

« Mesures d'austérité : économisons l'énergie ! Priorité aux écoles, collèges, lycées, à l'université et aux hôpitaux. »

« Usines pharmaceutiques : réorganisations massives pour fabriquer en urgence les cinq cents médicaments prioritaires (antibiotiques, antalgiques, vaccins, anticancéreux...). Objectif à long terme : fabriquer le maximum de médicaments sur le territoire, ou au pire en Europe. »

« Nouvelles campagnes de vaccination obligatoire : luttons contre le retour d'anciennes maladies ! »

« Pollution : baisse notoire depuis le ralentissement économique. Une répercussion indéniable sur notre santé... »

Comme hypnotisée par les titres des articles, Sofia avait du mal à y croire. Elle se promit de décortiquer toutes les annonces gouvernementales au plus tôt. Mais avant cela...

Elle comprit grâce à l'un des gros titres que les réseaux téléphoniques ne fonctionnaient plus que par câble, et que par conséquent son téléphone portable ne lui servirait à rien. Elle se tourna vers l'appareil qu'elle avait aperçu en entrant dans la salle commune, fixé au mur.

Elle s'assit sur une chaise, devant la grande fenêtre d'où l'on voyait la rue. Une rue normale avec des gens normaux, mais pas une voiture, pas un smartphone. Et beaucoup de vélos.

Sofia saisit le combiné et le porta doucement à son oreille, sans savoir à quoi s'attendre. Le bourdonnement était en attente d'un numéro. Par chance, elle s'en souvenait et le composa.

Les sonneries se succédèrent.

Au-dehors, une petite fille éclata d'un rire clair.

On entendait la brise dans les branches des arbres.

Puis il y eut le bruit de quelque chose que l'on décroche.

– Maman...

– Allô, Sofia, c'est bien toi ?

Elle porta la main à son cœur.

LA FRESQUE

CHRISTOPHE LAMBERT

Le loup solitaire se faufilait entre ronces et broussailles, son ventre frôlant à peine le tapis de feuilles mortes. C'était un vieil animal gris dont les nombreuses cicatrices témoignaient d'une vie tumultueuse, une vie de banni. Son poitrail se soulevait et se creusait au rythme rapide de sa respiration. Il était tout excité. Il avait repéré une proie.

Soudain, il s'immobilisa. À vingt mètres de lui, son futur repas (un Deux-Pattes !) avait fait de même. Il était rare de voir l'une de ces créatures s'aventurer toute seule dans la forêt sans Bâton-Tonnerre. Peut-être que ce très jeune Deux-Pattes, avec sa peau rose et sa touffe de poils sur la tête, avait lui aussi été chassé de son clan ? Il balayait la clairière du regard, sur le qui-vive. La frousse suintait par tous les pores de sa peau, excitant encore davantage l'appétit du prédateur. Dix secondes passèrent, figées dans un silence d'éternité. Plus rien ne bougeait. C'était comme si la nature retenait son souffle. Le loup doutait cependant d'avoir été repéré : il ne faisait pas de bruit, avançait contre le vent et, de toute façon, les Deux-Pattes ne possédaient pas une ouïe et un odorat très développés.

Wizzzz !

Quelque chose avait sifflé aux oreilles du loup. L'instant d'après, un caillou ricocha sur un arbre, tout près de lui. Il tourna vivement la tête et aperçut une grande femelle Deux-Pattes qui surgissait des fourrés.

– Dégage ! cria-t-elle. Allez, fous le camp !

Elle faisait tournoyer quelque chose au-dessus de sa tête.

Un nouveau projectile fusa, emportant un morceau d'écorce à dix centimètres de la bête. Le loup gris détala sans demander son reste. Il ne mangerait pas de Deux-Pattes aujourd'hui !

– C'est bon, il est parti, fit Agnès.

Elle rangea sa fronde dans la sacoche qu'elle portait en bandoulière. L'enfant, en revanche, restait immobile, comme pétrifié par un charme magique.

– C'est bon, je te dis. Tu ne crains plus rien, Anthony...

Brusquement, le gamin se mit à courir pour se jeter dans les bras de sa protectrice. Il pleurait à chaudes larmes. Anthony avait sept ans. Ce n'était pas le plus jeune des enfants placés sous la responsabilité d'Agnès, mais c'était assurément l'un des plus sensibles.

– J'ai eu peur... tellement peur... J'ai... j'ai cru qu'il allait me manger !

– C'est fini, c'est fini, répéta l'adolescente en lui caressant les cheveux. Viens, on va rejoindre les autres.

Ils se mirent en branle, et le petit sécha ses larmes en marchant.

– Comment tu as fait pour te paumer ? lui demanda Agnès. Tu sais te servir de la boussole, pourtant ?

– J'l'ai perdue...

– Ah bravo...

Un groupe d'une douzaine d'enfants âgés de six à huit ans les attendaient à la lisière de la forêt. Ils avaient les cheveux en bataille, la morve au nez, les genoux et les coudes écorchés. Des pièces de tissu grossièrement cousues donnaient des allures de patchwork à leurs vieux vêtements. Les gosses trompaient leur ennui en se chamaillant, en rigolant et en se jetant des bogues piquantes à la figure.

– Eh oh, du calme !

Le chahut cessa aussitôt. Les petits adoraient Agnès. Non, mieux que ça : ils la vénéraient. Elle était grande (elle avait seize ans !), elle était belle et elle connaissait plein de choses.

– Un, deux, trois...

Elle comptait, l'index pointé vers le groupe. Elle marmonnait tout en se mordant la lèvre inférieure :

– Onze, douze... Super, tout le monde est là !

Elle poussa un grand « Ouf » de soulagement intérieur. Elle se voyait mal annoncer aux parents : « Ah, au fait, j'ai paumé votre gamin en forêt. Vous savez, comme dans cette fable, là, *Le Petit Poucet* ! »...

– Allez, en route, mauvaise troupe !

Elle tenait cette expression de son père, Victor. Elle tenait beaucoup de choses de lui, si l'on voulait bien en croire Marisa, sa mère.

– Tu as ses yeux bleus, ses cheveux blonds... et son sale caractère ! disait celle-ci en blaguant, autant pour faire enrager la fille que le père.

Agnès sentit un picotement monter au coin de ses yeux, et un nœud coulant invisible lui garrotta le cœur. Marisa Gauthier était morte l'hiver précédent, des suites d'une mauvaise grippe. Depuis le Grand Chambardement, le moindre virus pouvait s'avérer fatal.

« Inutile de remuer tout ça, se morigéna la jeune fille. Il faut aller de l'avant... »

Encore une de ces formules toutes faites que son père aimait lui seriner. Victor Gauthier avait un tempérament de meneur né, de battant. Il faisait partie du petit comité démocratiquement élu chargé de guider la Communauté du Prieuré dans ses décisions.

La Communauté ! Quatre-vingt-dix-huit personnes rassemblées dans une ancienne abbaye, perdue en pleine campagne limousine. Un choix logique, en définitive. Jadis, les autorités religieuses sélectionnaient avec soin les sites où leurs représentants allaient s'établir : des endroits dotés de pâtures pour les bêtes, proches d'une rivière ou d'une source d'eau potable, sans oublier la forêt, indispensable au bois de chauffage ou de construction.

Cerise sur le gâteau, les hauts murs en pierre offraient une protection idéale contre les indésirables, qu'ils soient d'origine humaine ou animale !

Il fallut une vingtaine de minutes à Agnès et aux enfants pour arriver en vue du Prieuré.

L'ensemble des constructions (l'église, le cloître mais aussi les quartiers d'habitation) étaient situées au sommet d'une colline depuis laquelle on pouvait voir au loin. Des plantations occupaient toute la superficie des deux versants les plus ensoleillés : vigne au sud et verger à l'ouest. Les vendanges venaient de s'achever. Pour l'heure, un groupe d'hommes et de femmes préparaient la terre avec du compost, afin d'y planter très bientôt de nouveaux pommiers. Ces cultures dataient de l'époque où les moines vivaient au Prieuré. Les membres de la Communauté n'avaient fait que perpétuer la tradition. Le seul élément jurant vraiment avec l'aspect séculaire des lieux était la rangée de panneaux photovoltaïques installée sur le toit du réfectoire. Datant d'avant le Grand Chambardement, ces plaques brillaient comme une coulée d'or sous les caresses du soleil automnal.

Agnès salua son ami Greg, qui était occupé à rassembler les feuilles mortes en tas pour les brûler. De petite taille, mais costaud, Greg avait un an de plus que la jeune fille. Ils se connaissaient depuis l'enfance.

– Comment s'est passée la course d'orientation ? lança le garçon.

– Tout va bien... Il y a juste eu un incident avec un loup.

– Un loup ?

Greg s'immobilisa, fourche toujours à la main. Il paraissait inquiet, tout d'un coup.

– Oh, ce n'était pas grand-chose, je t'assure, reprit Agnès. La pauvre bête était encore plus effrayée que nous. Pas vrai, Anthony ?

Le gamin opina, mais sans quitter le sol des yeux. Il n'osait pas croiser le regard de Greg. Il avait peur qu'on se moque de lui.

– Soyez prudents, quand même, grommela le solide gaillard en se remettant au travail.

– Oui papa, répondit son amie en le chambrant gentiment.

Greg était bizarre depuis quelque temps. Agnès avait remarqué qu'il rougissait souvent en sa présence. Dans ces moments-là, il ne savait plus quoi faire de ses mains et même, parfois, il se mettait à bégayer.

« Ah, les mecs ! » pensa la jeune fille en secouant la tête.

Parvenue au pied de l'enceinte, la « mauvaise troupe » s'arrêta devant la grande porte en chêne massif qui constituait l'unique point d'entrée possible. Agnès la cogna trois fois avec un gros heurtoir en fer forgé et, deux secondes plus tard, un minuscule volet incrusté à hauteur d'homme coulissa pour laisser apparaître une paire de petits yeux inquisiteurs.

– Qui va là ?

– Eh, Jacky, tu vois bien que c'est moi, Agnès.

– Ben ouais, chuis pas aveugle.

– Alors pourquoi tu demandes « Qui va là ? » ?

– C'est ton vieux, enfin Vic... enfin, m'sieur Gauthier, qui a insisté pour qu'on pose la question à tout nouveau venu.

– Je ne suis pas nouvelle, j'habite ici depuis ma naissance, je te signale. Allez, ouvre cette porte !

– Oh, ça va, ça va... Quel caractère ! On croirait entendre...

– Mon père, je sais. Grouille-toi !

L'un des battants s'ouvrit en grinçant.

– Allez, entrez, les mômes !

À soixante-quinze ans passés, Jacky pouvait se targuer d'être le membre le plus âgé de la Communauté. Le comité lui avait confié ce rôle de portier depuis qu'il était trop fatigué pour travailler la terre. Au Prieuré, chacun devait se rendre utile. Tant que la santé le permettait, bien sûr.

Agnès et les enfants franchirent la poterne avant d'accéder à la cour principale, dont la majeure partie était occupée par un magnifique potager. On y trouvait aussi une écurie, une porcherie et une étable installées dans d'anciens entrepôts, tous collés aux murs d'enceinte. Des adultes sortaient des légumes de terre, tiraient l'eau du puits, s'occupaient des bêtes, sciaient ou encore rabotaient des planches. Il y avait toujours quelque chose à fabriquer ou à réparer. Les habitants s'activaient dans une relative bonne humeur. Certains sifflotaient. Le travail était dur mais, après bien des années de tâtonnements, la Communauté avait trouvé une espèce de... rythme de croisière.

« Oui, c'est un peu ça, pensa Agnès. On est tous des membres d'équipage embarqués sur le même navire, ou plutôt la même galère... »

Elle n'avait pas connu le monde d'Avant. Tout ce qu'elle en savait provenait des livres poussiéreux, des journaux jaunis et des radotages des anciens qui, comme Jacky, aimaient se vautrer dans la nostalgie, se souvenant avec un délice masochiste du confort des appartements surchauffés, de l'eau courante et de l'électricité produite en un claquement de doigts. Pour Agnès, ces évocations tenaient presque de la magie. Les anciens exagéraient sans doute un peu !

Elle fit passer les enfants par une seconde cour, plus petite, dans laquelle étaient cultivées des plantes médicinales. Cette seconde cour était entourée par les galeries du cloître. Ils entrèrent dans l'un des bâtiments qui abritait autrefois les quartiers d'habitation. Ici, tout respirait la senteur des siècles passés : la vieille pierre, les boiseries, les tentures... Chaque bruit se doublait, voire se triplait d'un écho, aussi le groupe d'enfants emplissait-il les couloirs d'un tintamarre d'armée en marche. Dès qu'on ouvrait une simple porte, on avait l'impression de pénétrer dans une cathédrale. Les gonds grinçaient à n'en plus finir. Les verrous claquaient comme si mille valets les refermaient. Loin de déplaire à Agnès, cette ambiance fantastique et austère la faisait rêver. Elle adorait les romans de la série *Harry Potter* et, par moments, elle s'imaginait à Poudlard.

– Allez, allez, on s'installe !

La joyeuse petite bande se répandit en désordre dans une pièce jadis dévolue au recueillement des moines. Tout en longueur, elle avait été transformée en salle de classe, mais ses murs étaient encore décorés de fresques religieuses. On y voyait des martyrs crucifiés, flagellés ou donnés en pâture aux lions. Ces images effrayaient les plus jeunes, qui demandaient : « Et pourquoi il saigne, le monsieur ? Qu'est-ce qu'il a fait pour mériter ça ? » Agnès répondait du mieux qu'elle pouvait à ces questions, mais sa mission première, c'était d'apprendre la lecture et le calcul mental aux six-huit ans, sans oublier le bricolage, le jardinage, la chasse, la pêche et mille autres choses utiles... dont l'orientation en pleine nature ! Une « vraie » institutrice (une femme d'âge mûr qui avait fait ses armes du temps où l'État payait encore des fonctionnaires) prenait le relais auprès des pré-ados, puis une troisième personne (un ancien prof d'histoire-géo) s'occupait des douze-seize ans. Passé cet âge, les membres de la Communauté étaient considérés comme des adultes aptes à se spécialiser dans un domaine. La menuiserie et l'agriculture faisaient partie des filières fortement conseillées. On n'avait plus trop besoin d'avocats, de *web designers* ou de secrétaires de direction...

Pas de tables ni de pupitres. Les enfants étaient assis sur des poufs ou des coussins posés à même le parquet. Chacun avait une ardoise et une boîte de craies de couleur à sa disposition. Le vieux Jacky prétendait que, juste avant le Grand Chambardement, les élèves possédaient tous des tablettes électroniques, en primaire aussi bien qu'au collège ou au lycée. Agnès avait du mal à y croire : elle n'en avait jamais vu. Et puis Jacky aimait bien enjoliver le passé.

L'horloge comtoise calée au fond de la pièce sonna onze fois. La pause-déjeuner n'arriverait que dans deux heures. Il fallait occuper les gosses en attendant. Agnès réfléchit quelques secondes puis tapa dans ses mains. Elle venait d'avoir une idée.

– Les enfants, on va dessiner !

Des exclamations enthousiastes accueillirent la proposition :

– Ouais !

– Super !

– Trop bien !

Quoi qu'on leur propose, les six-huit ans étaient toujours partants. Agnès adorait cette tranche d'âge. Elle n'aurait troqué sa place pour rien au monde.

– Prenez votre ardoise et dessinez-moi une scène qui s'est passée durant la course d'orientation de ce matin... Une scène de votre choix... Qu'est-ce qui vous a le plus marqué, hein ?

Anthony devint tout pâle. En ce qui le concernait, la réponse n'était pas difficile à deviner.

Agnès reprit :

– Quand vous aurez fini, on alignera les ardoises côte à côte et ça fera comme une bande dessinée, d'accord ?

– Ouuuaaaiiiiss !!!

Les gamins adoraient les BD, même ceux qui ne savaient pas encore lire. Les albums (mangas, comics, BD franco-belges...) étaient regroupés dans une caisse, maigre stock de récupération pour lequel Agnès avait néanmoins dû se bagarrer. Son père et d'autres membres du comité de direction ne voyaient pas d'un très bon œil ces lectures enfantines qui poussaient à la fainéantise et ne servaient à rien.

– Au boulot ! jeta Agnès, moitié autoritaire, moitié rigolarde.

En un clin d'œil, les enfants se mirent à l'ouvrage avec application. Certains tiraient la langue, concentrés, d'autres réfléchissaient, tous prenant grand plaisir à cette activité nouvelle. Les craies grattaient les ardoises dans un concert de crissements ininterrompus. À mesure que les dessins prenaient forme, les petits doigts se coloraient, tout comme le menton ou le nez, lorsque les gamins se frottaient le visage d'un geste machinal. Absorbés par leur création, ils remarquaient à peine Agnès qui passait derrière eux, sourire aux lèvres et mains dans le dos. Ils faisaient de brèves pauses pour contempler leurs œuvres. Dans l'ensemble, ils paraissaient satisfaits, parfois même impressionnés par ces scénettes sorties de leurs souvenirs. Sarah, du haut de ses huit ans, s'était dessinée elle-même, debout devant un grand chêne foudroyé. Marc, âgé de sept ans, avait reproduit la bataille de bogues avec son copain Mehdi. Il avait un bon coup de craie : il s'était même amusé à ajouter des « traits de vitesse » pour bien souligner le mouvement des projectiles. Quant à Anthony, il avait croqué « son » loup, bien sûr ! Sur le dessin, le prédateur solitaire était immense, aussi grand qu'un cheval. Les premiers contours avaient été esquissés d'une main tremblante, puis le trait s'était affirmé pour donner, au final, un résultat assez impressionnant. Proportions mises à part, l'animal était très ressemblant.

– C'est super, lâcha Agnès, épatée. Bravo, Anthony.

L'enfant rosit de fierté. Le teint pâle de la peur avait déserté ses joues.

La porte de la grande salle s'ouvrit à cet instant pour laisser apparaître Victor Gauthier.

– Agnès, je peux te parler un instant ?

– Oui, bien sûr.

Les enfants s'étaient levés comme lorsqu'un directeur d'établissement entrait à l'improviste dans une classe du monde d'avant. Victor leur fit signe de se rasseoir. Il était grand, le visage sec, les traits anguleux. Tout en lui exprimait une énergie contenue à grand-peine. Ses sourcils de chaume se froncèrent quand il aperçut les ardoises. Il s'adressa aux gamins :

– Qu'est-ce que vous faites ?

– Une bande dessinée !!! braillèrent simultanément douze petites voix.

Un pli de contrariété barra le front de l'adulte. Il se retourna vers sa fille.

– Ce n'était pas un cours de bricolage qui était prévu après la course d'orientation ?

– Le bricolage, c'est pour cet après-midi, répondit Agnès. Comme il nous restait une paire d'heures à tuer avant le déjeuner, j'ai pensé que...

Victor remua l'index, geste qui signifiait clairement « Viens un peu par ici ». Traînant des pieds, Agnès suivit son père dans le couloir. Elle savait par avance qu'elle allait écoper d'un sermon. Victor referma la porte derrière elle. Il ne voulait pas saper l'autorité de sa fille en face des enfants, mais il devait absolument remettre les pendules à l'heure.

– Le comité a établi un programme, Agnès, et tu dois le respecter... Il me semble que nous avons déjà eu cette conversation de nombreuses fois !

– Je sais tout ça ! Je n'avais pas l'intention de remplacer le cours de bricolage par du dessin, c'est juste que nous avons fini l'orientation plus tôt que prévu et...

Victor Gauthier arrêta le flot de paroles en levant une main, paume bien en vue.

– L'été dernier, tu as eu cette lubie autour des marionnettes...

– Ça aide les enfants à s'exprimer !

– Ne m'interromps pas. Avant ça, il y avait le club théâtre...

– Tout le monde a aimé notre version de *Harry Potter à l'école des sorciers*, pourtant...

– La question n'est pas là. Si je te laisse faire, ce sera quoi, la prochaine fois ? De la sculpture avec de l'argile ? Une chorale ?

– Eh bien justement, puisque tu en parles, Aïcha a une voix superbe, et…

– STOP !

Victor avait presque crié. Conscient d'avoir un peu trop élevé la voix, il se reprit :

– Excuse-moi…

Agnès le toisait d'un air de défi, le visage dur, les mâchoires serrées. Posant ses deux mains sur les épaules de sa fille, l'adulte continua d'une voix plus douce :

– Toutes ces activités sont très intéressantes, je ne dis pas le contraire. Éveiller les enfants à l'art, c'est une noble tâche. Mais les temps ont changé, malheureusement… Nous ne pouvons plus nous payer ce luxe. Nous devons désormais préparer ces enfants à vivre dans un monde dur, un monde sans pitié. L'éducation sert à ça. Une fois grands, aux travaux, ils n'auront plus le temps de se distraire. Tu crois que savoir dessiner leur servira le jour où il faudra réparer le toit des écuries ? Tu crois vraiment que jouer la comédie les aidera la prochaine fois que nos récoltes seront gâchées par un mauvais printemps ou une canicule ?

– Je n'ai jamais prétendu une chose pareille ! Je dis juste que…

– Le débat est clos. Le comité décide du programme et tu dois t'y conformer. Point barre.

La jeune fille baissa la tête, vaincue. Elle respirait à grands traits. Elle avait les larmes aux yeux.

– De toute façon, j'étais venu pour te parler d'autre chose, poursuivit son père. Tu prépareras ton paquetage de sortie, ce soir.

Agnès releva le menton, surprise.

– Hein ?

– Tu as été tirée au sort pour l'expédition en ville. Nous partons demain à l'aube.

– Je croyais que la prochaine sortie était prévue dans quinze jours ?

– Oui, mais on a un problème urgent à régler : les vaches sont malades. Elles donnent moins de lait et j'ai constaté une inflammation de la mamelle sur plusieurs d'entre elles. Je pense que c'est bactérien, donc il nous faut des antibiotiques pour les traiter.

Dans une vie antérieure, une existence datant d'avant le Grand Chambardement, Victor Gauthier avait été vétérinaire… ce qui lui était encore fort utile pour soigner les animaux de la Communauté.

Agnès fit la grimace.

– Toutes les pharmacies ont été dévalisées depuis longtemps, et ton cabinet aussi, dit-elle.

– Je sais, mais j'ai pensé à un truc : le zoo. Il y a des médocs, là-bas… Plein de médocs !

– Oui, d'accord, grommela la jeune fille, mais on y trouve aussi plein d'animaux sauvages en liberté. Depuis que des militants écolos ont ouvert leurs cages, les ours, les lions et les tigres se baladent tranquillou dans les environs, tu sais bien !... Je ne suis pas sûre que ce soit une bonne idée d'aller les déranger. En tout cas, personnellement, j'ai pas très envie.

– Pas question de te mettre en danger. Toi et Greg, vous ferez les courses en ville pendant que j'irai au zoo avec les meilleurs chasseurs de la Communauté. Les animaux ne sont pas suicidaires ; les fusils devraient les tenir à distance...

– « Devraient » ? Je n'aime pas ça, papa...

– Ne t'inquiète pas. Tout se passera bien. Je sais ce que je fais.

Agnès hocha lentement la tête, consciente qu'il était inutile de discuter. Au moins, la perspective de partir en expédition avec son ami de toujours lui mettait un peu de baume au cœur.

– Très bien, soupira-t-elle. On fera comme tu as dit.

« Pour pas changer », ajouta-t-elle en son for intérieur.

***

Comme prévu, le groupe quitta le Prieuré aux premières lueurs de l'aube, juste après que Victor Gauthier eut lancé son traditionnel :

– En route, mauvaise troupe !

L'expédition se composait de quatre adultes (l'ancien vétérinaire inclus) et de deux adolescents (Greg et Agnès).

Hormis l'équipement de camping, leurs gros sacs à dos étaient vides.

« Heureusement, se dit la jeune fille, car nous serons sans doute chargés comme des mules au retour... »

Il avait plu pendant la nuit et, les deux ou trois premiers kilomètres, ils durent lutter contre un sol spongieux qui se dérobait sous eux ou, pire encore, essayait d'absorber leurs chaussures de randonnée avec d'écœurants bruits de succion. L'air était gorgé d'humidité. Des nuages sombres glissaient au-dessus de la campagne. Au loin, un rideau d'averse grisâtre hachurait la brume.

Ils marchaient en silence vers l'ouest. Chacun était plongé dans ses pensées. Une fois la prairie traversée, ils grimpèrent le flanc boisé d'une colline. Dans le ciel, le soleil jouait maintenant à cache-cache avec des cumulus moins menaçants qu'en début de matinée. Les chauds rayons tapaient dur sur les crânes, aussi Agnès se coiffa-t-elle d'une espèce de chapeau de brousse qui était bien pratique, à défaut d'être joli.

On fit une pause pas loin d'un ruisseau, vers 11 heures. Victor testa l'eau avec une pipette et une sorte de petit papier buvard.

– Elle est potable, vous pouvez remplir vos gourdes, déclara-t-il après que le papier eut viré au bleu.

On déballa les casse-croûte (des sandwichs 100 % bio concoctés à base de produits 100 % locaux !). Agnès avait une faim de loup et dévora le sien en un rien de temps. Surprise : Greg avait emporté un bonus sous la forme d'une boîte de sardines piochée dans les réserves familiales. Galant, il proposa à la jeune fille de partager sa ration avec elle, mais cette dernière refusa. Elle ne voulait pas priver son ami d'un tel trésor. Le doyen du groupe, un vieux chasseur prénommé Marcial, mangeait des tranches de saucisson, à l'écart, taciturne. L'adolescente aurait bien prolongé la pause par une petite sieste digestive, mais il fallait déjà repartir, comme le suggéra Philippe, un ancien para d'allure peu commode, mais en définitive sympa :

– On ferait mieux de pas traîner.

Victor approuva et chacun enfila de nouveau son sac.

En début d'après-midi, l'expédition entra dans une forêt essentiellement composée de châtaigniers et de noisetiers. Des oiseaux chantaient, cachés dans les frondaisons. Des baies comestibles piquetaient de rouge certains buissons, aussi les marcheurs en firent-ils provision.

Au sortir de la forêt, ils tombèrent sur une route, premier signe tangible de la civilisation d'« avant ». Faute d'entretien, des touffes d'herbe s'épanouissaient dans les fissures qui zébraient le ruban d'asphalte. Obliquant vers le nord, le petit groupe suivit l'ancienne nationale sur dix kilomètres avant d'arriver aux premiers ronds-points, juste avant les premiers pavillons. Clonées, standardisées, ces maisons d'un autre âge semblaient toutes issues du même moule. Ici, un parking avec des voitures désossées. Là, une aire de jeux où le vent faisait grincer des balançoires aux chaînes mal huilées. Il y avait quelque chose de triste dans le spectacle de cette douceur de vivre révolue.

Le groupe passa ensuite à proximité d'une zone industrielle aux usines grises, rébarbatives. Une rouille lépreuse mangeait les murs. Remparts de briques noircis par la fumée d'anciens incendies. Assemblages de parpaings troués çà et là par une fenêtre sans vitre. Et puis, les panneaux publicitaires qui vantaient les mérites de produits tombés dans l'oubli...

L'étape suivante était la ville.

« Enfin ! » songea Agnès.

Bien qu'équipée d'excellentes chaussures de marche, elle commençait à avoir mal aux pieds.

– Vous savez ce que vous avez à faire ? demanda Victor aux adolescents.

– Oui m'sieur, répondit Greg.

Victor déposa un rapide baiser sur le front de sa fille qui lui jeta en retour :

– Fais attention.

– T'inquiète, ma puce. On se retrouve à ce même carrefour dans... (il consulta sa montre) quatre heures maxi.

Greg et Agnès continuèrent tout droit pendant que les adultes bifurquaient. Le zoo se trouvait à la périphérie de la ville. Celle-ci offrait des rues désormais vides à ses visiteurs. C'était comme d'évoluer dans un rêve éveillé, un labyrinthe bizarre, décalé. Comme de marcher à l'intérieur d'un tableau de Chirico, avec ses grandes places désertées, ses rues mortes. Il y avait encore des gens dans certaines maisons, certains immeubles, Agnès en était persuadée, mais ils vivaient en reclus, claquemurés, et ne se manifestaient guère. Un toit débordant de verdure indiquait qu'un jardin ou un potager y avait été installé. Quelques panneaux solaires signalaient de possibles îlots d'humanité, mais c'était à peu près tout. Le Grand Chambardement avait durement éprouvé les habitants des centres urbains. Les citadins étaient en première ligne au moment des troubles sociaux, des violences. Nombre d'entre eux avaient déserté leur logis pour se réfugier au vert, phénomène migratoire inverse à celui qui avait désertifié les campagnes pendant des décennies.

Partout, des voitures, des véhicules de toutes les tailles et de toutes les marques, désormais unis dans la même inutilité. Des tas de ferraille. Les plus pathétiques gisaient sur le dos, pareils à des scarabées qu'un enfant géant se serait amusé à renverser du plat de la main.

Agnès passa en revue les fenêtres anonymes bordant chaque côté de la rue. C'était fou de se dire que des familles avaient vécu dans tous ces appartements, des gens avec des joies, des déceptions, des rêves... Où étaient-ils, à présent ?

Greg montra un immeuble plutôt cossu.

– On essaie celui-là ?

– Pourquoi pas, répondit mollement son amie.

Se rendre dans les supermarchés et les centres commerciaux ne servait plus à rien, car leur contenu avait été vidé dès les premières semaines du Grand Chambardement. Les ados avaient pour mission de fouiller les logis de particuliers. En cherchant bien, c'était dans ces habitations qu'on avait encore le plus de chances de trouver des choses intéressantes : conserves non périmées, piles neuves, outils en bon état...

Ils entrèrent dans un hall avec lambris et parquet. Pas d'appartement au rez-de-chaussée et, bien sûr, l'ascenseur ne fonctionnait plus. Ils montèrent au premier étage, armes à la main. On n'était jamais trop prudent. Greg portait un fusil de chasse. Agnès avait opté pour une arbalète. Elle n'aimait pas les armes à feu. Elle avait également une tige de métal permettant de crocheter une serrure (encore une chose inscrite au programme et qu'elle apprenait aux enfants dès leur plus jeune âge) mais ce fut inutile : les deux portes encadrant le palier étaient entrebâillées. Mauvais signe. Les appartements avaient dû être « visités » (mot poli pour « pillés » ou « dévalisés »)...

– Reste derrière moi, dit Greg, le doigt sur la détente.

– Tu n'as pas besoin de jouer les grands frères protecteurs, hein ? grogna l'adolescente. Je sais me défendre...

– Je n'ai jamais prétendu le contraire.

– Très bien, alors je passe devant. Merci.

Greg n'avait pas envie d'une dispute, ici et maintenant. Il s'effaça pour céder la place à la Diane chasseresse, armée de son arbalète.

Déserté depuis longtemps par les gardiens et les soigneurs, le zoo ressemblait à un parc d'attractions abandonné. Derrière des grillages défoncés s'élevait une montagne bidon, avec ses rochers en stuc entourés par des douves, autrefois le rocher des singes. On trouvait dans les allées des roulottes défraîchies de marchands de glace, de hot-dogs ou de barbe à papa. Le seul bruit notable était celui émis par un oiseau exotique invisible qui poussait un cri très particulier, une sorte de « kihiii, kihiii, kihiii ! ». Aucune bête à l'horizon. Pas de singes, pas de fauves, rien. Mais il était fort possible qu'ils se cachent, prêts à bondir, comme dans la savane. Victor et ses compagnons avaient empoigné leurs fusils. Emmanuelle, la seule femme du groupe, fermait la marche. Elle jetait des coups d'œil panoramiques, tous ses sens en alerte. Chaque membre du petit commando avait les nerfs à vif. Ils s'attendaient tous à voir surgir un prédateur d'un instant à l'autre.

Victor avait consulté un plan du zoo dans un vieux guide touristique. La partie administrative (bureaux, locaux d'entretien, infirmerie pour les animaux...) se trouvait au centre du complexe.

Ils passèrent devant une volière qui abritait encore un vautour au long cou déplumé. L'impassible rapace semblait attendre la fin du monde, posé sur son perchoir. La porte de la grande cage était ouverte, mais l'oiseau n'avait apparemment aucune envie de sortir.

Plus loin, une odeur fétide assaillit les narines des explorateurs. Un bassin dont l'eau saumâtre pourrissait. Qui pouvait bien patauger là-dedans, en des temps révolus ? Un ours blanc ? Des otaries ? Des alligators ?

Tout à coup, un bruit de froissement.

Les intrus s'immobilisèrent, prêts à tout.

Une girafe passa devant eux sans leur prêter attention, gracieuse, avec son cou interminable, puis elle disparut au détour d'une allée.

– Ben ça alors, grinça Emmanuelle.

Agnès et Greg avaient fait chou blanc sur toute la ligne ou presque : une boîte d'allumettes, des bougies, deux ou trois jouets pour les enfants… Maigre moisson !

– J'en ai marre, soupira la jeune fille. Je n'aime pas entrer comme ça, chez les gens.

– Mais ils n'habitent plus ici.

– Je sais, mais… ce n'est pas bien ; pas correct… Et puis ça me déprime.

– Tu proposes quoi, à la place ?

– La médiathèque n'est pas très loin.

Greg leva les yeux au ciel.

– Ton paternel ne va pas apprécier…

– Il y a plein de livres utiles là-bas, des livres sur la botanique, la météo… Et puis tu as aimé *Harry Potter,* non ? On rapportera aussi quelques classiques pour mon père. Il aime lire lui aussi, le soir. Mais pas n'importe quoi, tu t'en doutes.

Greg hésitait. Il faisait passer de l'air dans ses joues, de gauche à droite, puis l'inverse, comme s'il avait une balle de golf dans sa bouche.

– Bon, d'accord, grommela-t-il, mais c'est toi qui t'expliqueras avec le boss, hein ?

– Pas de souci.

Victor et ses compagnons s'arrêtèrent devant les vitres brisées du vivarium. Marcial, le vieux chasseur, grimaça et cracha par terre.

– Jamais pu saquer les serpents, lâcha-t-il. Une vipère a failli tuer mon père, quand j'étais môme. La bestiole l'avait mordu pendant qu'il travaillait aux champs. Il est resté cloué au lit avec la fièvre pendant des jours et des jours...

– D'après le guide, il n'y avait que des boas, ici, dit Victor en montrant son petit bouquin tout gondolé. C'est moins dangereux.

– N'empêche, si jamais je me retrouve face à l'une de ces saloperies, je la bute, ni une ni deux !

Un rugissement venu de nulle part fit sursauter les trois hommes et la femme. Les mains se crispèrent sur la crosse des fusils.

– Panthère ? Tigre ? risqua Emmanuelle à voix basse.

– Je dirais plutôt une lionne, répondit Victor. Elles sont plus dangereuses que les mâles. Elles chassent pour toute la famille et ramènent le gibier à la tanière...

– Ne traînons pas, trancha Philippe, sur son ton sec de militaire.

Les autres acquiescèrent avant de se remettre en marche prudemment.

Cinq minutes plus tard, le groupe parvint à son objectif : un ensemble de petits bâtiments disposés en quinconce.

– Le centre de soins est là, sur la gauche, déclara le père d'Agnès.

La porte était entrouverte. Apparemment, la serrure n'avait pas été forcée. Victor entra, non sans avoir lancé aux autres :

– Vous faites le guet. Je n'en ai pas pour longtemps.

La médiathèque était grande, colorée et très lumineuse, car dotée d'une vaste baie vitrée disposée en arc de cercle. Des pavés avaient brisé du verre, çà et là, et certaines étagères étaient renversées, mais on était loin du spectacle de désolation qu'offraient les centres commerciaux.

– Je vais au rayon audio-vidéo, annonça Greg.

Son amie opina distraitement. Toute son attention était tournée vers le coin lecture réservé aux tout-petits, un espace où ces derniers pouvaient s'asseoir, écouter des histoires ou encore feuilleter des livres d'images. La jeune fille eut un pincement au cœur en imaginant « ses » enfants dans ce décor. Ils s'y plairaient, elle en était persuadée. Elle choisit un bel album reprenant nombre de contes classiques ainsi qu'un pop-up qui formait de véritables dioramas de papier quand on dépliait ses pages, puis elle fourra les deux ouvrages dans sa gibecière. Pendant ce temps, Greg sortait des CD et des DVD de leurs boîtiers pour ensuite les jeter dans son sac. Une fois accrochés aux branches des arbres fruitiers, ces petits disques brillants s'avéraient très pratiques pour faire fuir les moineaux et les corbeaux.

Le garçon interpella Agnès :

– Faut partir, maintenant ! L'heure tourne...

– Attends un peu. Je veux faire un crochet par le rayon *Young Adult*...

Greg soupira. La jolie blonde pouvait passer des heures à lire les résumés des quatrièmes de couverture avant de se décider. Elle lui avait déjà fait le coup.

– Je suis pas sûr qu'on ait le temps, maugréa-t-il.

– Allez, quoi, juste cinq minutes...

– Cinq minutes, pas plus.

– Promis.

Victor avait allumé sa lampe torche : les néons du plafonnier étaient désormais inutiles. Des étagères métalliques occupaient presque tout l'espace disponible à l'intérieur de la réserve. L'ancien vétérinaire fouillait dans les boîtes, les cartons. Malheureusement, la plupart des médicaments avaient dépassé leur date de péremption. Il était sur le point de laisser tomber quand il trouva enfin son bonheur : des petites ampoules remplies de l'antibiotique adapté aux ruminants !

– Génial ! s'exclama-t-il.

Il tendit une main vers le précieux butin avant d'interrompre le geste à mi-course. Il avait entendu le vibrato. C'était sourd, rauque. On aurait dit le grondement d'un chat. Un gros chat...

Victor pivota lentement sur lui-même, l'arme calée à la hanche. Son cœur battait de plus en plus vite. Le bruit venait d'en haut. Il leva lentement, très lentement le faisceau de sa torche. Une jeune panthère noire l'observait depuis le sommet d'une armoire taillée dans le même métal que les étagères. Elle était repliée sur elle-même, prête à bondir. Quand le pinceau lumineux rencontra ses yeux jaunes comme des topazes, elle cracha en direction de l'intrus. Victor épaula tout doucement son fusil sans pour autant lâcher la torche.

– Sage, murmura-t-il. Sage…

Les pattes du fauve se déplièrent sous lui.

Victor pressa la détente.

Clic !

« Enrayé », eut-il le temps de penser, juste avant le corps à corps.

La panthère avait bondi de toute la force de ses trente kilos de muscles déliés. Victor tomba à la renverse et plusieurs étagères basculèrent sur eux, pareilles à un jeu de dominos. Il hurla de douleur quand les griffes acérées percèrent ses couches de vêtements au niveau du bras, et son sang imbiba le tissu presque aussitôt. Les mâchoires, elles, visaient la carotide. L'animal était affamé. L'homme protégeait sa gorge comme il pouvait. Se débattant rageusement, il parvint à repousser la panthère durant une poignée de secondes. Elle revint à la charge, plus déchaînée que jamais, attaquant cette fois les mollets ! Victor donna des coups de pied, de poing, de crosse, mais les assauts répétés étaient vicieux.

– Au secours ! hurla-t-il. À l'aide !

Bien sûr, les cinq minutes quémandées par Agnès s'étaient transformées en dix, puis les dix en un quart d'heure.

– Faut y aller, maintenant, râla Greg.

La jeune fille avait rempli son sac à dos de romans pour la jeunesse. Elle ne pouvait plus s'arrêter. Dans ses yeux brillait la gourmandise d'un gamin qui a la possibilité de piocher sans vergogne dans la vitrine d'une pâtisserie.

– Oh, regarde, il a l'air bien, celui-là ! Ça se passe en 2095, après une Méga-Catastrophe. La danse et la musique sont supprimées car inutiles, et les jeunes se révoltent ! Je vais le montrer à mon père !

Greg lut le titre du roman qu'Agnès lui agitait sous le nez : *Les Sonneurs noirs* de Jean-Pierre Hubert.

– Oui, oui, super, d'accord, mais allons-y, je t'en prie.

Elle montra le reste du rayonnage au garçon.

– Fais-toi plaisir, quoi. Sers-toi, qu'est-ce que tu attends ? Ne me dis pas qu'il n'y a rien qui te tente...

– Je... j'aime bien Stephen King, concéda Greg.

– Ben voilà !

Les auteurs étaient classés par ordre alphabétique. Agnès se mit à chercher à la lettre K.

– L'inconvénient de King, c'est qu'il écrit toujours des pavés, marmonna Greg, un peu gêné. Ça pèse des tonnes...

– Quel rabat-joie tu fais ! Ah, ça y est... *Brume* ! Tu l'as lu ?

– Non.

– Et en plus, il est pas trop gros. Tiens, attrape !

Elle lança le livre à son camarade, qui le glissa aussitôt dans son sac.

– C'est bon ? fit ce dernier. On peut mettre les voiles, cette fois ?

– Yes !

Ils ressortirent presque en courant. Toujours aucun bruit dans les rues. Toujours aucun signe de vie. Brusquement, Agnès pila net. Elle était tombée en arrêt devant la vitrine béante d'une boutique d'articles de dessin et de peinture. Elle ne l'avait jamais vue auparavant.

– Regarde ce chevalet, là ! Et ces grandes toiles blanches qui ne demandent qu'à être remplies de couleurs !

– T'es folle ? On va pas s'encombrer d'un chevalet !

– Oui, bon, d'accord... Mais je suis sûre qu'il y a plein de choses épatantes à l'intérieur !

Sans attendre la réponse de Greg, elle entra dans le magasin.

Victor avait le bas du pantalon tout déchiré et les mollets en sang. Il s'apprêtait à se servir de son arme à feu devenue inutile comme d'une massue quand, soudain, une détonation éclata, emplissant de fracas l'espace confiné du local. La panthère eut un sursaut spectaculaire. À peine retombée au sol, elle feula et cracha, tournant follement sur elle-même. On aurait dit qu'elle tentait d'attraper sa queue. Un deuxième projectile de gros calibre mit fin à ses souffrances. Elle bascula sur le flanc, raide morte.

Victor haletait et grimaçait, les jambes flageolantes. Il tenta, tant bien que mal, de reprendre sa respiration. Les morsures le brûlaient comme des dents de feu.

– Ça va ? s'enquit Emmanuelle, l'air paniqué.

Elle tendit une main au blessé. Le canon de son fusil fumait encore.

– Oui, je... je vais bien, je crois, articula le père d'Agnès, encore sous le choc. Les morsures n'ont pas l'air trop méchantes.

– Tu peux marcher ?

– Il va bien falloir.

Il récupéra son couteau, tombé non loin de là, et vérifia sans tarder l'état des antibiotiques. Soulagement : par miracle, aucune ampoule ne s'était brisée dans sa chute.

– Tirons-nous, lâcha-t-il.

– Bien d'accord, répondit Emmanuelle.

– Merci à toi. On dirait que tu m'as sauvé la vie.

La jeune femme haussa les épaules en esquissant un petit sourire.

Ils se hâtèrent, tant bien que mal, vers la sortie. Victor clopinait et boitait, un bras passé autour du cou d'Emmanuelle, l'autre s'appuyant sur son fusil à présent transformé en canne. Les deux autres membres du commando les attendaient à l'extérieur. Ils étaient clairement en alerte et marquèrent un temps de surprise quand ils découvrirent l'état de leur chef.

– Panthère, grimaça ce dernier en devançant leurs questions.

– Tu as les médocs ? demanda Philippe.

– Mission accomplie, mon capitaine, trouva la force de plaisanter le vétérinaire esquinté.

– On a de la compagnie, grommela Marcial tout bas.

Un grand tigre remontait l'allée centrale avec une feinte nonchalance. Sa démarche était souple et feutrée, mais une plaie visiblement infectée suintait de son flanc. En séchant, le pus avait collé son pelage en touffes de poils amalgamés. Deux autres félins (des pumas ? des cougars ?) rejoignirent le tigre par des chemins latéraux. Leurs mouvements semblaient coordonnés, comme s'ils cherchaient à prendre les humains en tenaille.

– Merde, soupira Victor entre ses dents. Ils nous ont coupé la retraite.

« Peut-être même nous ont-ils laissés nous balader sans encombre aussi longtemps dans ce seul but », pensa-t-il, et ce n'était pas une pensée très rassurante, car elle témoignait d'une intelligence de meute, pour ne pas dire d'une véritable stratégie.

Maigres à faire peur, les félins n'en étaient que plus dangereux.

Une haie bougea, frémit, puis les feuillages s'écartèrent pour laisser passer un quatrième et un cinquième fauves. Des lions, cette fois. La salive dégouttait déjà de leur gueule entrouverte. Ils grognaient de concert, se rapprochant de leurs proies sans les quitter des yeux une seule seconde.

– Préparez-vous, murmura le vieux Marcial.

Il enleva le cran de sûreté et mit en joue l'animal le plus proche.

Greg et Agnès n'avaient pas entendu les coups de feu tirés à l'intérieur du bâtiment. Il n'en fut pas de même pour les suivants.

– C'est quoi, ça ? s'étonna la jeune fille, comme électrisée.

Ils venaient tout juste de rejoindre le carrefour à l'entrée de la ville quand la fusillade éclata. Le vent portait l'écho des détonations dans leur direction. Ils se figèrent, une boule dans l'estomac. Agnès tendit l'oreille avant de dire :

– Ça vient du zoo…

Cette impression confirmait ses pires craintes. Elle saisit son arbalète à deux mains et jeta :

– On va à leur rencontre !

– Mais… commença Greg.

– Mais quoi ?

– Ton père nous a dit de les attendre ici.

– Ils ont peut-être besoin d'aide !

Agnès s'élança vers le zoo à toute vitesse, Greg sur ses talons. Les adolescents avaient beau être en pleine forme, ils s'essoufflèrent assez vite. Gonflés comme s'ils allaient imploser, les sacs à dos pesaient sacrément lourd, sans parler des sangles tendues à bloc qui leur étrillaient la peau.

Ils débouchèrent moins de deux minutes plus tard sur une petite place agrémentée d'une fontaine asséchée. Les adultes étaient là, tout essoufflés, eux aussi. Instinctivement, Marcial leva son fusil en direction des nouveaux arrivants.

– Eh oh, stop ! cria Agnès. C'est nous !

Le fusil se rabaissa prestement.

– Désolé, les mômes !

Le vieux chasseur saignait de la cuisse. Agnès remarqua que Marcial n'était pas le seul à être amoché. Assis sur la margelle de la fontaine, son propre père grimaçait pendant que Philippe recousait une plaie ouverte sur son biceps. Victor but une gorgée de gnôle pour se donner du courage. L'ex-militaire avait des gestes sûrs et rapides, des gestes de pro habitué aux premiers soins, mais le chef de la Communauté passait quand même un sale moment.

– Papa ! cria Agnès.

Ne voulant pas prendre le risque de rouvrir la blessure à peine recousue, elle se retint de se jeter dans ses bras.

– Qu'est-ce qui s'est passé ? s'enquit l'adolescente, dont les yeux s'étaient emplis de larmes.

– On a rencontré un sacré comité de réception au zoo, répondit Victor. Des fauves en meute. Ils ont bien failli nous avoir.

– Et tes blessures ?

– Ça va... Philippe a désinfecté les plaies.

– Faut espérer que ces charmants félins n'étaient pas porteurs de la rage, intervint Emmanuelle.

Une fois le bras de Victor recousu, Philippe s'appliqua à soigner ses jambes mordues à plusieurs endroits. Agnès prit la main de son père qui, par moments, serrait la sienne très fort en grimaçant.

– Bon, j'ai fait ce que j'ai pu, mais il faudra surveiller tout ça de près de retour au Prieuré, conclut le para en mordant son dernier fil pour le couper.

– Merci, Phil. Occupe-toi de Marcial, maintenant.

Le chasseur avait été mordu au moment où le commando battait en retraite vers les grilles du zoo.

– Au moins, on a les médocs pour les vaches, c'est déjà ça... grommela le vieux dur à cuire pendant qu'on le recousait. Et vous, les jeunes, vous avez trouvé des choses intéressantes ?

– Oh oui, plein de choses, répondit Agnès, sans développer davantage.

Greg se tint coi.

Le chef du groupe hocha la tête.

– Très bien, on verra ça plus tard.

Ils prirent un temps de repos bien mérité, puis Victor se remit debout le premier. Il grimaçait encore un peu mais prenait sur lui.

– Allons-y. Il ne fait jamais très bon traîner en ville à la nuit tombée.

Ses compagnons acquiescèrent. Personne n'avait envie de croiser une bande de pillards en maraude. Dans ce monde sans foi ni loi, les humains étaient encore plus à craindre que les fauves.

***

Ils s'arrêtèrent de marcher aux dernières lueurs du jour et s'installèrent dans la forêt. Greg et Agnès s'occupaient du feu (pas facile à allumer car le bois était encore tout humide des averses de la nuit précédente) pendant que les adultes montaient les tentes. Chaque membre du groupe possédait son propre sac de couchage ou sa couverture. Les blousons et les vestes feraient office d'oreillers.

Une fois le camp dressé, tous s'assirent en cercle autour d'un feu qui ne servirait pas à cuire de la nourriture mais juste à se réchauffer. Philippe distribua des rations de l'armée, barres de survie végétaliennes qu'il gardait en réserve pour les expéditions. La nourriture conçue pour et par les militaires était riche en blé, graisse de palme, sucre, protéines de soja et extrait de malt d'orge. Elle pouvait se conserver vingt ans sans problème. Et en plus, c'était bon.

Le repas achevé, Victor tapa dans ses mains (encore un geste qu'il avait transmis à sa fille).

– Alors, les jeunes, qu'est-ce que vous avez récupéré, cette fois ? Des merveilles ? Allez, montrez-nous !

La tradition voulait qu'on fasse l'inventaire en fin de journée, l'estomac apaisé et le cœur léger.

Voyant que les adolescents hésitaient, le chef reprit :

– Ben quoi ? Videz vos sacs… Ils ont l'air bien remplis. Nous sommes tous curieux, hein, les amis ?

Les adultes approuvèrent d'un mouvement de tête.

Greg et Agnès s'exécutèrent sans empressement. La jeune fille pressentait que des dents allaient grincer et, bien entendu, ça ne rata pas.

– Qu'est-ce que ça veut dire ? siffla Victor.

Sourcils froncés à un point tel qu'ils se rejoignaient presque, il contemplait le contenu des sacs à présent étalé sur l'herbe, non loin du feu. Agnès vit son visage passer par toutes les couleurs d'un arc-en-ciel allant de la surprise à la déception, puis de la déception à la colère froide.

– Des romans pour la jeunesse ? Des bombes de peinture ? reprit le chef. Vous allez me faire croire que c'est tout ce que vous avez trouvé ?

– Il y a aussi la boîte d'allumettes et les bougies, tenta timidement Greg.

Victor foudroya sa fille du regard. Il ne faisait aucun doute que c'était elle qui avait convaincu le garçon de prendre toutes ces choses inutiles. Greg était trop gentil. Il lui mangeait dans la main.

Agnès avait baissé les yeux sur ses chaussures de rando. Elle attendait que l'orage passe.

– Tu le fais exprès ou quoi ?! explosa son père. Des bombes de peinture !? Pourquoi pas de la pâte à modeler ?

– J'ai pensé qu'on pouvait peindre une fresque, avec les six-huit ans, riposta l'adolescente, la voix tremblotante mais les poings serrés.

– Une fresque ?

– Oui, on recouvrirait toutes ces images de tortures et des martyrs, dans la salle de prière. Certains enfants font des cauchemars à cause d'elles...

– Tu veux taguer les murs du Prieuré ?!

– Non, pas taguer ! Peindre une fresque, je t'ai dit... Un peu comme... comme la tapisserie de Bayeux, tu te rappelles ? Celle que maman nous avait montrée, dans un livre d'art...

Victor secoua la tête.

– Pffff, tu as de ces idées, ma fille !

Les autres restaient à l'écart de la dispute. Ils écoutaient mais ne voulaient pas s'en mêler.

– Remballez-moi tout ça, cracha l'ancien vétérinaire.

Greg et Agnès obéirent, penauds. Ils ressemblaient à deux enfants pris la main dans le pot de confiture. Greg récupéra les bougies. Agnès mit les allumettes dans sa poche. Pendant qu'ils rangeaient leurs affaires en silence, Victor ajouta :

– Le comité décidera de ce qu'on fera avec ce... ces bombes de peinture !

Il n'en fallut pas davantage pour qu'Agnès sorte de ses gonds. Elle se redressa, furieuse, avant de s'écrier :

– Oh, je sais parfaitement ce qui va se passer ! On va bien trouver quelque chose à repeindre : la porte de la grange ? l'enclos des cochons ? les chiottes ? Alors que les mômes auraient pu s'éclater, non, évidemment, on va les priver de cette petite joie pour faire un putain de truc UTILE !

– Eh, calme-toi, tu veux bien ?

– J'en ai marre des trucs utiles… On passe notre vie à faire des trucs utiles et chiants comme la pluie !

– Excuse-moi si nous vivons dans un monde où l'art n'est plus la principale préoccupation des gens…

– Monde de merde, ouais ! C'est vous, les adultes, qui nous l'avez légué. Merci ! Merci du cadeau !

Silence. Le coup avait porté. On n'entendait plus que les nœuds du bois qui craquaient dans le feu, et la sève qui bouillonnait.

Agnès était toute rouge, la peau cuisante, et pas seulement à cause de la proximité des flammes. Elle fit volte-face et partit vers les buissons, hors du halo de lumière. Elle fulminait.

– Qu'est-ce que tu fais ? cria son père.

– Je vais me calmer, répondit-elle sans se retourner.

Elle écarta les fourrés rageusement avant de se fondre dans la nuit. Greg fit mine de la suivre mais Emmanuelle le retint par le bras.

– Elle a besoin d'être un peu seule, je crois.

Victor s'adressa aux ténèbres :

– Tu ne t'éloignes pas, d'accord ? lança-t-il, une main en porte-voix.

Pas de réponse.

Greg risqua :

– M'sieur Gauthier, vous ne croyez pas que quelqu'un devrait l'accompagner ?

– Je la connais, répliqua le chef. Elle va maudire la terre entière durant un quart d'heure puis elle va revenir, bouder un bon coup, et ce sera oublié.

– Vous parlez d'elle comme si elle avait dix ans.

– Je...

Victor s'interrompit. Il devait bien reconnaître que, dans son cœur, il voyait toujours sa fille comme une gamine bornée, un petit animal sauvage qui n'en faisait qu'à sa tête.

– Elle va revenir, déclara-t-il d'un air las, après s'être frotté le nez. Elle a une grande gueule mais elle n'est pas rancunière. Elle me ressemble trop.

La pleine lune éclairait le sous-bois d'une lumière laiteuse. Agnès marchait en regardant droit devant, comme si elle fixait un point visible d'elle seule. La dispute se rejouait en boucle dans son esprit. L'adolescente faisait craquer les branches et les feuilles mortes au rythme de son pas énervé. Mains dans les poches, elle shootait dans les marrons, les cailloux. Il fallait qu'elle passe sa colère sur quelque chose.

– Ras-le-bol, marmonna-t-elle entre ses dents. Je vais donner ma démission. Ils n'ont qu'à s'occuper des gamins, les gros malins du comité, puisqu'ils savent tout mieux que tout le monde !

Elle ramassa une branche et se mit à fouetter l'air comme si elle agitait une épée.

– Jamais aucune fantaisie ! continua-t-elle. Jamais un petit bonus… Rien qu'une vie austère ! Je suis sûre que même les moines se marraient plus que nous, du temps de leur…

Elle ne termina pas sa phrase car, sans transition, le sol se déroba sous ses pieds.

– Aaaahhh !

Une faille recouverte d'un mince tapis de mousse et de fougères venait de l'avaler.

– Aïe !!!

Un premier choc, puis un deuxième. Agnès rebondissait dans les ténèbres. Elle essayait de se rattraper à quelque chose (une racine, un rocher, n'importe quoi !) mais continuait de glisser sans pouvoir s'arrêter. La terre avait été détrempée par les eaux de pluie. C'était comme de se retrouver sur une espèce de toboggan.

Agnès serra les dents en anticipant l'atterrissage, mais ce dernier, amorti par une bonne couche de boue, fut moins terrible qu'elle ne le redoutait. Elle n'y voyait rien, elle avait peur, elle avait froid, mais au moins elle était en un seul morceau. Le souffle court, claquant des dents, elle se releva. Pas de douleur, en tout cas aucune qui fût assez forte pour lui arracher un cri. Elle tenait debout.

« Encore un point positif… »

Elle se forçait à voir le bon côté des choses. Céder à la panique n'était pas une option envisageable. Sa survie en dépendait. Elle fouilla dans ses poches, à la recherche de sa boîte d'allumettes.

« Des grosses. De cuisine. Ça devrait le faire... Espérons que la boue ne les a pas trop mouillées... »

Heureusement, elles étaient sèches.

Un bruit de grattoir, une étincelle dans l'obscurité, et la flammèche germa au bout du premier bâtonnet.

« Ouf, encore un miracle... »

Agnès leva haut le bras, dans une pause évoquant celle de la statue de la Liberté, et son regard se déporta vers le plafond de la grotte. Elle avait beau fouiller des yeux les interstices entre les rochers, elle ne voyait pas par où elle était arrivée.

– Aoouh !

Elle lâcha l'allumette brûlante, du moins ce qu'il en restait, et cette dernière disparut dans la vase en émettant un petit grésillement.

« Je dois m'organiser ! »

Elle enleva son blouson et déchira une manche de sa chemise, puis elle ramassa la grosse branche qui lui avait servi d'épée-défouloir. Le tissu enroulé à l'extrémité de cette torche improvisée s'enflamma sans problème.

Bras tendu, Agnès leva de nouveau les yeux vers le monde de la surface et cria :

– Papa ! Greg !! Je suis ici !!! Au secours !!!

Personne ne pipait mot autour du feu de camp. Marcial mâchouillait un morceau de lard fumé pendant que Philippe changeait son bandage. Assis un peu à l'écart, Greg taillait une branche en pointe avec un Laguiole. Ses gestes étaient nerveux, et les copeaux s'amoncelaient à ses pieds de plus en plus vite. De son côté, Victor fixait les flammes d'un regard vide, peut-être même hanté de remords. Avait-il eu raison de s'énerver à ce point ? Au fond de lui, il ne savait plus très bien. Régulièrement, Greg ou Emmanuelle jetaient des petits coups d'œil dans sa direction. Ils guettaient la moindre de ses réactions, à l'affût, mais sursautèrent néanmoins quand, n'y tenant plus, le chef se dressa et déclara :

– C'est pas normal !

Il était visiblement très inquiet.

– Qu'est-ce qu'elle fiche, ma parole ? Elle devrait être revenue, maintenant !

En quelques secondes, il avait récupéré sa lampe torche et son fusil. Les autres membres du groupe l'imitèrent. Une atmosphère de branle-bas de combat agitait le campement.

– Il a dû lui arriver quelque chose, marmonna l'ancien vétérinaire.

– Si elle avait été attaquée par un animal sauvage, on l'aurait entendu, dit Emmanuelle, qui essayait de se montrer rassurante.

– Peut-être que des pillards lui sont tombés dessus sans crier gare ? risqua Philippe.

Greg blêmit en entendant les mots de l'ancien para. Victor distribua des sifflets à ses compagnons.

– On se déploie en formation de battue autour du campement, ordonna-t-il. Le premier qui trouve quelque chose souffle là-dedans pour prévenir les autres, d'accord ?

Quatre mentons opinèrent en même temps.

Dix fois, Agnès essaya d'escalader la paroi, dix fois elle glissa et retomba dans la pataugeoire. Faire de la grimpette avec une seule main libre (l'autre tenait sa torche bientôt mourante) n'avait rien d'évident.

« Reste calme... Tu vas trouver une solution... »

C'était ce qu'elle disait aux enfants, durant ses cours de survie, mais elle avait beau se répéter ces belles paroles comme un mantra, elle sentait bien que la peur avait entrepris son insidieux travail de sape intérieur.

Deux battements de cœur plus tard, la torche s'éteignit et la nuit éternelle enveloppa de nouveau la jeune fille de son grand manteau noir.

Plic-ploc.

Quelque part, dans le noir, de l'eau tombait goutte à goutte. Agnès tendit l'oreille. Elle entendait autre chose... Une voix de femme, lointaine, qui venait d'en haut...

« Emmanuelle ? »

Le cœur d'Agnès bondit dans sa poitrine. Elle hurla :

– Je suis làààà !!! En bas ! Sous la terre ! Au secours !!!

Un bruit strident lui répondit. Un sifflet : l'équivalent sonore de la fusée de détresse. Elle était sauvée !

– Eh ooooh ! Je suis làààà !!!

– On va descendre te chercher ! cria Emmanuelle. Reste où tu es !

Jamais des mots n'avaient tinté aussi joliment aux oreilles d'Agnès. On aurait dit une voix divine tombée du ciel.

– Je ne bouge pas !

L'adolescente gratta une allumette et attendit. La petite flamme lui tenait compagnie. Cette fragile oasis de lumière et de chaleur maintenait à distance les poches d'opacité et la peur.

Dix allumettes plus tard, elle sentit des cailloux lui dégringoler dessus et se colla à la paroi pour ne pas être touchée par l'un d'eux.

– J'arrive, ma chérie ! fit une voix qu'elle connaissait bien.

– Je suis là, papa !

Victor s'était encordé à l'aide d'un câble en nylon très solide. Il descendait le « toboggan naturel » en rappel, avec l'aisance d'un spéléologue chevronné. Une lampe frontale était fixée sur sa tête par un bandeau à scratch. Des pitons et des mousquetons cliquetaient à sa ceinture.

– Papa !

Agnès se jeta dans les bras de son père. D'un côté comme de l'autre, la colère semblait évaporée. Victor passa la main dans les cheveux boueux de la belle blonde.

– Tu m'as fichu une sacrée trouille, tu sais ?

– Je sais... Je suis désolée, pour tout à l'heure. Je n'aurais pas dû m'é...

L'adulte mit un doigt sur les lèvres de sa fille.

– C'est moi qui m'excuse. J'ai été un peu dur... comme d'habitude.

Ils s'étreignirent, parenthèse de réconciliation durant laquelle ils purent sentir leurs cœurs battre à l'unisson.

– Qu'est-ce qui se passe, en bas ?! jeta la voix inquiète de Greg.

– On arrive, pas de panique ! lui répondit Victor.

Il adressa un clin d'œil complice à Agnès.

– Mon petit doigt me dit qu'il en pince drôlement pour toi, celui-là, hein ?

– Je ne vois de quoi tu parles, répliqua l'adolescente avec un sourire.

Le père encorda sa fille avec lui et cria aux autres :

– On remonte !!!

Victor passait devant. Agnès suivait, deux mètres derrière lui. L'adulte avait des gros gants qui lui permettaient de ne pas s'abîmer les mains quand il empoignait le câble tendu à bloc. La pente était rude, très inclinée et surtout très glissante. Victor soufflait et ahanait mais il ne lâchait rien malgré ses blessures. Agnès s'accrochait dans son sillage.

Tout à coup, un juron tonitruant (sûrement Marcial) éclata, presque aussitôt suivi par des cris de panique :

– Attention, le sol s'effrite !

– Glissement de terrain !

Le père et la fille entendirent les pierres qui s'entrechoquaient avant de pouvoir les distinguer. C'était comme un roulement de tambour funeste.

– On recule, on recule ! aboya l'ancien vétérinaire.

Le câble se mit à filer à toute allure dans le dévideur. Ils reculaient, mais pas assez vite. Victor les détacha en un « clic ». C'était ça ou périr ensevelis sur place.

– Aaaah ! cria Agnès, terrifiée.

Un torrent de terre et de cailloux les emporta cul par-dessus tête. Ils retombèrent dans la grotte au sol recouvert de boue.

Silence. Le calme après la tempête...

Victor se dégagea des éboulis le premier. Le pinceau jaune de sa frontale balayait l'air dans tous les sens, à la recherche de sa fille.

– Agnès ? Agnès ?!

– Suis là, p'a...

L'adolescente gisait à quatre pattes. Elle toussait et crachait de la terre.

– Tu n'as rien de cassé, ma chérie ?

– Je... non... je ne crois pas...

Il l'aida à se relever.

– On va s'en sortir, t'inquiète pas.

– Si tu le dis...

Victor pointa sa lumière vers le passage qui menait à la surface. L'effondrement (des tonnes et des tonnes de terre !) avait totalement obstrué le goulet.

– On n'arrivera jamais à déblayer tout ça, lâcha Agnès d'une voix rauque.

Même avec une pelleteuse, cela aurait déjà été compliqué, alors à mains nues...

– Il doit bien y avoir une issue quelque part, marmonna Victor.

Le faisceau se mit à fouiller l'obscurité de nouveau. Pendant ce temps, l'adolescente lançait des appels en direction de la voûte de pierre mais personne ne lui répondait.

« Ils ne nous entendent plus », songea-t-elle, le cœur serré.

Elle s'était crue tirée d'affaire. Elle avait eu tort.

– Là ! cria son père. J'ai trouvé quelque chose...

Il s'accroupit devant l'entrée d'une sorte de conduit horizontal, un petit tunnel situé au niveau du sol, et donc de la boue. Agnès fit la moue. Elle n'était pas spécialement claustrophobe mais ce boyau avait quand même l'air très étroit.

– J'y vais en premier, dit Victor. Si ça passe pour moi, ça passe pour toi...

– Et si ça coince ?

– On reculera.

La jeune fille n'avait aucune envie de ramper là-dedans mais elle soupira, résignée.

Victor se glissa dans l'ouverture qui l'avala, pareille à une bouche noire sans lèvres et édentée. Agnès se faufila à son tour avec quelques secondes de décalage. Son crâne cognait contre les aspérités du tunnel alors que ses coudes et ses genoux s'enfonçaient dans la boue. Si le niveau de cette dernière se mettait à monter, le père et la fille auraient rapidement de gros soucis. Il faisait chaud, sous terre. Très vite, le front de l'adolescente se couvrit d'une sueur poisseuse. Son cœur cognait dans sa cage thoracique, tel un prisonnier qui tambourine à la porte de sa cellule. Devant, Victor apparaissait en silhouette noire, tassée, aux contours découpés par le halo de la frontale.

– Tu vois une sortie ? demanda Agnès avec une pointe d'angoisse dans la voix.

– Pas encore…

L'adolescente respirait de plus en plus vite et son souffle lui faisait l'effet d'être devenue asthmatique. Elle imaginait son père bloqué, coincé, incapable d'avancer ou de reculer davantage. Elle imaginait le boyau rétréci, les obligeant à ramper le nez dans la gadoue. Elle imaginait trop de choses. La peur avait lâché la bride à ses pensées.

« Ne pas craquer… ne pas craquer », se répétait-elle.

– Ça y est, j'en vois le bout ! s'exclama son père.

Ils s'extirpèrent chacun leur tour de la galerie et débouchèrent dans une caverne bien trop vaste pour livrer tous ses secrets d'un coup. Ils pouvaient se mettre debout, mais la lumière de Victor faiblissait…

– Combien de temps d'autonomie, ta lampe ? s'enquit sa fille.

– Je dirais une bonne demi-heure…

– C'est pas beaucoup.

– Après il nous restera tes allumettes.

– Et après ?

– On sera sortis…

Agnès aurait aimé partager l'optimisme de son père. Elle gratta une allumette.

– Qu'est-ce qui te prend ? s'indigna Victor. On ferait mieux de les économiser…

– Attends, je teste un truc.

La petite flamme s'agitait sous l'effet d'un courant d'air.

– Cette brise, elle doit bien provenir de quelque part, non ? risqua Agnès.

– Tu as raison.

L'allumette s'éteignit ; elle en gratta une seconde sans attendre.

– Ça souffle de ce côté-là...

– Allons-y.

Ils marchaient sur un lit de cailloux polis comme des galets. Tout d'un coup, le rond de la frontale éclaira une ombre et Agnès sursauta.

– Qu'est-ce que c'est que ça ?

L'espace d'une seconde, elle avait cru tomber nez à nez avec le Minotaure des légendes grecques !

Un taureau était dessiné sur la paroi de la grotte. Son poil marron virait au rouge par endroits. Sa pose, de profil, mettait en valeur ses longues et menaçantes cornes. Il avait un petit œil noir, charbonneux, mais très vivant.

– Qu'est-ce que c'est beau, dit Agnès, émerveillée. C'est bien ça qu'on appelle des peintures rupestres ?

– Je crois, oui, répondit son père. Je dois reconnaître que c'est assez... incroyable.

– C'est ce genre de choses qu'on voit à Lascaux ?

L'adolescente avait entendu parler des fameuses grottes (après tout, la Dordogne n'était pas très loin du Limousin), mais jamais encore elle n'avait pu admirer de telles œuvres « en vrai ». Elle se souvint de ce que sa mère lui en avait raconté. Imaginer que ces peintures avaient été réalisées par des hommes préhistoriques, en des temps immémoriaux, lui donnait le vertige.

– Il y en a d'autres ici ! s'exclama-t-elle.

– Agnès...

– Attends, papa !

Son œil avisé avait découvert un nouveau trésor, un peu plus loin. Elle courut sur le lit de galets, pressée de mieux voir, mais ralentit quand elle faillit trébucher. Ce n'était pas le moment de se faire une entorse.

– Regarde un peu ça !

Là, dessinés sur une paroi incurvée, un troupeau de poneys à poils longs traversaient au galop le gué d'une rivière. On aurait dit une vue prise du ciel, chose évidemment impossible à l'époque. La perspective était naïve mais on comprenait très clairement l'action. S'agissait-il d'une scène vécue ? Ces chevaux sauvages fuyaient-ils des chasseurs ? Juste à côté du troupeau, des élans aux bois gigantesques broutaient de l'herbe tranquillement.

– Ces peintures remontent à quand, d'après toi ? questionna Agnès.

– Je ne sais pas... Plus de trente mille ans si elles ont été faites par des hommes de Néandertal... Moins si leurs auteurs sont des Cro-Magnon... Une chose est sûre, c'est très beau...

Victor paraissait authentiquement ému. Il prit la main de sa fille. Celle-ci était heureuse de partager un tel moment de communion avec lui. Elle avait les larmes aux yeux. Elle se rapprocha pour admirer le rendu des couleurs. Comment les artistes de la préhistoire travaillaient-ils ? Comment appliquaient-ils cette peinture incroyable qui avait su résister aux outrages du temps ? Avec les doigts ? des brosses ou des pinceaux faits de touffes de fourrure ? des tampons de lichen ou de mousse ?

Le résultat était magnifique et d'une extrême délicatesse.

Agnès montra du doigt la paroi.

– Ils se servaient du relief de la pierre pour créer des effets de perspective, tu as vu ?

En effet, un petit trou naturel pouvait être transformé en œil furieux et une crevasse passée au rouge figurait une blessure ! Des bosses aux formes bizarres devenaient des têtes d'animaux, des croupes, des encolures ; les stalagmites se métamorphosaient en pattes. Qu'elles aient été traitées à plat ou en relief, ces œuvres offraient au regard un trait sûr, hardi, avec peu de repentirs, et leur exécution témoignait d'une indéniable virtuosité.

– C'est remarquable, dit Victor.

Quelque chose en lui avait changé. Une corde sensible avait vibré.

Il se tourna vers sa fille et posa la main sur son épaule.

– Quand je vois ces dessins, je me dis que c'est toi qui es dans le vrai…

– Hein ? fit Agnès. Comment ça ?

Elle n'avait guère l'habitude du *mea culpa* paternel. L'adulte amorça un sourire contrit avant de reprendre :

– L'art fait partie intégrante de nous. C'est ainsi depuis toujours. Les hommes du paléolithique menaient une vie largement aussi rude que la nôtre... et pourtant, ils trouvaient le temps de réaliser toutes ces merveilles... Je suis sûr que c'était très important à leurs yeux. Primordial, même. C'est une sacrée leçon...

Il marqua une pause avant de déclarer, solennel :

– Je te promets que si on s'en sort, tu pourras laisser les enfants peindre autant qu'ils veulent !

Le regard d'Agnès s'illumina.

– Et la chorale ?

– Accordé !

– Et les sculptures en argile ?

Victor éclata de rire et serra fort sa fille contre lui avant de grimacer de douleur. Il était temps de partir.

– Faut d'abord qu'on arrive à trouver une issue.

Comme pour confirmer ces paroles, la lumière émise par la lampe frontale parut vaciller. Son intensité avait encore faibli d'un cran...

Agnès gratta une fois de plus une allumette. Véritable brise parfumée d'espoir, le courant d'air provenait d'une faille creusée à même la paroi, sorte de grande cassure très évasée en forme de V... Le père et la fille s'y faufilèrent sans même se concerter. Il n'y avait tout simplement pas d'autre option. Agnès sentait de nouveau monter en elle les angoisses ressenties plus tôt. Certes, elle ne rampait pas dans la boue, mais ce nouveau passage était aussi étroit que le précédent. La jeune fille s'appliquait à dompter ses peurs autant que sa respiration. Devant elle, l'éclairage de la frontale déclinait graduellement. Elle soupçonnait que son père avait exagéré son estimation pour ne pas l'alarmer.

« Si cette lampe tient encore dix minutes, ce sera un miracle… »

Ce fut le bruit qui la sauva de la panique : un grondement doux. La musique de l'eau vive qui coule et s'éventre de manière continue sur des rochers.

– Il y a une rivière souterraine, confirma Victor. Je l'entends.

L'étau qui opprimait la poitrine d'Agnès se relâcha quand, passé un coude particulièrement étroit, le passage s'élargit. La rumeur du torrent devenait de plus en plus concrète. Ils débouchèrent sur une berge caillouteuse deux minutes plus tard. La lumière mourante de la frontale donnait à l'eau une couleur proche du vert opalescent. L'écume scintillait dans le rayon jaune comme des particules de poussière.

– Le courant a l'air fort, soupira Agnès.

Victor acquiesça.

– Tu es quand même prête pour un bain de minuit ?

– Je suis prête.

Elle gratta la dernière allumette, histoire d'en avoir le cœur net. La flamme allait dans le même sens que le courant, ce qui signifiait que l'air et la rivière cherchaient à s'échapper du même côté.

Agnès se prépara mentalement à entrer dans l'eau froide. Cette perspective la réjouissait encore moins que de ramper dans un tunnel grand comme un trou de souris, mais il fallait faire avec.

– Ouch !

L'eau n'était pas froide, elle était glaciale.

« Si on reste là-dedans longtemps, on va mourir d'hypothermie, c'est sûr... »

L'adolescente inspira une bonne goulée d'air et se mit à nager la brasse. Le froid était vif mais pas encore paralysant. Un long tournant fut franchi, puis un autre. Victor nageait bravement à côté de sa fille, au même rythme. Ils avaient tous les deux les yeux grands ouverts mais ne discernaient pas grand-chose. De la roche, encore de la roche. Le courant les entraînait, semblable à des milliers de petits fils invisibles. Quand il gagna en puissance, accentuant son emprise sans crier gare, sa musique douce se mua en percussions de cataractes.

– Attention ! cria Victor.

Agnès vit le rocher au dernier moment. Il affleurait à la surface, comme un îlot moussu. Elle l'évita d'un coup d'épaule et d'une impulsion des mollets, mais un autre obstacle heurta son bras tout de suite après. Elle tournoya sur elle-même, but la tasse. Lancée comme un météore dans la nuit, elle frôla le rocher suivant sans se blesser. Garder la tête hors de l'eau devenait un exploit. La force du courant était impitoyable. Plus besoin de nager...

Le père et la fille étaient aspirés, entraînés vers... Dieu seul savait où !

– Papa !!!!

Agnès apercevait une espèce de feu follet qui dansait dans les ténèbres, dix mètres devant elle.

– Je suis là ! cria Victor. Je...

La suite se perdit dans un gargouillis de bulles et de cris.

Ils sombrèrent, emportés par le flot bouillonnant d'une petite cascade. La lumière s'éteignit.

« C'est donc ça, mourir ? se dit Agnès. Papa ! »

Étrangement, elle n'avait plus peur. Un calme total l'envahit. La sensation d'abandon était presque jouissive. La jeune fille avait l'impression de flotter dans une grande poche de vide. Elle repensa à la fresque, aux hommes préhistoriques peignant des animaux à la lueur des lampes à huile, à la promesse de son père... Quel dommage de mourir si tôt, alors que celui-ci s'était enfin rallié à ses idées ! Elle se laissa porter par le courant, désormais apaisé. L'eau froide lui faisait maintenant l'effet d'un baume anesthésiant. Elle roula sur le dos, offrant son visage aux ténèbres. À sa grande surprise, ces dernières étaient piquetées de petites têtes d'épingles lumineuses.

« Des étoiles ? »

La terre les avait recrachés. Ils dérivaient à l'air libre. Agnès sentit avec un soulagement infini une main qui se refermait sur son poignet. C'était son père.

– On a réussi, ma chérie ! On a réussi !

Ils nagèrent jusqu'à la rive puis, sortis de l'eau, ils se laissèrent tomber lourdement sur l'herbe, au pied de grands arbres dont les branches bruissaient sous la caresse de la brise nocturne. Ils étaient trempés, épuisés. Victor prit sa fille dans ses bras et essaya de la frictionner, de la réchauffer de toute la force de son amour, avec toute la chaleur de cette affection qu'il avait d'habitude tant de mal à extérioriser. Ils grelottaient tous les deux. Victor réussit néanmoins à souffler dans son sifflet chromé entre deux claquements de dents.

– Je... t'aime, papa, dit Agnès.

– Je t'aime... aussi, ma petite fille, murmura son père en lui embrassant le front.

Quand, une dizaine de secondes plus tard, un coup de sifflet strident leur répondit, ils surent qu'ils étaient sauvés. Agnès sourit.

– N'oublie pas ta promesse, papa !

LES CUEILLEURS DE VENT

YVES GREVET

— C'est lui ! C'est lui ! crie le petit Rafik, perché dans un arbre.

Une semaine qu'on attendait le retour de Bryan. Une semaine à ne pouvoir s'empêcher de scruter l'horizon tous les quarts d'heure ou à surprendre les autres en train de le faire. Une semaine à se demander s'il reviendrait. En ces temps troublés, il n'aurait pas été le premier à disparaître sans laisser de traces. Tous ceux qui ont entendu l'enfant ont arrêté leurs activités pour se tourner vers l'homme qui revient à grands pas. Nous essayons de lire sur le visage de notre ami s'il nous apporte plutôt de bonnes ou de mauvaises nouvelles. Lui ne montre rien qu'une envie d'arriver au plus vite. Toute la communauté apprécie Bryan mais bizarrement, ce qu'il nous annoncera nous le fera voir différemment. Comme un héros ou comme un faible, voire comme un traître. C'est complètement injuste parce qu'il ne fait que ramener un message dont il n'a pas seul décidé du contenu. Il n'était que notre représentant parmi une vingtaine d'autres.

– Alors ? lance Leïla quand il est encore à cinquante mètres.

– C'est bon. On a tous signé ! annonce Bryan.

Son fils, Clovis, se rue sur lui pour le ceinturer.

– Mais avec quelles conditions ? demande Victor.

Bryan se baisse pour embrasser son enfant et le porter dans ses bras.

– Je ferai mon compte rendu à l'assemblée un peu plus tard. Là, si tu veux bien, je vais retrouver ma petite famille, que je n'ai pas vue depuis près d'un mois.

Ce soir, toute la communauté est réunie dans la salle des fêtes. Les gens se sont serrés autour de Bryan et du vieux poêle à bois, une antiquité ressortie du hangar de Victor dont la chaleur ne parvient pas à assécher l'air ambiant. La tempête du mois de décembre a emporté la toiture de l'église. C'est dommage, l'acoustique y était bien meilleure. Là, il va falloir tendre l'oreille. Une main me chatouille le dos. Je n'ai pas besoin de tourner la tête pour deviner que c'est Emma qui vient de se glisser derrière moi.

– Alors, Yüna, on n'attend plus sa copine ?

– T'es toujours en retard et je ne voulais rien rater.

– Iago n'est pas avec toi ?

– Non, il est assis à côté de son père... Mais chut ! Ça commence.

– Je veux d'abord insister, déclare Bryan, sur le fait que toutes les communautés du sud Finistère étaient représentées. Toutes les décisions ont été prises à l'unanimité et ne seront donc plus contestables par la suite. Les discussions ont été longues et tendues. De l'avis de tous, le contexte actuel est plus favorable. On ne voit plus de colonnes de réfugiés urbains, poussés par la faim, traverser nos campagnes en pillant les habitations placées à leur portée. Les villes semblent avoir fini de se vider et leurs habitants ont vraisemblablement trouvé des endroits où se fixer. Nous avons donc pu signer enfin un véritable accord de paix qui tient compte de...

– Et ces connards du Château-la-Plaine, le coupe soudain Victor, ils ne t'ont pas reparlé de leurs prétentions concernant la forêt d'Arwen ?

– Non.

– Tu ne crois tout de même pas qu'ils y auraient renoncé ?

– Si, Victor. Je crois que tout le monde est fatigué et aspire à la paix maintenant. Ceux de la plaine comme les autres. Je rapporte un traité signé par tous, où chaque communauté s'engage à ne plus revendiquer une partie du territoire de son voisin.

– On ne va pas leur lâcher Boismort, quand même ! s'insurge ma grand-mère. Là où sont nées ma mère, sa mère, la mère de sa mère et la mère de...

– Tout le monde sait que le hameau de Boismort est le berceau de ta famille, Isabelle. Et crois-moi, je suis conscient que ce n'est pas facile à admettre pour toi. Malheureusement, c'est le prix qu'on doit payer. Vous m'aviez accordé un mandat pour négocier la paix. J'ai plaidé notre cause mais je n'ai pas été suivi sur ce point précis. J'en suis désolé.

Mémé baisse la tête et cache ses larmes dans ses mains. Je suis assise juste derrière elle et je l'entoure de mes bras. Plus personne ne parle pendant plusieurs secondes. Bryan reprend :

– Il faut maintenant qu'on pense à l'avenir. Nous n'allons plus dépenser d'énergie à nous affronter entre communautés. Et pour le bien de tous, nous avons décidé d'un projet commun : la remise en état de...

– Jamais ! le coupe de nouveau Victor en se levant brusquement. Jamais je ne bosserai avec eux. Certains d'entre eux sont responsables de la mort de mon fils ! Et ça, jamais je ne le pardonnerai !

– Pour les autres non plus, ce n'est pas évident, argumente Bryan. Je te rappelle que nous aussi avons parfois apporté le malheur au sein de leurs familles !

– Je ne peux pas tourner la page comme ça, moi non plus, affirme Leïla en se dressant à son tour. D'accord pour faire la paix parce que, tu as raison, nous sommes tous épuisés. Mais pas pour faire ami-ami avec eux ! Tu nous en demandes trop, Bryan !

Elle se détourne et sort en faisant claquer la porte, bientôt imitée par d'autres villageois. Bryan cherche sur ces visages familiers une quelconque sympathie, mais même ceux qui l'ont fêté il y a quelques heures à peine baissent à présent la tête et font mine de l'ignorer. La salle commence à se vider en silence.

– Ne partez pas ! implore-t-il. Laissez-moi au moins vous expliquer ! Et discutons ! Et si la communauté rejette le projet, on n'y participera pas.

Trop tard. Les interventions de Leïla et Victor ont rappelé aux autres leurs propres drames et le cœur n'y est plus. Emma me glisse à l'oreille :

– Yüna, on se voit demain, comme d'habitude ?

– Bien sûr !

J'accompagne ma grand-mère à la maison. Je dois la soutenir car la chaussée est défoncée et il fait déjà bien sombre. En entrant, elle allume la lampe qui fonctionne grâce à l'éolienne bricolée par mes soins et fixée sur le toit. En l'absence de vent, on allume des lampes à graisse animale qui ne sentent pas très bon. Elle remet du bois dans le poêle et ravive le feu. Elle y pose la soupe à réchauffer. Mon père ne nous a pas suivies. Il est peut-être resté avec Bryan dans la salle des fêtes. J'aimerais savoir ce qu'ils se racontent. J'embrasse Mémé sur son crâne en lui chuchotant :

– Je vais voir ce que fait Papa.

– Tardez pas trop, c'est presque prêt.

J'avais raison. Ils sont cinq, assis près de Bryan, et parlent calmement. Victor est revenu. Iago est resté aussi et je vais m'asseoir près de lui. Mon père fait une légère grimace en me voyant avancer. Vieux réflexe d'adulte du temps d'avant. Mais j'ai quinze ans révolus et donc le droit de participer aux décisions comme n'importe qui d'autre. C'était l'âge de la majorité chez nos ancêtres celtes et il a été rétabli ici, dès que l'Effondrement a isolé notre région et que tous, même les enfants, ont été obligés de s'engager. J'ai vu tellement d'horreurs, et on m'en a raconté tellement plus, que je me sens déjà bien vieille pour une fille de mon âge. Je décide d'aborder d'entrée un point qui me préoccupe :

– Bryan, je ne sais pas si tu en as parlé pendant que je raccompagnais ma grand-mère... Je voudrais comprendre comment vous avez pu vous mettre d'accord sur le tracé des limites entre communautés.

– On a essayé d'être le plus juste et le plus rationnel possible, explique Bryan. Maintenant qu'on pense que les populations sont stabilisées, on a pu calculer le ratio moyen d'habitants par kilomètre carré. Ensuite, on a vérifié que c'était équilibré. Pour nous et les communautés limitrophes, c'est le cas. À d'autres endroits, certains ont dû céder des terres. On a aussi réglé le droit d'accès à la mer pour tous.

– Ça n'a pas dû être facile, commente Iago. Mais pour revenir à la question d'Isabelle et au hameau de Boismort, on ne pouvait pas l'inclure dans notre territoire avec ses habitants ?

Je suis contente que mon ami aborde le problème. Il sait combien ma grand-mère souffre de la situation. Les hommes soupirent. Pour eux, c'est une évidence.

– Impossible, tranche Victor. Entre nous, c'est la haine et ce n'est pas près de...

– Mais pourquoi ? le coupe mon ami.

– Ça, explique mon père, ce sont des querelles qui remontent aux premières années de l'Effondrement. C'était la panique, les gens ont sorti les fusils de chasse. Tout le monde se méfiait de tout le monde. Et puis de vieilles rivalités, des jalousies et des haines personnelles ont refait surface et ça a dégénéré...

– Les raisons précises, ajoute Boris, le père de Iago, aujourd'hui, personne n'est plus capable de s'en souvenir. À ce moment-là, c'est la peur et l'instinct de survie qui ont pris le dessus sur la raison.

– Si je comprends bien, fait remarquer son fils, il y a eu dix ans de conflits pour presque rien.

Je vois que Victor est choqué par ce que mon ami vient de dire.

– Aujourd'hui, reprend Bryan, on ne peut que regretter la tournure que ça a pris à l'époque. Si nous avions été unis plus tôt, on aurait pu faire bloc contre les menaces extérieures et on se serait épargné bien des drames. Malheureusement, on ne refait pas l'histoire.

Il se tourne vers Iago et moi.

– Mais pour revenir à l'idée de collaborer avec nos anciens ennemis, vous trouvez que c'est trop tôt, comme vos parents ? Après tout, c'est vous, la nouvelle génération, et c'est votre avenir qui est en jeu.

– Je ne sais pas trop, dis-je. J'avoue que je ne m'attendais pas à ça. Vous ne deviez parler que des limites des territoires.

– Exact. Mais nous avons senti émerger très vite une volonté de certains, je devrais dire de certaines plutôt, de dépasser l'ordre du jour prévu. Les femmes ont réussi à convaincre la majorité de l'assemblée qu'il fallait aller plus loin, qu'il était temps de s'ouvrir aux autres et de revivre tous ensemble. Si vous les aviez entendues, je pense que, comme moi, vous auriez été convaincus par leurs...

– Pas sûr, tempère mon père. Pas sûr.

– Et c'est quoi le projet, exactement ? demande Iago.

– D'abord tenter de remettre en route l'hôpital de Saint-Clotaire. On a tous besoin d'un hôpital, non ?

Nous rentrons quelques minutes plus tard chez ma grand-mère. Aristide et Gervais sont là aussi. Ils ne sont pas officiellement invités mais ils savent que si, le soir, ils n'ont rien à manger, il y aura toujours une assiette pour chacun d'eux. Aristide a débarqué au village, avec son petit-fils de six ans, il y a moins d'un an. Ce sont les derniers réfugiés à avoir été accueillis parmi nous. Je me suis vite attachée à eux. Je trouve qu'ils nous ont apporté un grand bol d'air frais. Aristide a beaucoup d'humour et a même réussi plusieurs fois l'exploit de faire éclater de rire ma grand-mère. Et ça, je ne l'avais jamais vu, même avant que tout se casse la figure. Mon père aussi, ça l'avait surpris. C'était comme s'il découvrait un nouveau visage à sa maman. Aristide et Gervais ne semblent se souvenir que de moments gais et d'aventures rocambolesques qui se sont toujours bien terminées. Ma grand-mère, mon père et moi savons pourtant qu'ils ont dû traverser des moments terribles, comme tout le monde, depuis l'Effondrement, mais eux ont préféré les oublier.

– Vous n'êtes pas venus à la réunion de ce soir ? interroge mon père.

– On cherchait de quoi nourrir les dragons, déclare Gervais, le nôtre et celui de Mémé.

– Des dragons ? demande mon père en fixant le petit garçon d'un air innocent. Mais tu n'avais pas peur ? C'est dangereux, les dragons !

Il sait très bien que l'enfant fait allusion aux deux poêles à bois très efficaces que nous avons construits nous-mêmes avec d'anciennes bonbonnes de gaz et de vieux morceaux de tôle, quand nous n'avons plus été alimentés en gaz ni en électricité. Le schéma de construction de ces poêles, appelés « dragons » ou « rockets », a circulé dans toutes les familles, et maintenant l'ensemble du village en est équipé.

– Non ! Ne t'inquiète pas, Jean-Paul, le rassure l'enfant. C'est pas des vrais dragons. C'est des trucs pour faire du feu !

– Ah, d'accord ! fait semblant de comprendre mon père.

– Donc, explique Aristide, nous ramassions du bois dans la forêt lorsque nous avons entendu la cloche de l'église. Le temps de ficeler les fagots et de les rapporter à l'usine, nous étions très en retard. À ma grande surprise, alors que nous approchions du centre du village, tout le monde était déjà en train de quitter la salle des fêtes. Isabelle nous a tout raconté. La paix, c'est quand même une grande nouvelle !

– On devrait organiser une fête ! propose Gervais. Tout le monde se déguiserait et on ferait de la musique !

Le petit garçon se rend vite compte que personne n'affiche le même enthousiasme que lui. Tous les regards convergent vers ma grand-mère qui semble de nouveau au bord des larmes.

– C'est fini... c'est fini, répète-t-elle. Jamais je ne récupérerai ma maison. Il y a tous mes souvenirs là-bas. C'est chez moi quand même ! Le plus dur, c'est le caveau de ma famille que je ne peux plus approcher.

– Mémé, dis-je. Quand ceux qui occupent le hameau nous connaîtront mieux, ils te laisseront accéder aux tombes.

– Je serai sans doute morte depuis longtemps le jour où ça sera possible.

Lorsque nous avons fini de manger les pommes très ridées et très sucrées que nous a données le voisin, Mémé va se coucher. Papa sort nourrir les animaux en compagnie de Gervais, et moi je fais la vaisselle avec Aristide et lui parle du projet de Saint-Clotaire.

– Ce serait génial ! déclare Aristide. En plus, il y aura du travail pour moi là-bas.

– Ah bon ? Qu'est-ce que tu pourrais faire ?

– Au départ, je pourrais faire le brancardier, mais j'aimerais apprendre à soulager la douleur, par exemple en devenant aide-soignant. Avant que tout ne s'arrête, j'étais passionné par les séries médicales. J'ai toujours rêvé de porter une blouse blanche.

Cela faisait longtemps qu'on n'avait pas évoqué la télé. Je me demande si j'aurais envie de la regarder aujourd'hui, si par miracle tout redevenait comme avant. Gervais et mon père rentrent de l'étable. Nous nous installons tous les quatre près du feu. C'est à mon tour de lire à haute voix. J'adore ce rituel. Il est né grâce à ma grand-mère qui, privée de télé, s'ennuyait le soir. Je crois que c'était aussi pour que je m'entraîne à la lecture, moi qui ne suis guère allée à l'école, hélas, car il y avait tellement à faire pendant toutes ces années noires du début, même pour un enfant. Mon père s'y est mis aussi, lui qui a alors avoué n'avoir plus lu de livres depuis ses années de collégien. Aristide préfère parfois nous raconter des histoires qui lui viennent de sa grand-mère antillaise. Les livres, on les emprunte à la bibliothèque municipale. Le stock a été augmenté par les dons des habitants qui avaient envie de partager les leurs. Je mouline pour recharger ma lampe frontale, je l'enfile et je commence :

– « Je bois tous les jours à la source. J'ai peur de l'aspirer en entier, mais pour l'instant l'eau coule toujours de la paroi. Il me reste[10]... »

---

10. Marie Pavlenko, *Et le désert disparaîtra*, Flammarion Jeunesse, 2020.

Il s'en est passé, des évènements, depuis le retour de Bryan, il y a bientôt un mois. Après une dizaine de réunions passées à argumenter, à laisser éclater sa colère, ou à partager ses enthousiasmes et ses espoirs, une majorité s'est enfin dégagée pour décider de notre participation au projet de Saint-Clotaire. Un hôpital, c'est tellement essentiel pour les maladies graves et les accidents ! Nous avons recensé, au sein de notre communauté, trois anciens professionnels de santé prêts à y travailler. Une infirmière, un technicien de maintenance en imagerie médicale et une femme médecin, retraitée de l'armée. Cette dernière possédait une maison de famille à l'orée du village, où elle ne venait autrefois que durant un mois, l'été. Elle s'y est installée définitivement dès les prémices de l'Effondrement. Elle a soigné de nombreux blessés victimes des conflits divers que nous avons dû affronter. Elle est très aimée et respectée. Et lors des dernières réunions sur le projet de l'hôpital, sa conviction a beaucoup pesé. Les deux autres sont moins connus : ils sont arrivés plus tard chez nous.

Mais pour pouvoir faire redémarrer l'hôpital, il faut d'abord y rétablir le courant. Quelques années avant la catastrophe, la plus grande partie du territoire de Saint-Clotaire, dont le périmètre de l'hôpital, était approvisionnée en énergie par une éolienne flottante, amarrée à plusieurs dizaines de kilomètres au large. En pleine mer, les vents sont plus réguliers, mais elle avait tout de même été couplée à une petite centrale thermique, implantée sur la terre ferme, pour pallier le manque de souffle plusieurs jours par mois. Faute d'entretien, l'installation s'était arrêtée de fonctionner assez vite. J'avoue que je ne croyais pas qu'elle remarcherait un jour. Pour moi, cet engin appartenait à un monde révolu à jamais, comme les voitures ou les téléphones.

Pendant deux semaines, tous ceux qui possèdent des compétences techniques ou théoriques en rapport avec le chantier se sont rendus sur les lieux. La machine a été adaptée à notre époque qui ne bénéficie plus ni de réseaux à distance, ni d'ordinateurs connectés, ni même de l'ancien réseau électrique. Les commandes, autrefois automatisées, s'effectuent manuellement. Ce qui nécessite la présence sur place de deux personnes en permanence pour assurer son bon fonctionnement. Chaque communauté doit envoyer, chacune son tour, un de ses membres en bonne forme physique et ne souffrant ni du vertige ni de claustrophobie. Je me suis proposée pour représenter notre village, ce qui a fait froncer les sourcils de mon père, toujours inquiet. Mais comme d'habitude, il n'a pas osé intervenir devant tout le monde et ni par la suite en privé. Emma, par contre, a tout tenté pour me dissuader :

– Non, mais t'imagines que tu te retrouves quinze jours avec un vieux chiant qui te traite comme une gamine et qui pue de la bouche, par-dessus le marché ?

– Toujours optimiste, toi ! Et si c'est un gars beau et musclé, drôle, gentil...

– Tu cherches un amoureux ? Et tu fais quoi de Iago ?

– Lui, c'est différent. C'est comme un membre de ma famille.

– Le pauvre, je ne crois pas qu'il voie les choses comme ça.

– Je sais. Mais on pourrait parler d'autre chose ?

Dès l'aube, j'ai réuni des affaires pour les deux prochaines semaines. J'ai prévu de me changer tous les trois ou quatre jours. Mais je ne pense pas me laver beaucoup parce que je ne disposerai que d'une petite quantité d'eau pour cet usage. Je n'en fais pas une affaire, je ne me rends pas à un rendez-vous galant ! J'emporte aussi quelques livres. Je trie les victuailles que les villageois sont venus me déposer. Il y en a trop : j'en laisserai à Aristide et Gervais. Mon père et moi chargeons les deux brouettes de la maison avec trois bonbonnes de dix litres d'eau du puits, des cageots de nourriture, mon sac à dos et une batterie de tracteur chargée à bloc, puis nous nous dirigeons vers le port. Je rejoindrai l'éolienne sur le bateau familial. Papa a toujours été passionné par la voile. Depuis l'Effondrement, il s'est reconverti dans la pêche et a initié à la navigation une grande partie de la population locale. Ces derniers temps, il emmène souvent Iago avec lui.

Vers dix heures, je vais décrocher l'amarre et je bondis sur le pont. Autrefois, les manœuvres de sortie du port se faisaient grâce à un petit moteur à essence. Depuis les pénuries d'énergie fossile, mon père a remis à la mode l'usage de la godille. C'est une rame qu'on agite de droite à gauche et de gauche à droite depuis l'arrière du bateau. C'est beaucoup plus sportif, mais très efficace. Heureusement, ce matin, il y a du vent et les voiles se gonflent dès qu'on les déploie. Lorsque le bateau a pris son cap, je vais me positionner à la proue. Grâce aux jumelles, j'arrive bientôt à repérer l'éolienne. D'ici, elle a la taille d'une allumette. Difficile d'imaginer que ce truc sera ma maison pour les prochains jours... Je vais rejoindre mon père à la barre et lui demande :

– Tu l'as déjà vue de près, cette éolienne ?

– Je suis souvent allé pêcher dans le coin ces derniers temps, et j'en ai profité pour apporter du ravitaillement aux gens qui la remettaient en route. C'est très impressionnant. Ça doit mesurer une bonne centaine de mètres, comme un immeuble de trente-cinq étages.

– Ta comparaison ne me dit pas grand-chose, je n'ai jamais vu en vrai de constructions aussi hautes !

Je souris, pour cacher le fait que je suis impressionnée.

– C'est vrai. Je sais bien que je n'ai pas à discuter ta décision, mais tu n'as pas peur d'être obligée de partager autant de temps enfermée avec une personne très différente de toi, à laquelle tu n'auras peut-être rien à dire ?

– Emma m'a demandé la même chose, dis-je. C'est le risque. Mais je ne suis pas inquiète. Je vois ça comme une nouvelle aventure, une occasion de sortir de la routine de notre vie au village.

– Et Aristide, le petit Gervais, Mémé… Ils ne vont pas te manquer ?

S'il avait été moins pudique, il aurait ajouté « Et moi ? ».

– C'est seulement deux semaines, Papa.

– Je ne doute pas que tu traverseras cette épreuve avec succès, parce que tu as toutes les qualités pour ça.

Je ne sais pas quoi lui répondre. J'ai le sentiment que mon père m'idéalise. Je l'ai entendu plusieurs fois vanter à ses amis mon sens de l'initiative, mon empathie, mon courage. Sur ce dernier point, il se fait des idées, j'ai tellement l'impression d'être trouillarde parfois et de me montrer forte juste pour rassurer Gervais ou d'autres petits du village ! Je croise son regard l'espace d'une seconde et j'y lis une grande tristesse. Je n'ose pas lui demander pourquoi je le mets dans cet état. Je ne suis pas certaine qu'il me répondrait franchement. Peut-être pressent-il que cette aventure en appellera d'autres et que petit à petit, il devra s'habituer à mon absence. Je crois qu'il voit juste. Depuis ces quelques mois où nous vivons plus paisiblement et où nous avons davantage de temps pour réfléchir et rêver, il m'arrive de penser à partir pour découvrir ce qu'il y a au-delà des limites étroites de mon univers quotidien. Pour rompre le silence, je déclare :

– La mer se creuse de plus en plus.

– Ça reste raisonnable, non ?

– Oui. On a vu bien pire.

Il m'envoie un sourire rassurant qui me remplit de bonheur. Nous restons côte à côte, sans plus parler, jusqu'à notre arrivée en vue de l'éolienne. Papa annonce notre présence en faisant sonner sa corne de brume d'une étrange façon.

Je connais les gestes. J'enfile un gilet de sauvetage, enroule la corde autour de ma taille et je grimpe une courte échelle. J'accède à l'immense plate-forme flottante en béton sur laquelle est fixé le mât de l'éolienne. Elle est amarrée au fond de la mer par six énormes câbles de nylon. Je trouve un anneau métallique auquel j'accroche la corde pour maintenir notre bateau le long du flanc de la plate-forme, équipé d'une rangée de pneus. Malgré l'apparente lourdeur de la structure, ça tangue un peu. Papa m'observe en silence. Je redescends à bord du voilier et guette durant plusieurs minutes l'arrivée de la personne que je viens remplacer. J'ai le temps d'observer de près l'impressionnante construction dont les pales tournent plutôt lentement dans un vent que je juge pourtant assez fort. Une tête apparaît soudain par l'entrebâillement de la porte à la base du mât. C'est une femme d'une quarantaine d'années, à la silhouette sportive et aux cheveux courts. Elle nous salue d'un signe de la main puis retourne chercher deux jerrycans vides, deux paniers et enfin son sac à dos. Je les charge sur le bateau puis lui tends la main pour l'aider à monter sur le pont.

– Céline, se présente la femme. Je suis ingénieure électronicienne et informaticienne. Je bossais à Lorient. Enfin, tout ça, c'était avant, bien sûr. Aujourd'hui, je donne plutôt dans le maraîchage. J'ai participé aux travaux de conversion de l'installation.

– Jean-Paul, répond mon père. J'accompagne ma fille Yüna, qui...

– Bonjour, Yüna. J'ai transmis à Karl, durant la semaine, tout ce qu'il devait savoir. Tu verras, c'est un gentil garçon, sérieux et plein de ressources. Si vous respectez bien les règles de sécurité, tout se passera très bien.

Un garçon. Mon futur coéquipier sort à son tour. Il incline la tête vers mon père. Il me semble qu'il est à peu près de mon âge. Nous effectuons rapidement le transbordement. Je me tourne vers Papa pour lui sourire. Il s'approche pour m'effleurer les cheveux. Il n'est pas capable d'en faire plus en public. Je lui fais signe de la main, charge mon sac à dos et saute sur le ponton. Je décroche l'amarre et la lui envoie. Le courant écarte vite le bateau de la plate-forme. Je suis Karl vers l'entrée. À peine ai-je franchi le seuil que la porte se referme, nous plongeant dans l'obscurité. Je lutte quelques secondes pour évacuer une boule d'angoisse qui commence à se former au fond de ma gorge. J'ai choisi d'être là, loin de mes repères familiers, et maintenant je dois l'assumer.

Karl allume une torche et ouvre une armoire métallique, me tend un casque avant de mettre le sien, puis il enfile par-dessus sa veste ce qu'il appelle un baudrier.

– C'est du matériel d'escalade. Ici, dès que tu te déplaces, tu dois le porter.

Je m'équipe en vitesse et ensuite nous entassons tout ce que j'ai rapporté dans une cabine étroite aux parois en métal ajouré. Il m'explique :

– Avant, l'élévateur fonctionnait à l'électricité et les agents de maintenance l'utilisaient pour atteindre le sommet. Nos techniciens l'ont maintenant équipé d'un treuil manuel et c'est bien pratique pour faire monter le matériel. Nous, nous utiliserons l'échelle. Un conseil : ne va pas trop vite au début et prends le temps de respirer.

Il braque le faisceau de sa torche vers le sommet. On n'en voit pas la fin. Karl me montre comment accrocher mon baudrier à un système de sécurité qui m'empêchera de chuter si je rate un barreau. Il s'engage le premier. L'ascension s'avère fatigante. Des douleurs apparaissent très vite au niveau de mes cuisses et de mes épaules. J'entends mon camarade souffler. Je ne suis pas la seule à souffrir... Arrivée à un premier palier, je m'écroule sur le sol et demande :

– On a fait combien ?

– Plus de la moitié, me rassure Karl. On se donne deux ou trois minutes de repos, pas plus. Après ce sera impossible de repartir.

La deuxième échelle semble, en effet, un peu plus courte que la précédente. Nous accédons enfin à une salle avec des armoires couvertes de cadrans et de boutons de commande. C'est là qu'est installé le treuil. Je repère aussi un seau, une bonbonne d'eau et des toilettes sèches.

– Je te propose de finir la visite avant de monter ce que tu as rapporté. Là, ce sont nos sanitaires. Tous les appareils électriques que tu vois ont été débranchés lors de la modification de l'installation. On dormira juste au-dessus.

Nous grimpons une dernière échelle de quelques mètres et débouchons dans une vaste et longue salle encombrée de deux grosses machines. Dans des recoins, j'aperçois des matelas, des réserves de bouffe.

– Nous sommes dans la nacelle, précise Karl. De ce côté, il y a l'ensemble pales et rotor, ensuite le multiplicateur qui amplifie la vitesse de rotation, puis la génératrice qui transforme l'énergie mécanique en énergie électrique. Et là, c'est le départ des câbles qui conduisent l'électricité vers la base du mât, le fond de la mer et Saint-Clotaire. On jette un œil au sommet ?

Sans attendre mon assentiment, il fixe à mon baudrier une longue et lourde sangle. Il fait de même pour lui avant de gravir une dizaine de barreaux et d'ouvrir une trappe au plafond. Le vent s'engouffre dans la pièce. Il commente :

– Il y a des barrières autour de cette petite terrasse. Il faut attacher le mousqueton de ta sangle à l'une des fixations au sol. C'est pour éviter que tu t'envoles. Ce serait dommage, tu viens juste d'arriver !

Je n'en mène pas large mais je ne veux pas le lui montrer. Je m'oblige à sourire à sa remarque en le regardant disparaître vers la lumière du soleil. Je suis saisie par la force du vent dès que je sors la tête hors de la trappe. Karl est déjà debout, cramponné aux protections, le regard braqué sur l'horizon. Je rampe sur le sol et vais accrocher en tremblant le mousqueton à l'anneau métallique ancré au toit de la nacelle, puis je me relève difficilement. La main de mon compagnon m'empoigne pour m'aider à me stabiliser. Le panorama est très impressionnant. La mer, à perte de vue, est très formée et les nuages sont menaçants. On ne distingue pas la côte. Je ne vois pas notre bateau non plus. Le sol bouge mais cela ne perturbe pas Karl, qui continue la visite guidée.

– À droite, tu as l'anémomètre, qui mesure la vitesse du vent. Si elle dépasse vingt-cinq mètres par seconde, il faut arrêter l'éolienne. Pour cela, on positionne les pales parallèlement au vent, de façon à ce que leurs surfaces offrent le moins de résistance possible. Le rotor s'arrête donc de tourner. On appelle ça mettre les pales en drapeau.

– Ce n'est pas bizarre de ne pas profiter des fortes rafales pour produire davantage de puissance ?

– L'installation est conçue pour commencer à tourner avec un vent très faible, de l'ordre de trois mètres par seconde. L'énergie est ensuite amplifiée. Si ça va trop vite, tu risques de faire chauffer le système et au final de l'endommager. Là, au-dessus de l'anémomètre, tu reconnais la girouette qui indique la direction du vent. Si le vent tourne, nous devons réorienter la nacelle pour que l'axe du rotor soit toujours face au vent. Avant, tout était automatisé et contrôlé depuis Saint-Clotaire. Les agents de maintenance ne se déplaçaient qu'en cas de panne ou pour refaire le plein d'huile de graissage. Alors ? Qu'est-ce que tu en penses ? Ça te plaît ?

– Oui, j'ai l'impression d'être en haut d'un mât de bateau. Ce n'est pas tellement rassurant mais c'est grisant ! En montant, je ne me sentais pas trop bien mais j'ai l'impression que mon corps commence à s'adapter.

Karl approuve d'un signe de tête.

– Et cette grosse lampe rouge avec une manivelle, c'est quoi ?

– C'est pour appeler les secours du continent, en espérant qu'il n'y ait aucun brouillard et que quelqu'un qui a de très bons yeux regarde dans notre direction. Bon, on va remonter le ravitaillement, et ensuite, on pourra manger.

***

C'est la fin de la première journée et je suis épuisée. Karl m'explique que c'est normal, surtout après une première ascension toujours stressante, à laquelle se sont ajoutés les efforts pour treuiller la cabine dans laquelle nous avons entassé tout ce que j'ai rapporté du continent. Il me promet que les autres jours seront plus reposants. Nous avons installé nos matelas de part et d'autre du multiplicateur pour nous ménager un peu d'intimité durant la nuit.

Malgré mon état de fatigue, je n'arrive pas à dormir. Il faut sans doute que je m'habitue au ronflement des machines, à l'odeur de graisse et au tangage de la nacelle.

Et puis c'est inhabituel pour moi de ne pas entendre la respiration de ma grand-mère, qui m'apaise comme une berceuse. Karl lit. Je distingue le halo de sa lampe frontale. J'hésite à l'imiter. En fait, j'aimerais plutôt parler, qu'il me raconte d'où il vient et à quoi il occupe ses journées habituellement. Pour l'instant, sa conversation s'est bornée à me donner des informations pratiques et techniques. J'espère que ça va évoluer parce qu'on va quand même vivre en vase clos pendant encore six jours. Peut-être même qu'on se découvrira des intérêts communs et qu'ensuite, nous garderons des liens ?

Karl me fait penser à Iago, que je connais depuis qu'on est tout petits. On a le même âge et on est voisins. Quand il n'y avait plus d'école au début de l'Effondrement, on a vécu chez l'un ou chez l'autre comme des frère et sœur. Si la catastrophe a eu un point positif, c'est qu'elle nous a permis de découvrir des gens que normalement nous n'aurions jamais rencontrés, et certains nous sont devenus très proches, comme Emma. Les premières familles qui ont débarqué au village y possédaient des maisons de vacances. Ensuite sont arrivées d'autres personnes qui avaient des relations amicales ou familiales avec des habitants. Tous cherchaient à fuir les villes où la nourriture commençait à manquer. Tous rêvaient de posséder un petit lopin de terre où pouvoir faire pousser des légumes et élever des poules ou des lapins. Certains ont rénové des maisons abandonnées, d'autres se sont construit des habitats qu'on trouvait bizarres, avec du bois de récupération, des bottes de paille et de la boue. Emma est arrivée avec une vague plus tardive de réfugiés des grosses agglomérations. Eux ne connaissaient personne et ont débarqué là par hasard. Ils ont posé leurs affaires à l'usine, l'ancienne conserverie désaffectée, avant de trouver mieux. Certains, comme Aristide et Gervais, y sont encore. Notre communauté a fait le choix, dès le début, d'accueillir ceux qui venaient frapper à la porte. Les agriculteurs du coin, qui ne pouvaient plus utiliser leurs machines, faute de carburant fossile, ont volontiers loué leurs champs en échange d'une petite partie des récoltes. Les nouveaux venus devaient aussi s'engager à participer à la vie locale et à se soumettre ensuite aux décisions, prises à la majorité, dans l'intérêt commun. Ceux qui se sont montrés déloyaux ou violents ont été contraints de partir. Heureusement, il s'agissait d'une infime minorité. Au final, je suis heureuse d'appartenir à ma communauté. Repenser à tous mes amis me fait du bien et bientôt mes yeux me piquent et je m'endors.

– Yüna ! Lève-toi et équipe-toi pour la pluie, il faut qu'on aille vérifier un truc !

On me secoue. Le faisceau d'une lampe me brûle les yeux. Je mets une ou deux secondes à reconnaître la voix de Karl et à me souvenir de l'endroit où je suis. J'allume ma frontale, enfile le bas et le haut de mon ciré. Mon compagnon dépose une paire de bottes à mes pieds.

– Mets ça aussi et suis-moi.

– Qu'est-ce qui se passe ?

– Je crois que le vent a tourné. L'éolienne fait un bruit suspect. Il faut aller voir. Les règles de sécurité sont strictes, on ne sort jamais seul.

– Je sais.

– Et pose ton matelas en hauteur, de l'eau va rentrer.

Nous sommes tous les deux sur l'échelle, prêts à bondir. Il ouvre difficilement la trappe et s'efface pour me laisser passer. Je me glisse à l'extérieur et j'atteins à quatre pattes l'anneau où je fixe mon mousqueton plus facilement que la première fois. Karl m'a rejointe après avoir refermé le battant. La girouette nous indique que le vent a effectivement tourné. Mon compagnon tapote la montre qu'il porte à son poignet, me désigne du doigt et ouvre quatre fois sa main, doigts écartés. C'est parti. Je compte le nombre de fois où la louche blanche de l'anémomètre est visible durant vingt secondes.

Puis nous rentrons pour faire le point. Il vérifie d'abord sur un tableau de conversion fixé sur une des parois que la vitesse du vent n'est pas trop élevée.

– Pour la vitesse, c'est bon. Maintenant, on va orienter la nacelle face au vent.

Comme elle pèse plusieurs dizaines de tonnes, nous devons utiliser un moteur branché sur une batterie de tracteur pour la faire pivoter. Nous accompagnons le mouvement. Ça y est, l'axe du rotor est parfaitement positionné ! Nous retirons nos cirés dégoulinants. Mes cheveux sont mouillés et trempent mon sweat-shirt.

– Bravo, Yüna ! Tu as fait preuve de beaucoup de sang-froid. C'est bien.

– Merci. Quelle heure est-il ?

– Bientôt cinq heures. On éponge la flotte et on mange un truc, d'accord ?

En plus d'être rassurant, Karl se montre très sympathique. Je crois que j'ai eu de la chance de tomber sur lui.

Assis sur son matelas, nous croquons des toutes petites pommes un peu acides qui lui restent de son stock.

– Celle qui était avec moi, Céline, les détestait. Moi, j'en mange depuis que je suis gamin. Au début, il paraît que je faisais la grimace, mais je me suis habitué et maintenant, je les adore.

Leur goût est très différent de celles des vergers du village mais, bizarrement, il me paraît familier. Je lui demande :

– Tu habites où ?

– Boismort.

– Ah, dis-je en souriant, moi, je viens de Port-Marie... Ma grand-mère a une maison là-bas, à Boismort. J'y allais souvent avant...

Tout en parlant, je croise son regard et y capte un réel malaise. Je manque avaler de travers. Je le fixe avec insistance, mais il se dérobe et baisse les yeux. Soudain, je comprends qu'il savait déjà qui j'étais ! Et moi, je viens de comprendre qui il est. C'est un des fils de ces salauds ! Je ne peux m'empêcher de réprimer une grimace. Je pense à la souffrance de ma grand-mère, à mon père qui a souvent raconté qu'il avait été reçu à coups de fusil lorsqu'il avait essayé d'approcher la propriété familiale. Comment pourrais-je... Je recrache le morceau de pomme que je venais de croquer et je regagne mon matelas, bien décidée à ne plus desserrer les dents de la semaine. Dans notre famille, on est capable de tenir bien davantage.

Deux heures plus tard, je suis debout. Karl bouquine, adossé à la génératrice. Il tourne la tête vers moi et esquisse un sourire. Je l'ignore. J'accroche le foulard à la rambarde de l'escalier pour signifier que j'occupe la salle d'eau. Je me rends compte que six jours à s'éviter, ça va être très long mais je ne vois pas comment faire autrement. Lorsque je remonte pour me découper un morceau de pain, il se lève et s'approche.

– Pour ton information, je n'avais que huit ans quand ma famille s'est installée chez ta grand-mère. Je ne me sens pas trop responsable de leurs actes mais je crois qu'ils n'ont pas eu le choix pour nous mettre à l'abri.

Il peut parler autant qu'il veut. Je m'en fous de ses justifications. Je mâche, les yeux dans le vague. Il continue :

– Si tu veux que je te dise que je suis désolé pour la peine que cela a créée au sein de ta famille, je le fais volontiers. Et si après cette semaine, tu décides de continuer à me haïr, ce sera ton problème. Mais durant les prochains jours, il faudrait que tu mettes tes sentiments entre parenthèses parce que personne ne va venir te chercher, et qu'on va avoir besoin l'un de l'autre. Et pas seulement pour les manœuvres. Figure-toi, Yüna, que des menaces extérieures pèsent sur l'éolienne. Je n'ai pas voulu t'en parler tout de suite pour ne pas t'effrayer mais c'est sérieux !

C'est ça, les arguments qu'il a trouvés pour me convaincre de rediscuter avec lui ? Me faire peur ? Pour qui me prend-il ? Il a visiblement fini son discours car il s'éloigne. Je l'entends fouiller dans une des caisses de matériel. Il revient avec un pistolet dont il ouvre la crosse pour me montrer qu'il est chargé. Un frisson d'angoisse me traverse le corps. Pourquoi vient-il brandir ce truc sous mon nez ? Veut-il me menacer ? Je l'observe en silence.

– Regarde ce que j'ai prévu pour notre sécurité ! C'est une vraie arme. Tu veux vérifier ? Des rumeurs circulent chez nous : des gens veulent s'accaparer l'installation. La semaine dernière, on n'a vu personne. J'ai préféré ne pas parler de l'arme à Céline. Mais, hier soir, j'ai repéré, depuis la terrasse, plusieurs voiliers qui tournaient de manière bizarre autour de l'éolienne... Et... et puis... Tu fais chier, Yüna !

Il abandonne et va se réfugier dans son bouquin. Je ne le connais pas assez pour savoir s'il y a la moindre part de vérité dans ce qu'il avance. Ce que je sais, c'est qu'à cet instant je ne suis pas disposée à lui donner raison. Vers midi, il annonce que nous devons monter faire un contrôle. Je m'équipe et le suis. Le vent a faibli et l'éolienne tourne au ralenti. Les pales ont besoin d'être réorientées. Nous restons quelques instants à scruter l'horizon. Visiblement, il aimerait apercevoir une embarcation qui foncerait sur nous pour que je prenne conscience du danger dont il veut me convaincre. Mais il n'y a rien.

Nous redescendons. Je vais me chercher un peu de nourriture et je retourne m'asseoir sur mon matelas. Lui disparaît par l'échelle inférieure. Il n'a pas noué le foulard. Peut-être a-t-il oublié ? Après plus d'une demi-heure, je ne le vois pas réapparaître et je ne l'entends pas se laver. Serait-il descendu ? Chercherait-il à me fuir ? Je gagne la salle d'eau qui, effectivement, est bien vide. Je passe la tête dans l'ouverture plongée dans la pénombre. J'entends sa respiration. Je devine qu'il s'entraîne à monter le plus vite possible. Il a trouvé un moyen d'évacuer sa colère contre moi.

***

Vers la tombée de la nuit, la nacelle se met à bouger anormalement. C'est une forte rafale qui en annonce sans doute d'autres et peut-être de bien plus fortes encore. Nous devons aller nous rendre compte de la situation à l'extérieur. Je me lève et commence à enfiler le baudrier. Karl a la même réaction. Preuve qu'il est inutile de nous parler pour faire fonctionner correctement l'installation. Nous ouvrons la trappe tout doucement pour la refermer immédiatement. Le vent risquerait de l'arracher. Nous sommes face à une véritable tempête.

– On met les pales en drapeau, tout de suite. Sinon, ça risque d'être dangereux.

Je hoche la tête machinalement et le suis jusqu'à la roue qui sert à modifier l'orientation des pales. Nous effectuons la manœuvre. C'est fait, nous sommes en sécurité. Nous retournons en silence chacun dans notre coin et je replonge dans ma lecture. À ce rythme, je risque d'avoir avalé tout mon stock de livres avant la fin de la semaine, et il n'est pas question qui j'aille lui emprunter les siens.

Autour de vingt-deux heures, le vent se déchaîne et la nacelle est secouée comme jamais. Les pièces mécaniques grincent horriblement. Je n'arrive plus à me concentrer sur mon roman. J'essaie de respirer profondément comme lorsque je veux faire taire une douleur physique. J'entends Karl souffler et ruminer. Mon corps est parcouru de frissons de peur et je sens la nausée qui s'empare de moi. J'ai déjà vécu de grands moments de stress, mais mon père veillait sur moi et, surtout, j'étais sur la terre ferme, pas à cent mètres au-dessus de la surface de la mer dans une nacelle qui risque d'exploser sous les assauts de la tempête !

– Ça va, Yüna !? crie Karl.

Comment ça pourrait aller, à son avis ? L'agonir d'injures me permettrait peut-être de libérer une partie de mon stress. Ou bien peut-être que rétablir provisoirement notre relation pourrait me rassurer. Je fais donc un immense effort pour ne pas lui répondre. Je pense très fort à Papa, à Emma, à Iago surtout, parce que je n'ai pas pris le temps de lui dire au revoir avant de partir. Entre deux nausées, je prie comme le faisait Maman. Enfin, disons que dans ma tête, je m'adresse à Dieu, avec mes mots à moi parce qu'elle ne m'a jamais appris comment faire. « Si t'existes, Dieu, aide-moi ! Je ne veux pas que Papa pleure encore ! Il a assez pleuré à la mort de Maman. Sors-moi de cet enfer ! S'il te plaît, Dieu ! »

Je ne sais pas si c'est parce que mon corps s'habitue aux mouvements de la nacelle, ou si, par extraordinaire, le vent se met à faiblir un peu, mais je me sens moins mal. Après quelques minutes, on entend toujours le vent souffler, mais le sol ne tremble plus. Je parviens à me mettre debout et me traîne jusqu'aux toilettes sèches de l'étage inférieur où je vomis tripes et boyaux. Je sens Karl derrière moi qui me pousse doucement pour s'agenouiller à son tour devant la cuvette. Quand il tourne vers moi son visage blême et sa bouche baveuse, je ne peux me retenir de rire. Lui-même éclate à son tour d'un rire nerveux.

– On est vivants, Yüna ! On est vivants !

Au moment où j'allais lui répondre, je change d'avis. Je me lève pour aller me rincer la bouche, puis je remonte à l'étage pour aller manger un morceau de pain et du fromage, boire aussi. Je m'installe seule dans mon coin. Je sens progressivement mon corps se calmer. À peine ai-je posé ma tête sur mon matelas que le sommeil m'envahit.

***

Clang ! Clang !

Un son métallique résonne à mon oreille. Il est lointain et semble venir de tout en bas. *A priori*, il ne s'agit pas du fonctionnement de l'éolienne. Je suis complètement réveillée. Karl dort. Je descends à l'étage du dessous. Pas de doute, cela provient du conduit d'ascension. J'installe ma frontale, j'enfile mes chaussures et mon baudrier et me rue sur l'échelle.

– Tu fais quoi, là ?

Je n'ai pas entendu Karl arriver. Il se plante près de moi quand j'accroche la fixation. Je lui demande, en me rendant compte que je suis en train de m'adresser à mon ennemi :

– T'entends pas ? Ça vient d'en bas. Quelqu'un essaie d'attirer notre attention. Un naufragé de la tempête sans doute. Je vais descendre voir.

– Non, Yüna ! répond-il sèchement. Ce ne sont pas les consignes.

– Parce que les consignes, c'est de laisser crever une personne qui nous demande de l'aide ? Je m'en fous des consignes, j'y vais !

Je m'engage sur l'échelle et entame une descente rapide. Je franchis le premier palier en quelques minutes.

J'enchaîne sans attendre. Le son s'amplifie à mesure que je descends. Je perçois bientôt des cris. C'est une voix masculine qui supplie. J'arrive en bas et me précipite pour déverrouiller la lourde porte. Le jour vient de se lever. À mes pieds, un homme d'une soixantaine d'années gît, trempé, une des mains cramponnée à un anneau métallique tandis que l'autre cogne la porte avec une grosse pierre. Je l'attrape sous les bras et le tire vers l'intérieur. Karl m'a rejointe. Il ferme et verrouille la porte derrière nous. L'homme gémit ce qui ressemble à un « merci », avant de s'évanouir. Je braque ma frontale pour l'observer de plus près. Il ne semble pas blessé.

– Tu n'as pas repéré de bateau ancré plus ou moins loin ? me demande Karl.

– Je t'avoue que je n'ai pas pris le temps de regarder l'horizon. On pourrait le remonter avec le treuil ? Il ne semble pas trop lourd.

Je m'attendais à ce que le garçon s'y oppose mais il se baisse immédiatement pour m'aider. Nous l'asseyons sur le sol de la cabine. Karl condamne son ouverture et empoche la clé. Il s'écarte et me fait signe de me rapprocher. Il me chuchote :

– Il ne faudrait pas qu'il en profite pour ouvrir à ses complices.

– Dans l'état où il est ?

– Je ne le trouve pas spécialement mal en point, pour un survivant transi de froid.

Je crois que mon coéquipier vire parano. Je me garde bien de le provoquer. Il serait capable de jeter le pauvre naufragé à la mer, ou de le menacer avec son arme. La montée me paraît un peu moins longue que la première fois, et les douleurs aux cuisses se font moins vives. À deux, nous treuillons difficilement la cabine. Le type pèse son poids. La cabine arrivée en haut, nous en extrayons l'homme puis le montons avec difficulté dans la grande salle. Nous l'installons dans un coin, enveloppé dans une couverture. Il somnole, visiblement épuisé. Karl sort des cordes d'une malle pour l'attacher. Je pose ma main sur son poignet.

– L'urgence, c'est plutôt de grimper sur la terrasse pour constater d'éventuels dégâts, non ?

Mon coéquipier hoche la tête en grimaçant. Il sait que j'ai raison. Sur le toit de la nacelle, tout semble avoir tenu. Le vent a nettement faibli. Le ciel est dégagé. Karl scrute longuement aux jumelles les environs : pas d'embarcation en vue.

– Restons quand même sur nos gardes, déclare-t-il.

– Notre invité dort, dis-je. Nous devrions en faire autant. On a du sommeil à rattraper.

– Dors, toi, si tu peux. Moi, je veux garder un œil sur lui.

Nous redescendons et réorientons les pales.

***

Je me réveille en début d'après-midi. Karl me confie la surveillance du naufragé et monte surveiller l'horizon jusqu'au repas du soir. Il ne s'est accordé aucun repos. L'homme n'a pas bougé depuis le matin et garde les yeux fermés. Il émerge lorsque mon coéquipier réapparaît. Nous lui donnons de quoi boire et manger. Le gars parvient à se mettre debout et à faire quelques pas. Karl l'accompagne en le soutenant jusqu'à la salle d'eau. Il lui sort des habits secs tirés d'une cantine. Quelques minutes plus tard, notre nouveau compagnon se plante devant nous.

– Je vous remercie. Sans vous, je serais sans doute mort. Je m'appelle Jean-Bernard. Je suis le maire de Saint-Clotaire. Et vous ?

– Moi, c'est Yüna, de Port-Marie, et lui, c'est Karl... du hameau de Boismort.

J'ai réussi à prononcer cette fin de phrase d'une voix neutre.

– Il n'y a plus de maire à Saint-Clotaire, lui fait remarquer Karl. Il y a une assemblée au pouvoir tournant, comme un peu partout dans le coin...

Jean-Bernard lui coupe la parole.

– J'ai été élu maire avant l'Effondrement et comme il n'y a jamais eu de nouvelles élections dans les règles républicaines, je considère que je le suis encore. Je n'ai jamais reconnu la nouvelle organisation qui a été mise en place depuis, où même les gamins participent aux décisions. Je n'ai jamais voulu participer à ces conneries.

Karl croise mon regard et me sourit. Je ne sais pas si notre invité a conscience de notre âge ou s'il nous provoque. Jean-Bernard reprend :

– Et vous êtes bien récompensés pour tout ce que vous accomplissez ici ?

– Nous ne demandons rien, dis-je. Chacun fait sa part pour le bien de tous.

– Ce n'est pas très juste. Vous, vous prenez de sacrés risques ! Et tout ça pour que des inconnus profitent de l'électricité gratuitement ! Imaginez que vous décidiez qu'à partir de maintenant, l'éolienne est à vous et que les autres vous doivent quelque chose à chaque fois qu'ils utilisent l'énergie que vous produisez : ce serait tout à fait normal, non ?

– Et on nous laisserait faire, bien sûr, ironise Karl.

– Certains essaieraient de vous virer mais moi, par exemple, si on s'associait, je pourrais assurer votre sécurité et celle de vos familles, grâce à mes hommes. Ça pourrait vous rapporter beaucoup ! Si j'étais vous, je n'hésiterais pas.

– Mon père m'a expliqué, dis-je, que c'était ce genre de système qui avait engendré il y a quelques années une toute petite minorité de gens très riches et une immense majorité de gens très pauvres.

– Qu'il y ait des pauvres et des riches, dans une société, c'est naturel, répond Jean-Bernard en haussant les épaules.

Ni Karl ni moi n'avons l'intention de continuer la discussion. Cet homme me paraît soudain franchement antipathique. Nous l'observons alors qu'il semble chercher des arguments qui lui permettraient de nous rallier à ses idées.

– Est-ce que vous êtes au courant qu'ailleurs, en France, certains recommencent à vivre comme avant ? L'argent se remet à circuler. Bientôt, l'ordre d'avant va revenir. Il y aura des places à prendre, surtout pour des jeunes comme…

– Ça suffit, le vieux ! le coupe Karl. Tu nous fatigues avec tes histoires et tes manigances. Moi, ce que je veux savoir, c'est comment tu es arrivé sur notre ponton ?

Jean-Bernard fait mine de ne pas avoir entendu le changement de ton. Karl manque de sommeil et n'a plus la patience de discuter normalement. Et il veut pousser l'autre à se dévoiler.

– Je me suis fait surprendre par la tempête quand je jetais des filets au large. J'ai essayé de rentrer mais mon mât a cassé et mon bateau s'est retourné… J'ai nagé comme j'ai pu dans le noir et j'ai dérivé à demi-inconscient jusqu'à vous. Je suis resté accroché plusieurs heures avant que vous ne m'entendiez. J'allais renoncer au moment où… Yüna a ouvert la porte. C'est un vrai miracle si je suis en vie !

Karl me jette un regard sceptique. Je me range à son opinion. Cet homme nous ment. Il n'a pas des mains de pêcheur. Pourtant, il ose demander :

– Et vous pourriez me montrer comment vous faites fonctionner tout ça ?

Nous échangeons un sourire en coin.

– Non, répond Karl, avec fermeté. Je crois que tu es d'accord sur ce point, Yüna ?

J'acquiesce. Il n'insiste pas mais il semble agacé par notre attitude méfiante. Nous prétextons une manœuvre à faire et nous enfonçons dans un recoin, loin des oreilles de Jean-Bernard.

– Il faut absolument que tu dormes. On ne sait pas quelles surprises nous réserve demain. Moi, je me sens suffisamment en forme pour veiller sur lui.

– OK, admet-il après quelques secondes d'hésitation. Ne le lâche pas. Je suis certain qu'il rumine un truc. Réveille-moi vers deux heures. Et prends ça.

Il sort son arme de la poche de son treillis. Je la cache sous mon pull. Il semble rassuré et va directement s'allonger sur son matelas. Je récupère mon roman et m'installe dans mon coin. À intervalles réguliers, j'observe discrètement Jean-Bernard. Nos regards se croisent sans cesse, ce qui signifie que lui aussi me surveille. Un peu après minuit, il s'affaisse contre la génératrice. Bientôt, les deux respirations de mes colocataires se répondent. Le plus vieux ronfle.

Je tiens jusqu'à deux heures, non sans avoir fermé les yeux durant des périodes que j'espère très courtes. Je secoue Karl pendant près d'une minute avant qu'il ne réagisse.

– Tout va bien ? demande-t-il, inquiet.

Je lui rends son pistolet avec soulagement et me laisse tomber sur mon matelas. Le sommeil me cueille aussitôt.

***

– Réveille-toi Yüna, me chuchote Karl. Jean-Bernard a disparu.

– Qu'est-ce qui s'est passé ?

– J'ai dû piquer du nez quelques minutes et le salaud en a profité pour descendre. Il faut s'attendre à ce qu'il fasse monter des complices. Excuse-moi, je n'ai…

– Laisse tomber ! C'est moi qui ai fait rentrer le loup dans la bergerie. Où est mon baudrier ?

– Il les a tous pris.

Nous nous précipitons dans la pièce du dessous, là où débouche la deuxième grande échelle. Nous nous penchons sur l'ouverture. La lumière de nos frontales se perd dans l'obscurité. Mais on entend distinctement le martèlement de lourdes chaussures sur les barreaux et des respirations étouffées. Il a fait entrer ses complices ! Impossible de déterminer leur nombre ni où ils sont exactement. Une détonation nous cloue sur place. Une balle vient de percuter le plafond. Ils nous ont repérés à cause de la lumière de nos frontales ! On s'écarte de l'ouverture. Ces types sont prêts à tout pour nous prendre notre éolienne ! Même à nous supprimer !

– Qu'est-ce qu'on fait ? demande Karl en sortant son arme. On répond ?

– Non. Il ne faut pas gâcher nos munitions en tirant à l'aveuglette. On devrait leur balancer des trucs pour les freiner, comme ils faisaient au Moyen Âge sur les assaillants, du haut des tours !

J'attrape une bonbonne d'eau presque pleine. Je coupe ma lampe lorsque je m'approche de l'ouverture et la jette dans le vide. J'entends un choc mat, immédiatement suivi de cris surgissant des profondeurs. Après un court silence, de nouveaux coups de feu éclatent tout autour de nous. Nous nous recroquevillons dans un coin en attendant que ça se calme. Pendant plusieurs minutes, nous ne percevons plus rien. Peut-être se sont-ils repliés sous le premier palier pour décider s'ils laissent tomber ou s'ils lancent une nouvelle attaque. Nous en profitons pour rassembler autour du trou tous les objets ayant un certain poids.

Les consignes en cas d'urgence me reviennent en tête. En gagnant l'étage supérieur, je crie à Karl :

– Je vais avertir les pêcheurs du coin. J'en ai pour quelques minutes. Balance-leur tout ce que tu peux !

– C'est trop dangereux sans la sangle de sécurité... Le vent pourrait...

Je n'entends pas la suite et je soulève la trappe. Il fait encore nuit, mais plus pour longtemps. Le vent m'oblige à ramper. J'écarte les jambes et les bras pour mieux adhérer au sol. Ça se complique quand j'essaie de me redresser. Le souffle me tire vers l'arrière avec force. Je me cramponne fermement à la barrière de la main gauche et j'actionne la manivelle avec la droite. La lampe rouge s'allume au bout de quelques tours. Je continue mon effort pendant deux bonnes minutes pour recharger la batterie. Je m'allonge de nouveau et repars à reculons. Lorsque je me glisse dans la nacelle, les balles qui ricochent contre les parois métalliques font un bruit infernal. Karl est prostré dans un coin, les mains plaquées sur les oreilles. Il n'a plus rien à jeter. Je l'enlace. Son visage est déformé par la peur. Je l'entraîne à l'étage au-dessus et lui demande :

– Il te reste des balles ?

– Je ... je ne peux pas m'en servir. Je ne pourrais jamais tirer sur un homme !

– Donne-le-moi.

– Tu... tu t'en sens capable ?

– Je ne sais pas. Je verrai.

Si c'est ma vie qui est en jeu, ou celle de Karl, je crois que je n'hésiterai pas. Enfin, au moment fatal, est-ce que je ne me dégonflerai pas comme lui ?

– Et si on montait sur le toit en attendant d'être secourus ? propose Karl. La trappe est en métal. Elle est solide. On peut essayer de bloquer son ouverture avec des cordes. Il y en a dans ce coffre.

Je ne sais pas si c'est une bonne idée. Mais je n'ai plus le temps de réfléchir. Je le suis sur le toit. Le jour se lève. En rampant, nous faisons passer la corde sous la poignée de l'ouverture du toit et l'accrochons solidement à plusieurs fixations. Il reste du jeu mais nos agresseurs ne pourront qu'entrouvrir la trappe. Nous ne pouvons rien faire de plus. Nous nous allongeons l'un en face de l'autre, les pieds et bras calés sous les cordes. Karl est soudain secoué par des sanglots. Je lui serre la main et lui glisse :

– Redresse la tête. Regarde-moi ! Nous ne sommes pas encore morts ! Il faut juste qu'on tienne jusqu'à l'arrivée des secours. Mais on ne tiendra que si on est ensemble, Karl. Karl ! Parle-moi !

Je vois qu'il fait de gros efforts pour reprendre une respiration normale.

– Je voulais te dire, commence-t-il entre deux hoquets, que c'est un voisin, le vieux Jacques... qui a donné les clefs de la maison de ta grand-mère à mes parents... en leur disant qu'elle était abandonnée et que sa propriétaire était morte depuis longtemps... qu'elle n'avait pas d'héritier... Nous n'avons appris que très récemment que c'étaient des conneries ! Cela nous a tous mis très mal à l'aise. Mes parents ne sont pas des voleurs.

Je ne me sens pas le droit de parler à la place de ma grand-mère mais, à cet instant, je ne veux pas accabler Karl, bien au contraire.

– C'est pas grave, tout ça. Toi, tu n'y es pour rien. Et moi, je ne sais pas comment j'aurais agi dans les mêmes circonstances. Parlons d'autre chose. Par exemple de toi, Karl. Je ne sais rien de tes goûts, de tes amis...

– Tu dois aussi savoir, reprend-il, le visage toujours grave, que mes parents, quand ils se sont installés, ont rangé soigneusement tous les souvenirs de ta grand-mère, au grenier, pour ne pas risquer de les casser. Vous pourrez les récupérer quand vous voudrez. Et je te promets que je ferai tout pour qu'on déménage dès que...

– Karl, je sais que tu es sincère. Je t'en prie, parlons d'autre chose.

– Je voulais que tu saches tout, parce que si on ne s'en sort pas... au moins, tu sauras...

– Arrête ! Arrête d'imaginer le pire. On va vivre, Karl ! Parce qu'on est jeunes et qu'on a la vie devant nous...

Je m'interromps parce que quelqu'un s'acharne sur la trappe qui bientôt se soulève. Une main armée d'un pistolet réussit à se glisser par l'ouverture. Je me retiens pour ne pas crier. Karl se lève d'un bond et vient l'écraser d'un violent coup de pied. L'autre lâche l'arme en hurlant et se replie à l'intérieur. Mon compagnon est déséquilibré et chute sur le dos. Son corps roule sur le côté. Je le rattrape par son ciré et le tire vers moi de toutes mes forces. Il s'agite dans tous les sens. Affolé par la peur, il peine à retrouver ses repères. Il parvient de nouveau à s'accrocher à la corde.

– Bien joué, Karl ! Ça va lui faire passer l'envie de recommencer !

Nous respirons lentement pour tenter de faire redescendre notre rythme cardiaque. Je garde les yeux fixés sur la trappe qui ne bouge plus. Peut-être ont-ils renoncé ? Je vois que mon ami se pose la même question. Le vent se met à forcir et l'envie est grande d'aller se réfugier à l'intérieur.

– Qu'est-ce qu'on fait ? On va voir ? demande Karl.

– Non ! dis-je. Ils attendent peut-être qu'on ouvre nous-mêmes la trappe pour nous flinguer.

– Tu as raison, admet-il en grimaçant.

Il nous faut fournir de plus en plus d'efforts pour nous maintenir plaqués contre le sol. Je sens une crampe qui contracte mon mollet. Je ne sais pas combien de temps on va résister ici.

– Il faut qu'on continue à se parler, dis-je. Tu as des frères et sœurs ?

Soudain, on entend une corne de brume, puis une seconde et encore d'autres, plus lointaines. Ce sont tous les bateaux disponibles qui viennent à notre secours, j'en suis sûre ! Nos ennemis vont devoir fuir l'éolienne pour éviter les représailles. Finalement, nous allons vivre. Nous nous regardons en souriant, mais des larmes nous brouillent la vue. Le supplice ne devrait plus durer trop longtemps.

– J'ai une petite sœur qui s'appelle Gaïa.

– Et tes amis s'appellent comment ?

– Nathanaël, Zoé et... Rico.

– Rico, je le connais. Nous étions à la maternelle ensemble. Il venait en car de ramassage avec sa grande sœur. Elle, c'était la sœur que j'aurais rêvé d'avoir. Rico, je me souviens, c'était un vrai clown, toujours à rigoler et à faire l'imbécile... Il est toujours comme ça ?

– Pas vraiment, en fait.

– Pourquoi ?

– Sa vie a basculé il y a quelques années quand il a flingué un adolescent qui venait voler du bois. Il a eu peur et le coup est parti… On ne devrait jamais confier d'arme à un enfant de douze ans à peine… Il ne s'est jamais remis de cette histoire… Tu comprends pourquoi moi, je ne voulais pas y toucher.

– Il sortait d'où, cet adolescent ? d'une bande de pillards errants, c'est ça ?

– Non, c'était quelqu'un du coin, parce que des gens du hameau le connaissaient. Il s'appelait Gillian, je crois.

– C'est le fils de Victor.

Des larmes jaillissent de nouveau de mes yeux. Quel gâchis ! Karl s'en aperçoit et me touche l'épaule. À cet instant, j'entends une voix qui hurle depuis l'intérieur.

– Yüna, vous êtes là !!? Putain, Yüna ! Dis-moi que tu es là !!

C'est Iago.

***

Il fait beau sur la falaise malgré le vent frais qui balaye les hautes herbes. Nous croquons des pommes acides du verger de Boismort rapportées par Karl. Ma grand-mère est là, un léger sourire aux lèvres, le regard fixé sur l'horizon. Gervais fait la grimace dès la première bouchée et offre son fruit entamé à son grand-père. Papa est parti pêcher juste avant le lever du soleil, comme il le fait chaque matin. Emma a enroulé sa couverture autour de nous deux. Iago et Karl, debout, observent le paysage aux jumelles. Nous apercevons au loin, minuscule, notre éolienne, de nouveau opérationnelle.

J'ai su depuis par quel miracle nous avons été sauvés, Karl et moi, deux semaines plus tôt. Tout a commencé par un horrible cauchemar du petit Gervais qui a réveillé son grand-père, aux dernières heures de la nuit. Comme le sommeil tardait à revenir, ils sont allés traîner sur la jetée. Et c'est là que l'enfant a aperçu un minuscule point rouge sur l'horizon. Ils ont trouvé mon père et Iago au port en train de charger leurs casiers. L'alerte a été donnée immédiatement aux autres bateaux qui se préparaient à sortir pour leur partie de pêche. Et le cortège des embarcations, toutes cornes de brume mugissantes, s'est porté à notre secours. À leur arrivée, Jean-Bernard et ses complices s'éloignaient déjà. Pendant que Iago et mon père pénétraient dans l'éolienne, les autres ont pris en chasse les fuyards qu'ils ont rapidement rattrapés. Ils ont été jugés une semaine plus tard et condamnés à la confiscation de leurs maisons et au bannissement du territoire. L'éolienne, notre trésor commun, subira sans doute d'autres attaques dans le futur, mais nous saurons toujours la défendre, ensemble, communautés désormais unies.

Karl et moi y retournons bientôt, pour exercer notre métier de cueilleurs de vent.

LA FIN DU MONDE

NATHALIE STRAGIER

Elle vivait à la fin du monde. Au-delà, il n'y avait que les vagues.

Avant, on pouvait aisément franchir l'océan, mais désormais, tout était différent.

Gwen sentait les embruns sur son visage. Elle détourna les yeux de l'horizon et remonta sur son vélo. Le noroît soufflait derrière elle, faisant filer les nuages au-dessus de sa tête. Poussée par les bourrasques, elle semblait avoir des ailes. À partir de là, la route s'éloignait de la côte. Gwen dépassa la silhouette massive du *data center* qui se découpait au loin, sur le cap, et entama la descente vers le lycée en roue libre. Devant elle s'étendait la ville, avec les vestiges de l'ancien port et la nouvelle rade.

Elle était partie à l'avance. En arrivant devant la grille, elle attacha son vélo. Ici, on était à l'abri du vent. Elle regarda autour d'elle, cherchant parmi les groupes d'élèves qui passaient le portail. Nico n'était pas encore arrivé. Il n'allait quand même pas avoir une panne de réveil ce matin...

– C'est moi. Tu as cru que j'allais rater l'épreuve, avoue !

Gwen se retourna et découvrit Nico qui se marrait. Elle sourit et l'embrassa, soulagée qu'il soit là.

– Je m'inquiétais un peu, reconnut l'adolescente.

– Bah, de toute façon, ça sert à rien d'avoir ce permis.

– Tu dis n'importe quoi, protesta Gwen. Au contraire, c'est indispensable.

– Le permis de conduire, OK, je veux l'avoir. Mais celui-là, franchement...

– Moi, je veux les deux, affirma Gwen avec force.

Elle était impatiente. Depuis le temps qu'elle attendait ce jour ! Leur prof principale passa devant eux.

– Bonne chance ! leur lança-t-elle.

– Je suis une cause perdue, lui répondit Nico en plaisantant, mais Gwen va cartonner !

Au conseil de classe, la jeune fille avait en effet reçu l'appréciation suivante : « Élève brillante qui ira loin. Félicitations. » Le permis Internet était difficile à obtenir, mais la semaine dernière, elle avait eu son code avec l'excellent score de 39 sur 40. Elle avait choisi l'analyse de documents. « Parmi les informations suivantes, le candidat devra identifier celle qui est fausse. L'exposé devra être argumenté et structuré avec une introduction et une conclusion, et pourra être illustré par des schémas. » Le sujet était accompagné de plusieurs captures d'écran simulant une navigation sur Internet. Gwen avait vite repéré la *fake news*, un classique du genre. Il s'agissait d'un article affirmant que l'humanité n'était jamais allée sur la lune et que les images prouvant le contraire étaient des photomontages. Facile. Elle avait fait un plan en trois parties, avec un schéma résumant le parcours d'une *fake news* déployée *via* les forums et réseaux sociaux. Puis elle avait rédigé son introduction et sa conclusion, sans oublier une ouverture sur les dangers d'Internet et les précautions à prendre pour utiliser le réseau à bon escient. Résultat, la meilleure note de la classe.

Il restait l'épreuve pratique, ce matin. Plus stressant, forcément, mais pas de quoi faire peur à Gwen. Si quelqu'un devait réussir, c'était bien elle.

Nico et elle se séparèrent. Il était convoqué à neuf heures, et elle à dix heures seulement. Elle alla s'asseoir sur le muret devant le lycée. Autour d'elle, la rue s'était vidée presque entièrement. Les premiers candidats étaient partis en épreuve, et ceux de dix heures n'étaient pas encore arrivés. Gwen attendit.

Malgré son sentiment d'avoir préparé au mieux l'examen, elle commençait à sentir un poids sur sa poitrine. Rester là, inactive, faisait monter la pression. Elle se demanda s'il valait mieux tomber sur un examinateur ou une examinatrice. Même interrogation pour l'âge. Qui était plus indulgent ? Les vieux ou les jeunes ? Difficile à dire. D'un coup, elle eut peur d'avoir oublié sa carte d'identité. Son cœur se mit à battre plus vite et elle fouilla nerveusement dans son sac. Ouf, c'était bon, elle était bien là.

Après un temps qui lui parut interminable, elle vit les premiers élèves ressortir. Une fille pleurait. Les autres avaient l'air résignés. Gwen se leva et passa le portail pour guetter Nico, mais quand elle l'aperçut enfin à l'autre bout du hall, il était trop tard, elle n'avait plus le temps d'aller lui demander comment ça s'était passé. Elle devait se rendre au bureau des examens avec sa convocation. Elle se retourna une dernière fois, à regret. Impossible à cette distance de dire si son copain s'en était bien sorti.

Gwen entra dans la salle. L'examinateur avait une cinquantaine d'années, il était tout maigre, avec le crâne dégarni. Il contrôla sa carte d'identité et celles des autres élèves sans un sourire, puis leur montra comment s'équiper avec le bracelet qui allait enregistrer leurs constantes, une sorte de petit boîtier attaché à leur poignet avec un velcro. Quand ce fut fait, l'examinateur reprit la parole d'un ton neutre.

– Vous pouvez prendre le matériel, dit-il en faisant un geste vers la gauche.

Gwen tourna la tête.

Les téléphones étaient là, posés sur une table, bien alignés.

Soudain envahie par le trac, elle tendit la main et en saisit un. Il était plus léger qu'elle ne l'avait imaginé. Une coque caoutchouteuse le protégeait, mais elle avait peur d'avoir un geste maladroit et de le laisser tomber.

Autour d'elle, les autres élèves semblaient tout aussi impressionnés. L'examinateur regarda l'horloge accrochée au mur. 9 h 59. Un silence absolu régnait dans la salle. Enfin, la grande aiguille pointa l'heure pile, et l'examinateur déclara :

– Allez-y.

Ils avaient devant eux cinquante minutes de pratique d'Internet. En toute liberté.

Aussitôt, tout le monde sortit de la pièce pour trouver un coin tranquille. L'épreuve se déroulait en conditions réelles. Certains s'installèrent dans la salle de perm, d'autres se dirigèrent vers la cour. Gwen les suivit. Il faisait beau, elle avait envie de profiter de ce moment.

Elle avait déjà réfléchi, bien sûr. Cette fois, ce n'était pas une simulation. Elle allait commencer par se créer un compte, pour de vrai, et poster une story. Pour le temps restant, elle avait mille autres idées. À vrai dire, peu importait ce qu'elle publiait ou les sites qu'elle visitait pendant ces précieuses minutes. Ce qui comptait, c'était comment...

Tout le monde le savait. L'examen pratique visait à identifier les gens qui pourraient devenir accros à Internet, c'est-à-dire presque tout le monde. Pour réussir, il fallait donc se montrer capable d'avoir une utilisation responsable et raisonnée du réseau.

Dans un coin agréable de la cour, sous les marronniers en fleur, Gwen se filma en train de raconter qu'elle était en pleine épreuve, mais qu'elle se sentait à l'aise et qu'elle espérait pouvoir rejoindre officiellement le réseau dès qu'elle aurait reçu son permis. Elle souhaita aussi bonne chance aux autres candidats. Elle veilla à être souriante, mais pas exaltée. Ça aurait été une erreur éliminatoire.

Satisfaite, elle posta la vidéo, puis s'abonna à plusieurs comptes et scrolla un moment. Autour de son poignet, elle sentait le bracelet qui mesurait son pouls et sa température corporelle, mais il était discret et ne la gênait pas.

Elle jeta un œil au coin de l'écran. Déjà vingt-cinq minutes d'écoulées ! Son frère l'avait prévenue que sur Internet, le temps passait plus vite qu'on ne pensait, mais elle était quand même surprise. Elle sentit la pression monter, mais elle se maîtrisa et poursuivit son exploration.

Pour le temps qui lui restait, elle alla faire un tour sur un site qui permettait d'écouter de la musique, puis regarda des vidéos marrantes. Elles se succédaient mais Gwen savait qu'il ne fallait pas se laisser piéger par ça. Elle désactiva donc la lecture automatique et choisit elle-même ce qu'elle voulait regarder. Il y avait tant de choses intéressantes !

Il faisait chaud, elle transpirait un peu. Elle retira son blouson. Elle avait une gourde d'eau dans son sac, mais elle ne voulait pas perdre de temps pour boire. Déjà, l'examen allait se terminer. Elle se sentait tellement frustrée ! Elle n'avait pas eu le temps de faire la moitié de ce qu'elle avait prévu. Vite, elle choisit de profiter des dernières minutes en allant sur ce site qui permettait de survoler la planète entière et d'explorer n'importe quel endroit comme si on y était. En quelques clics, elle se mit à marcher dans les rues de New York. L'Empire State Building, Times Square, Broadway, Central Park... C'était magique ! Elle choisit ensuite Rio, puis Shanghai, puis Tokyo...

Soudain, elle leva la tête, le cœur battant. Elle était seule dans la cour. Les candidats convoqués à 11 heures étaient déjà en train de pénétrer dans la salle d'examen. Avait-elle dépassé le temps imparti ? Non, elle n'avait quand même pas commis une telle erreur ! Elle se leva, en panique, et courut. Elle avait l'impression que ses jambes étaient lourdes, comme dans un cauchemar.

Quand Gwen arriva devant l'examinateur, essoufflée, elle était la dernière. L'horloge au mur indiquait 10 h 50. Tout juste. Sur son poignet, le bracelet collait à sa peau moite. Elle le retira et le tendit, nerveuse. Indifférent, l'examinateur le déposa avec les autres. Gwen se prêta ensuite à la dernière formalité, celle de la prise de sang, puis ressortit de la salle.

Elle s'en voulait. Elle avait imaginé mille fois cette épreuve, mais jamais de cette façon. Elle avait mal géré son temps et s'était laissé happer par le réseau. Tout ce qu'il ne fallait pas faire. Une petite voix angoissante se fit entendre dans sa tête.

Et si elle avait échoué ?

Imaginer qu'elle pourrait vivre sans le permis lui donnait le vertige.

– Alors ? interrogea Nico qui l'attendait dans la cour.

– Tranquille, mentit Gwen.

– Tu as réussi, j'en suis sûr.

– On ne peut jamais être certain, répondit-elle avec mauvaise humeur.

– Raconte. Tu as fait quoi ? Plein de choses, je parie. Moi, j'ai passé mon temps sur des jeux. C'était cool.

– Je suis fatiguée. Je rentre.

– Tu veux pas aller boire un verre avec les autres ? s'étonna Nico.

Elle secoua la tête et s'éloigna pour récupérer son vélo. Pourquoi réagissait-elle ainsi ? Pourquoi n'était-elle pas capable de prendre les choses avec détachement, comme lui ? Au contraire, elle ne pensait qu'à ça. Avoir accès à d'autres pays, à d'autres gens, d'autres façons de vivre, de penser...

Elle se sentait nulle. N'était-ce pas son grand-père qui avait raison ? « Avoir un toit sur la tête et des provisions dans le placard, c'est le plus important. » Il répétait tout le temps la même chose.

Forcément, Gwen repensa à sa mère. La jeune fille avait toujours du mal à se souvenir vraiment de son visage. À la place, ce fut la photo encadrée dans le salon qui lui revint en mémoire. Cela ferait dix ans cet hiver... Cette année-là, les émeutes de la faim avaient poussé dans les rues des millions de gens. Le prix des pâtes et de la farine était si élevé ! La police avait tenté de réprimer le flot de manifestants avec des bombes lacrymogènes et des lanceurs de balles de défense. Un peu partout en Europe, il y avait eu des blessés, et plusieurs dizaines de morts. Sa mère en faisait partie. Morte pour remplir le frigo.

Gwen descendit de vélo et poussa la barrière en bois qui permettait d'accéder à la cour devant sa maison. Sa grand-mère l'attendait.

– Tu as l'air fatiguée, dit-elle en serrant sa petite-fille dans ses bras. Ils ont dit quand vous aurez les résultats ?

– Nico a raison. Ça sert à rien, de toute façon.

– Ton copain ? Avec son père au chômage, c'est pas étonnant qu'il dise ça. Le prix de la minute a encore augmenté, j'ai lu ça dans le journal.

Et elle glissa quelque chose dans la main de Gwen. La lycéenne regarda. C'était un billet de cinquante.

– Non, c'est pas la peine, protesta-t-elle.

– Ça me fait plaisir, insista sa grand-mère. Avec ça, tu auras deux minutes de plus. Ce n'est pas grand-chose, mais petit à petit l'oiseau fait son nid.

– Mais si j'ai raté l'épreuve...

– Tu as toujours été bonne élève, comme ton frère. Je suis tellement fière de vous.

Et elle serra les mains de Gwen dans les siennes, avant de les retirer en y laissant le billet.

– Merci Mamie, chuchota l'adolescente, touchée.

– Tu as mis combien de côté, maintenant ?

– J'ai assez pour payer dix-huit minutes.

La grand-mère de Gwen sourit.

– Déjà ? La dernière fois, tu m'avais dit quinze minutes.

– J'ai fait pas mal de baby-sitting le mois dernier.

– Bravo. Tu vas bientôt pouvoir en profiter.

Elle regarda autour d'elle et chuchota à l'oreille de Gwen :

– Papy n'est pas encore rentré. Viens !

Et elle entraîna sa petite-fille vers le grenier.

Depuis qu'elle était enfant, c'était un endroit que Gwen adorait. Ça sentait les vieux papiers et le bois sec. Là, elle avait joué à se déguiser, enfilant des robes et des costumes des années 2020, imaginant appartenir au monde passé. Ce qu'elle préférait, c'était quand sa grand-mère ouvrait la boîte à chaussures où étaient rangées les photos... Il n'y en avait pas beaucoup, car la plupart n'avaient jamais été imprimées et s'étaient perdues au moment du crash des *data centers*, mais il en restait quand même quelques-unes. La plus belle montrait Papy et Mamie, jeunes, sur une plage paradisiaque aux Antilles. Une autre faisait beaucoup rire Gwen, quand elle était plus petite. On y voyait un dromadaire en train de manger la casquette de son grand-père, à Marrakech. Gwen connaissait chaque détail de ces images. Elle pouvait raconter toutes les anecdotes de ces voyages, leur avion annulé quand ils étaient revenus de Grèce en 2020 ou comment ses grands-parents s'étaient perdus dans le métro londonien en 2024...

Tandis que sa grand-mère sortait les photos de leur carton, Gwen regarda la box remisée au fond de l'armoire poussiéreuse.

– Tu crois qu'on pourra la rebrancher un jour ?

– J'espère, répondit sa grand-mère.

– Papy dit qu'on ferait mieux de la jeter.

– C'est un vieux pessimiste. Moi, je suis une vieille optimiste.

– Ça devait être incroyable, d'avoir Internet chez soi.

– J'y passais des heures. Tu vois cette robe ? Je l'avais choisie en ligne, et le lendemain, elle était déjà livrée chez moi ! Il faut dire que j'avais l'abonnement Prime.

Gwen contempla la robe colorée qu'elle avait enfilée mille fois. Elle essayait toujours d'imaginer cette vie, mais c'était difficile. À l'époque, on pouvait tout acheter en ligne. Des livres, des jeux vidéo, une nouvelle paire de baskets, un casque audio, un frigo ou un lave-linge. Même un voyage pas cher à la dernière minute.

– Et les réseaux sociaux… Tu y passais du temps ?

– Un peu trop, gloussa la vieille dame. J'adorais ça. J'étais sur Insta, Snapchat, TikTok…

Gwen se tut. Aujourd'hui, il n'y avait plus que Soc, héritier lointain de Facebook, et comme pour le reste, il fallait le permis pour y accéder.

– C'était la belle époque, poursuivit sa grand-mère d'un ton rêveur.

– Vous n'allez pas recommencer avec ça !

Le grand-père de Gwen venait d'apparaître, l'air en rogne. Il détestait les trouver ainsi, à ressasser ces vieilles histoires. C'était la cause de disputes régulières entre les deux grands-parents.

– Lohan a besoin de toi, lança-t-il à sa femme d'un ton brusque.

Et il redescendit l'escalier d'un pas lourd. La grand-mère de Gwen soupira.

– Ne t'inquiète pas. Tu connais Papy. On dirait qu'il a perdu la mémoire. Sans Internet, on serait encore chacun dans son coin, lui et moi !

Leur histoire avait été racontée mille fois dans la famille. Le couple s'était rencontré par une appli. Très banal dans ces années-là.

– Quand il était jeune, reprit la grand-mère de Gwen, il était exactement comme moi. Toujours collé à son téléphone. Mais maintenant, tu sais bien...

Gwen hocha la tête. Son grand-père aurait préféré que le passé n'existe pas. Il refusait d'en parler, tout simplement. Dimanche dernier, Gwen avait encore essayé de lui poser des questions, mais il avait quitté la table.

– Il a honte, regretta sa grand-mère, mais qu'est-ce que ça change ? De toute façon, on ne peut pas revenir en arrière.

– Pourtant, tu m'as dit qu'il adorait son métier.

– À l'époque, on ne se rendait pas compte.

Gwen connaissait la profession de son grand-père, même s'il fallait éviter d'en parler. Jusqu'aux années 2040 et sa mise à la retraite forcée, il était technicien sur un navire câblier. Il partait en mer pendant des semaines pour relier le continent européen au reste du monde. Il avait contribué à mettre en place le réseau, quand il devenait toujours plus dense et plus rapide. La jeune fille essaya d'imaginer ces câbles gros comme un bras, mesurant des milliers de kilomètres de long... Aujourd'hui, les câbles avaient été endommagés par le temps, et leur entretien était sporadique, mais à cette époque, des milliards de données transitaient par les fibres optiques.

– Je vais aider ton frère, dit la grand-mère de Gwen.

Toutes les deux redescendirent. Lohan était dans sa chambre, un peu perdu. Des tas de vêtements et d'affaires s'amoncelaient sur son lit, à côté d'une valise grande ouverte.

– Mamie, tu crois que je devrais prendre un deuxième sac ? demanda-t-il.

– Tu dois emporter moins de choses, répondit-elle. C'est toujours mieux de voyager léger.

Gwen les regarda faire le tri. Lohan était stressé, ça se voyait. Pourtant, il avait rêvé de ce départ, mais maintenant que le moment était arrivé, l'angoisse prenait le dessus. Dégingandé comme s'il avait grandi trop vite, le jeune homme n'avait pas l'air d'avoir vingt-deux ans. On aurait dit un lycéen, peut-être parce qu'il n'avait presque pas de barbe, même s'il se rasait tous les jours dans l'espoir qu'elle se mette enfin à pousser. Il leva la tête et croisa le regard de Gwen.

– Je te donnerai des nouvelles, p'tite sœur. Le temps que je m'installe là-bas, tu auras reçu ton permis. Tu pourras aller te connecter à la salle pour m'envoyer des messages.

Gwen se tut. Elle ne voulait pas confier ses doutes sur l'épreuve du matin...

– Et puis toi aussi, renchérit leur grand-mère, dans quelques années, tu pourras chercher un travail à l'étranger.

– Ça sert à rien de partir, intervint durement leur grand-père.

Depuis un moment, il se tenait sur le seuil de la porte sans rien dire. Son visage était encore plus fermé que d'habitude.

– C'est normal que les jeunes aient envie d'aller voir ailleurs, rétorqua leur grand-mère. Là-bas, la vie ressemble à celle d'avant.

– À quel prix ? Quitter sa famille, ses amis ? Ces mines de cobalt, tout le monde rêve d'y travailler, mais moi, je vois pas l'intérêt de s'en aller aussi loin.

Gwen ne voulait pas entendre leur dispute. Elle savait très bien que son grand-père désapprouvait le départ de Lohan. Pourtant, il aurait dû être fier que son petit-fils ait réussi à se faire embaucher par une multinationale. Ce genre d'emploi était très recherché, et tout le monde rêvait de vivre dans un de ces pays aux matières premières rares, comme le cobalt en République démocratique du Congo, le lithium en Chine ou le cuivre en Zambie. Bien sûr, ça n'allait pas être facile tous les jours, mais le cobalt était essentiel pour fabriquer les batteries électriques et il valait plus cher que l'or. Du coup, les salaires étaient élevés. Peut-être même qu'un jour Lohan pourrait s'acheter son propre téléphone.

Mais ça, son grand-père ne comprenait pas. Gwen observa avec agacement le vieil homme renfrogné. Lui avait profité des années d'abondance. Et maintenant, il demandait à la jeune génération d'y renoncer ?

Ravalant sa rancœur, la jeune fille quitta la chambre de son frère. Son vélo l'attendait, appuyé contre le mur de la maison. Elle prit machinalement la direction de la ville, mais elle se rendit compte qu'elle n'avait pas envie de voir Nico. Elle quitta la route pour emprunter le chemin qui se dirigeait vers l'océan. Elle avait besoin d'air.

En approchant du *data center*, Gwen hésita. Elle n'avait jamais pris la peine de s'y arrêter. Ça faisait longtemps que cet endroit ne servait plus à rien. Cette fois, elle posa son vélo au bord du fossé et décida d'aller regarder de plus près.

Arrivée au pied du mur, elle leva les yeux. Il devait faire une vingtaine de mètres de haut, l'équivalent de sept ou huit étages, facilement. Au sol, le bâtiment prenait la place d'un terrain de football. Gwen le contourna pour trouver un accès. Un peu plus loin, il y avait une large porte, ouverte à tous les vents. L'adolescente entra.

L'intérieur était plongé dans la pénombre. Laissant ses yeux s'habituer au manque de lumière, Gwen distingua progressivement des rangées d'étagères de métal. Le *data center* était une sorte de gigantesque hall, occupé par des rayonnages à perte de vue. Gwen avança dans une des allées. Les armoires contenaient encore le matériel de transmission, de calcul et de stockage, mais les câbles électriques pendouillaient lamentablement, inutiles.

Les tempêtes d'hiver avaient poussé toutes sortes de débris à l'intérieur, des feuilles mortes, des branchages, des plumes d'oiseaux... C'était humide et ça sentait le renfermé. Qu'était-elle venue chercher ici ? Il n'y avait plus rien.

Elle fut soulagée de ressortir à l'air libre. Elle longea le mur jusqu'au bout du bâtiment. Un peu plus en contrebas, on voyait les récifs battus par les vagues. Ce *data center* avait sûrement été installé là afin d'utiliser l'eau de l'océan pour refroidir le cœur du bâtiment. Gwen avait étudié ça en cours d'histoire. Dès les années 2020, les centres de stockage de données étaient si nombreux qu'ils consommaient 10 % de l'électricité mondiale. Après, ça n'avait fait qu'augmenter, jusqu'au crash.

Gwen ramassa un caillou et le jeta au loin, quelque part vers un autre continent. Il disparut au-delà de la falaise. Elle se demanda jusqu'où elle était capable de lancer. Elle choisit un autre caillou. Celui-ci ressemblait à de la craie. Elle l'essaya sur le mur de béton. Il y laissa un trait blanc. Juste pour voir, elle commença à tracer une ligne qui ondulait et filait vers l'extrémité du bâtiment. L'adolescente retourna à son point de départ et dessina une autre vague, qui parfois s'entrecroisait avec la première et s'éloignait, elle aussi, vers le large. Elle continua ainsi, plusieurs fois, marchant le long du mur, le bras tendu pour tracer la ligne, puis balança le caillou à son tour. Il ricocha sur la falaise et chuta dans l'eau.

Gwen revint sur ses pas et franchit le fossé qui bordait la route. Là, elle regarda d'un côté puis de l'autre, et l'inquiétude fit place à une certitude. Son vélo avait disparu.

Quelle idiote elle faisait ! Peu de monde passait par là, mais dans le doute, elle aurait dû l'attacher, trouver un poteau ou n'importe quoi d'autre, et mettre son cadenas comme d'habitude.

Gwen se sentait honteuse. Fini, l'époque où tout était fabriqué dans des usines du bout du monde avec une main-d'œuvre bon marché, et puis vendu en Europe à un prix dérisoire. Aujourd'hui, ça coûtait très cher, un vélo. Gwen pensa à son père. En apprenant ça, il allait sûrement vouloir faire des heures supplémentaires pour augmenter sa paye. Déjà qu'il était souvent sur les routes, et parfois retardé par les coupures de courant qui l'empêchaient de recharger son autocar. Non, c'était sûr, elle ne voulait pas qu'il paye pour sa bêtise. Il valait mieux se résigner et consacrer ses économies à l'achat d'un autre vélo. Elle avait fait de gros efforts pour mettre cet argent de côté, mais si elle n'avait pas le permis, à quoi bon posséder une boîte pleine de billets ? Penser à ça lui fit mal.

La route que Gwen parcourait d'habitude en quelques minutes était bien plus longue en marchant. Elle longea un champ de lin en fleur, puis passa devant le portail en fer forgé d'une villa perchée sur la pointe. C'était une grande maison de style ancien, construite dans les années 1980. Gwen savait qu'elle était connectée au réseau. Ses propriétaires avaient fait fortune dans les éoliennes et pouvaient se permettre un tel luxe.

L'adolescente s'arrêta et approcha de la clôture pour regarder à travers un interstice entre la haie et le portail. De l'autre côté, elle pouvait voir un grand jardin bien entretenu, puis la maison rénovée, avec une grande véranda s'ouvrant sur l'océan. Gwen ignorait si cette famille comprenait des jeunes de son âge, mais si c'était le cas, ils ne se rendaient sûrement pas compte de la chance qu'ils avaient. Avec la certitude d'avoir accès à Internet, c'était zéro pression pour passer le permis. Le meilleur moyen de ne pas se laisser emporter par l'excitation, avec le risque de commettre une faute éliminatoire...

Comme elle s'apprêtait à partir, Gwen remarqua qu'une partie de la clôture était endommagée. Elle resta là un moment, troublée, mais recula et reprit sa marche.

« J'ai travaillé dur pour obtenir le permis, se disait-elle en avançant. Je le mérite. Il n'y a pas de raison que ça se passe autrement. » Elle regarda sa montre. Il était treize heures passées. Les résultats étaient peut-être affichés au lycée.

Elle mit plus d'une heure pour arriver. Dans la cour, des dizaines d'élèves attendaient en bavardant. Gwen rejoignit ceux de sa classe.

– Ils ont affiché la liste ? demanda-t-elle.

– Pas encore, répondit Emeline.

– Et Nico ? Il n'est pas avec vous ?

– Il te cherche.

Gwen s'en voulait un peu de l'avoir jeté, tout à l'heure. Elle regarda autour d'elle en espérant qu'il serait là, vers la cantine peut-être, ou près de l'amphithéâtre. En s'y rendant, elle entendit quelqu'un l'interpeller. C'était sa prof principale.

– Je peux te parler ?

– Bien sûr, répondit Gwen.

– Tu n'as jamais rencontré la conseillère d'orientation, je crois. Ça serait bien que tu prennes rendez-vous avec elle.

– C'est inutile. Je sais ce que je veux faire. Comme mon frère, ingénieur réseau.

Madame Almeida sembla un peu gênée.

– Peut-être que tu pourrais envisager un autre métier...

– C'est ça qui m'intéresse.

– Tu as des capacités, c'est certain... Mais sans le permis Internet, ça sera difficile de travailler dans ce secteur.

– Pourquoi vous dites ça ? Vous avez les résultats ?

– Ils seront donnés dans une heure ou deux, je pense. Mais j'ai parlé un peu avec une de tes camarades. Elle m'a dit qu'elle t'avait vue rejoindre le bureau des examens en courant.

– J'ai utilisé tout le temps imparti, se défendit Gwen, mais j'ai terminé à l'heure quand même.

– Tu as fait quoi, pendant l'examen ?

– Ce qu'il faut pour montrer que je suis capable de gérer.

– Mais tu es restée d'humeur égale ?

Madame Almeida parlait gentiment, pourtant Gwen avait l'impression d'être convoquée devant un tribunal.

– Évidemment ! J'écoute en cours, je sais qu'il faut garder son calme !

– Il y a quelques années, j'avais un élève brillant, comme toi. Pour lui aussi, c'était très important d'obtenir le permis. Il avait fait le maximum pour réussir l'épreuve. Mais justement, l'enjeu était tel que ça l'a desservi. Son taux de dopamine était beaucoup trop élevé.

La prof ne termina pas sa phrase, mais Gwen comprit très bien ce qu'elle sous-entendait.

– Pas le mien, répéta-t-elle. J'ai maîtrisé.

– Tout le monde est sensible à Internet, c'est très difficile de résister. Moi-même, je n'ai pas eu mon permis, mais ça ne m'a pas empêchée de faire des études intéressantes et d'avoir un métier qui me passionne.

Madame Almeida continua en reprenant son laïus habituel, expliquant, comme elle le faisait toujours en cours, qu'il ne fallait pas répéter les erreurs du passé, à l'époque où les gens se laissaient submerger par les stimuli positifs que leur renvoyait Internet et ne cessaient d'utiliser le réseau, toujours davantage, incapables de s'arrêter…

Gwen lui coupa la parole.

– Si j'avais une tendance à l'addiction, je m'en serais déjà rendu compte.

La prof eut un mouvement de recul, surprise par le ton agressif de Gwen. Elle semblait vexée et se contenta de répondre :

– Bonne chance pour tout à l'heure. On se voit demain en cours.

Restée seule, Gwen se sentit exaspérée. Comment cette prof pouvait-elle prédire son résultat ? D'habitude, elle était sympa, mais là, c'était n'importe quoi.

L'adolescente alla s'asseoir sur une marche, à l'écart. Il n'y avait plus qu'à attendre l'affichage de la liste. Elle avait faim mais il était trop tard, la cantine avait fermé. Elle se demanda si elle avait le temps d'aller acheter quelque chose à la boulangerie. Deux filles passèrent devant elle en grignotant des graines de tournesol.

– Il paraît qu'il y a seulement une personne qui a réussi, disait la première.

– C'est trop dur, soupira la seconde, résignée.

Gwen était tétanisée. Elle espérait tellement que ce soit elle ! Mais les questions de madame Almeida tournaient dans sa tête. Et si la prof était venue la voir parce qu'elle avait des informations ? Et si elle avait eu accès à la liste des lycéens recalés, et que son nom y figurait ? Gwen n'arrivait plus à penser à autre chose. C'était comme si son horizon s'était bouché. La jeune fille sentit la colère monter en elle, une fois de plus. Tout ça parce que ceux des générations plus anciennes avaient agi sans discernement. Comment avaient-ils osé se montrer aussi égoïstes ? Comment avaient-ils pu brûler les ressources de la planète sans penser aux générations à venir ?

Gwen s'en foutait d'avoir un vélo ou pas. Ça servait tout au plus à franchir quelques dizaines de kilomètres, à aller de sa maison au lycée, de l'océan à la médiathèque, de chez elle à chez Nico, du terrain de sport au supermarché. Autant dire nulle part.

Soudain, elle aperçut Léo-Paul, un ancien élève. Il traînait là, pas vraiment submergé par les demandes. C'était toujours comme ça en fin d'année scolaire. Plus personne n'était prêt à acheter des minutes au marché noir, alors que chacun vivait dans l'attente des résultats et l'espoir ténu d'avoir tout de même réussi. Celui ou celle qui aurait son permis verrait s'ouvrir les portes des cybercafés officiels du centre-ville, où l'accès au réseau restait cher, mais quand même moins qu'avec Léo-Paul. Gwen ne lui avait jamais adressé la parole, mais elle le connaissait de réputation. Sans réfléchir, elle se leva pour l'aborder.

– Tu as ton téléphone sur toi ?

– Parle moins fort ! s'alarma Léo-Paul en vérifiant que personne ne les entendait.

Gwen se dit qu'il en rajoutait, mais en même temps, il n'avait pas tort. Même si tout le monde savait qu'il fournissait un accès Internet illégal, il risquait la saisie de son téléphone, et sans doute une convocation devant le juge. Elle continua donc en baissant la voix :

– Alors ? Tu es dispo ?

– Ouais, pourquoi ? Tu es intéressée ?

– Possible.

Gwen ne savait même pas à quoi elle utiliserait cet accès à Internet, mais le marché noir serait peut-être sa seule option à l'avenir. Elle voulait essayer, juste pour voir. Peut-être aussi pour déjouer le mauvais sort.

– Tu fais la minute à combien ? demanda-t-elle.

– Quarante.

– C'est pas possible, hallucina Gwen. Les autres disent que tu la fais à trente-cinq !

– T'as pas entendu ? Le câble FA-1 a été endommagé par un chalutier. Il est en cours de maintenance, mais ça va prendre du temps, du coup il faut se reporter sur le *Pan European Crossing*. Je suis obligé de répercuter les coûts.

Gwen savait qu'il disait vrai. Elle avait vu ça aux infos, en effet.

– Tu fais comme tu veux, ajouta Léo-Paul. Moi je force personne.

– Bon, OK pour quarante, céda Gwen.

– Tu as ce qu'il faut sur toi ?

– Non, mon argent est chez moi, mais je peux te payer demain.

– Je fais pas crédit.

– C'est bon, tu me connais, on se croise souvent au lycée.

– Désolé. Reviens vers moi quand tu as le cash.

– Tu es sérieux ? protesta Gwen.

Mais Léo-Paul s'éloigna, indifférent. Elle resta là, dépitée. Au même moment, un mouvement général eut lieu, comme provoqué par un signal silencieux mais impérieux. Sous ses yeux, tous les lycéens convergeaient vers le bâtiment de l'administration. Elle tenta d'apercevoir si le proviseur ou la CPE étaient sortis avec la liste, mais elle ne voyait rien. Le tableau d'affichage était masqué par l'attroupement. Gwen se leva pour rejoindre les autres, mais finalement, elle s'arrêta et resta là, seule au milieu de la cour.

Elle n'avait pas envie de voir ça.

Elle voulait rentrer chez elle, s'enfermer dans sa chambre et ne plus penser. Il allait lui falloir marcher plus d'une heure à nouveau, mais alors qu'elle quittait le lycée pour s'engager sur l'avenue qui menait vers l'ouest, elle se fit doubler par la camionnette de la maraîchère qui tenait l'exploitation près de chez elle. Gwen fit de grands signes. Une vingtaine de mètres plus loin, la camionnette s'arrêta et la portière côté passager s'ouvrit. Tiphaine, l'agricultrice, lui fit signe de monter.

– Merci ! dit Gwen en la rejoignant, essoufflée.

– Ton vélo est cassé ?

Honteuse, l'adolescente mentit.

– Oui, mais mon grand-père va le réparer.

– J'en suis sûre, approuva Tiphaine. Il sait tout faire de ses mains, celui-là. Il est passé me voir hier, et il m'a aidée à réparer mon transplanteur.

– Ah, je savais pas.

Gwen tourna la tête pour regarder par la fenêtre. Les histoires de machines agricoles ne l'intéressaient guère. Tiphaine passa la troisième. Sa camionnette hoqueta.

– C'est bientôt le permis, non ?

– C'était ce matin, répondit Gwen.

– Moi, j'avais presque pas révisé quand je l'ai passé. Je m'en foutais un peu.

Gwen dévisagea la maraîchère avec commisération. Décidément, cette femme n'avait pas beaucoup de perspectives.

– C'est pour ça, poursuivit Tiphaine en évitant un nid-de-poule. J'ai vraiment été surprise, quand je l'ai eu.

– Vous avez été reçue au permis ? s'étrangla Gwen.

– Ça ne m'a jamais servi. Pas besoin de réseau pour faire pousser des salades !

Avec bonne humeur, Tiphaine éclata de rire, et ce rire frappa Gwen comme une gifle. La jeune fille regarda les mains de la maraîchère posées sur le volant. Elle avait de la terre sous les ongles et sa peau était abîmée par le travail des champs. Gwen l'avait aidée pour la récolte des tomates, l'an dernier pendant les vacances d'été. Tiphaine était alors enceinte et ça arrangeait Gwen de gagner un peu d'argent. Mais malgré la paye, elle avait détesté ce boulot. Elle, elle avait envie d'autre chose. Quel gâchis... Avoir le permis et ne pas s'en servir !

– Je te dépose ici, dit Tiphaine en s'arrêtant sur le bas-côté. Passe le bonjour chez toi.

Gwen remercia du bout des lèvres et descendit. La camionnette quitta la route pour prendre le chemin de terre qui menait à l'exploitation. La jeune fille la regarda s'éloigner quelques instants, encore sidérée, puis reprit la route. Il lui restait un kilomètre de marche pour rejoindre sa maison. Une nouvelle fois, elle aperçut le *data center*, au loin vers la falaise. Son regard glissa sans intérêt sur la silhouette du bâtiment, mais soudain, quelque chose attira son intention.

Il y avait comme une tache de couleur sur le mur, tout au bout vers l'océan. Du bleu. Elle n'y était pas ce matin, c'était certain. Gwen plissa les yeux, intriguée. Qu'est-ce que ça pouvait être ? Elle fit demi-tour, marcha une centaine de mètres, puis quitta la route de bitume pour emprunter le chemin. Au fur et à mesure qu'elle se rapprochait, elle commença à distinguer une forme plus précise : on aurait dit une vague qui cherchait à s'échapper de la paroi de béton pour rejoindre le large. Arrivée devant le mur, Gwen vit qu'elle ne s'était pas trompée. C'était le dessin d'une déferlante, saisie juste au moment où elle était dressée au plus haut et allait se briser en écume.

Gwen passa la main sur la peinture bleue, encore fraîche, qui laissa un peu de couleur sur ses doigts. Elle recula un peu. C'était beau. Elle se demanda qui avait pu dessiner ça. La vague mesurait au moins deux mètres, peut-être trois. En l'observant mieux, Gwen fronça les sourcils, interloquée.

La déferlante bleue semblait prolonger les lignes que Gwen avait tracées avec le caillou, il y avait de cela quelques heures à peine. Saisie, l'adolescente regarda tout autour d'elle.

– Il y a quelqu'un ? appela-t-elle.

Mais la jeune fille n'entendit que le bruissement du vent dans les herbes folles, et le fracas de l'océan en contrebas. Elle commença une nouvelle fois à faire le tour du *data center*, dans l'espoir de tomber sur la personne qui avait peint la vague, et trouva une échelle couchée dans les bruyères, mais rien d'autre.

Au loin, elle vit passer Nico qui pédalait sur la route à vive allure. Il se dirigeait vers chez elle. Gwen lui fit signe mais il ne l'avait pas vue et il s'éloigna.

À nouveau, l'angoisse lui serra le cœur.

Elle se dit que si elle avait vécu dans les années 2010 ou 2020, elle aurait déjà reçu un SMS de la part de Nico ou de quelqu'un de sa classe lui annonçant ses résultats. Mais aujourd'hui, en 2059, le seul téléphone qui existait dans sa famille était un appareil analogique dont le fil était branché au mur du salon. Dehors, elle était injoignable.

Mais pour la première fois peut-être, elle ne le regretta pas. Elle n'avait pas envie de savoir.

Elle s'assit dans l'herbe et attendit. Elle n'avait toujours rien mangé depuis ce matin, mais elle n'avait même plus faim.

Elle s'allongea, regardant les nuages s'enfuir au loin. Le vent d'ouest était toujours aussi présent.

Quand elle se réveilla, il faisait nuit. Le vent était retombé. Combien de temps avait-elle dormi ? Désorientée, elle regarda sa montre, mais impossible de distinguer les aiguilles dans le noir. La lune n'était pas encore levée. De là où elle se tenait, Gwen ne voyait qu'une seule source de lumière, celle d'une fenêtre éclairée dans la grande villa sur la pointe. Elle décida de l'utiliser pour s'orienter et retrouver la route, puis rentrer à la maison.

Elle avait perdu le chemin tracé au sol et devait progresser à travers les herbes hautes immobiles, mais bientôt, elle atteignit la villa. Au moment d'emprunter la route bitumée pour rentrer chez elle, elle se souvint de la clôture endommagée... Quelque part dans cette riche demeure, il y avait une porte ouverte sur le monde. Elle voulait y aller.

À tâtons, Gwen repéra l'ouverture dans le grillage. C'était là... Avait-elle raison de faire un truc aussi dingue ? Elle chassa cette idée de sa tête. Peu importait de faire des choses sensées. C'était ce qu'elle avait fait toute sa vie, et voilà où ça l'avait menée. Nulle part.

Elle posa les mains sur la clôture, l'écarta davantage et commença à se glisser à travers. Le passage était étroit et elle s'érafla le visage contre un clou mal enfoncé. Elle s'essuya la joue du revers de la main, il y avait un peu de sang, mais elle continua sa progression. En forçant l'ouverture, elle parvint à s'introduire dans la propriété.

L'air embaumait la clématite. Gwen évita de marcher sur l'allée, dont la couleur blanchâtre était visible dans la pénombre ; elle était faite de petits cailloux qui risquaient de crisser sous son pas. La jeune fille progressa sur le gazon épais, et atteignit la villa.

La fenêtre allumée se trouvait à l'étage. En revanche, le rez-de-chaussée semblait désert. Gwen s'engagea sur le perron et posa la main sur la poignée de la porte d'entrée, mais elle était fermée à clé. Elle entreprit de contourner la maison pour trouver un autre accès. À l'arrière, il y avait une porte-fenêtre qui donnait sur la terrasse. Gwen tenta de la faire coulisser. Cela ne fonctionna pas mieux. Mais en continuant le tour de la villa, elle repéra une fenêtre légèrement entrouverte. Elle passa sur l'appui, poussa le battant et sauta à l'intérieur.

Elle se tenait dans la cuisine, plongée dans la pénombre. Ses yeux s'étaient habitués au manque de lumière, et la clarté qui arrivait par la cage d'escalier lui suffisait. Les chiffres rouges de l'horloge du four luisaient dans le coin près de la porte : 23 h 17. Gwen avança lentement sur le carrelage, prenant garde à ne pas faire un bruit. Elle arriva dans l'entrée, où elle remarqua une box qui diffusait le Wi-Fi dans toute la maison. Quel luxe ! Mais comment les gens qui vivaient ici accédaient-ils au réseau ? Était-ce par l'intermédiaire d'un téléphone portable ou d'une tablette ? Est-ce que l'appareil relié à Internet était en ce moment même entre les mains de son utilisateur, à l'étage ? Ces gens étaient-ils assez riches pour posséder plusieurs terminaux ?

Gwen entreprit d'explorer le rez-de-chaussée. Faisant le tour du salon, elle scruta étagères et guéridons. Elle ouvrit tour à tour les tiroirs d'une commode, fouilla dans une armoire, en vain. Mais à côté de la bibliothèque, il y avait une autre porte, qu'elle ouvrit...

C'était un bureau. Un ordinateur trônait sur la table au milieu de la pièce.

Au même moment, comme un signal autorisant Gwen à accéder au réseau, la lumière s'éteignit à l'étage. La villa était maintenant plongée dans le noir complet, à part le voyant vert qui clignotait sur l'unité centrale...

Cherchant l'interrupteur du bout des doigts, Gwen alluma l'ordinateur. Il fit entendre une note de musique qui immobilisa la jeune fille, figée dans la crainte d'avoir été entendue. Mais rien ne bougea dans la maison, et Gwen s'autorisa à poursuivre. Elle se demanda comment trouver le code d'accès, peut-être 0000 ou 1234 ? Impossible, trop facile. Elle cherchait sur le bureau un papier qui lui indiquerait la bonne combinaison, quand elle vit la page d'accueil s'afficher. Elle n'en revenait pas... L'ordinateur n'était pas protégé !

Impatiente, elle cliqua sur l'icône représentant la planète Terre et la fenêtre du moteur de recherche s'ouvrit sous ses yeux.

Elle tira le fauteuil, s'assit devant l'ordinateur et commença son exploration.

Il y avait tout. Là, pour elle.

Elle se connecta sur une webcam qui montrait la place Navone à Rome. Là-bas aussi, il faisait nuit. Des étudiants buvaient un verre en terrasse. S'asseyant virtuellement à leur table, elle eut l'impression d'être avec eux.

Elle joua en ligne avec des inconnus.

Elle échangea des messages avec une fille de son âge qui vivait en Chine.

Elle visita le musée de Louxor.

Elle passa en revue des photos de beaux gosses qui se payaient le luxe de publier des stories presque tous les jours ! Elle leur attribua une note. Elle donna même rendez-vous à l'un d'eux dans un bar à Paris, en sachant qu'elle n'irait jamais.

Elle regarda la météo pour les jours à venir en Australie.

Elle compara les prix exorbitants des deux compagnies aériennes qui desservaient Kuala Lumpur avec un vol mensuel, et choisit son jour de départ la semaine suivante, puis son siège, près du hublot, et enfin son menu, ne s'arrêtant qu'au moment de donner le numéro d'une carte de crédit.

Elle regarda des vidéos de chiens et de chats.

Elle se rendit sur un des rares sites de vente en ligne et remplit un panier de robes, sweats et baskets hors de prix, comme si elle avait les moyens de passer commande.

Elle se sentait tellement à l'aise ! Rien à voir avec ce matin, pendant l'examen du permis. Elle éprouvait tellement de plaisir. Si seulement elle était née dans cette famille…

Mais soudain une voix sévère la saisit.

– Qu'est-ce que vous faites chez moi ?

Tétanisée, Gwen n'osait pas bouger. Une main puissante se posa sur son épaule et l'obligea à se retourner. Le propriétaire de la maison lui faisait face, courroucé. Il était grand et athlétique. Elle le reconnut, elle avait déjà vu sa photo dans le journal. De sa main libre, il tenait un téléphone portable, et sans lâcher Gwen qui ne cria même pas, il composa un numéro.

– Allô, la police ? Une délinquante s'est introduite chez moi.

Quelques minutes plus tard, deux policiers en tenue encadraient Gwen jusqu'à leur voiture, garée devant la villa. La jeune fille tourna la tête vers l'est. L'aube se levait.

Dans la cellule, il n'y avait qu'un banc en béton pour s'asseoir, et ça puait. Tôt dans la matinée, Gwen avait été interrogée par un lieutenant, et elle avait crânement reconnu les faits. Dans chacun de ses mots, elle avait tenté de faire passer tout le mépris qu'elle ressentait pour les flics. Celui-là était sans doute trop jeune pour avoir participé à la répression pendant les émeutes de la faim, mais c'était pareil. Même métier, même mentalité.

Maintenant que l'interrogatoire était terminé, elle attendait. Elle ne se faisait pas d'illusions. Le propriétaire de la villa avait forcément des relations haut placées et allait exiger des poursuites contre elle. Elle était prête à assumer.

Le lieutenant qui l'avait interrogée vint ouvrir la grille de la cellule.

– Dehors, dit-il.

– Vous m'emmenez où ? demanda Gwen en restant assise pour montrer sa mauvaise volonté.

Le policier la regarda avec une moue désabusée. Elle se doutait de la réponse, c'était sûrement l'heure de son transfert au palais de justice. Mais il secoua la tête.

– Tu t'en sors bien. Mais ne recommence pas ce genre de bêtise.

– Je ne suis pas envoyée devant un juge ? s'étonna Gwen, déconcertée.

– Tu es mineure et sans antécédents.

Gwen était presque déçue. Elle se sentait prête à affronter un procès. Elle voulait même se passer d'avocat et faire de sa propre défense une tribune de protestation contre les inégalités d'accès au réseau. Elle se leva.

– Mais alors, insista-t-elle, je serai convoquée quand ?

– Les tribunaux ont autre chose à faire. Maintenant, dehors, j'ai dit. N'oublie pas ton blouson.

– Je vais simplement rentrer chez moi ?

– Je suis censé te faire un rappel à la loi, mais je ne suis pas sûr que ça serve à quelque chose. Sache juste que si tu récidives, tu risques des travaux d'intérêt général.

– Ça fait peur, ironisa Gwen.

– Cette nuit, tu as eu beaucoup de chance, tu sais ça ?

Gwen lui lança un regard sarcastique. Elle avait été prise en flagrant délit, ce n'était pas vraiment ce qu'on pouvait appeler de la chance. Le lieutenant dut deviner son opinion car il précisa :

– D'habitude, cette villa est protégée par une alarme. Hier soir, elle était en maintenance, ce qui explique que tu aies pu te connecter. Tu as cru te montrer plus maligne, mais en réalité, c'était juste un hasard. Un autre jour, ça aurait sonné tout de suite, tu n'aurais même pas eu le temps de t'introduire dans la maison. Tu sais pour combien tu as consommé d'Internet ?

Le policier la regardait, un sourcil levé, attendant sa réponse. Gwen répondit, la tête haute :

– J'ai pas compté.

– Trois mois de salaire pour quelqu'un comme moi.

– Pas de chance, le nargua-t-elle, j'ai pas de quoi rembourser.

Le lieutenant ne répondit pas à sa provocation et se contenta de hausser les épaules.

– Le propriétaire fera jouer son assurance. Mais évite de récidiver. Ça ne se terminerait pas aussi bien.

Et il ouvrit plus largement la grille pour l'inciter à partir enfin. Gwen n'avait même plus de raison de fanfaronner.

– Allez, va-t'en, reprit le policier d'un air fatigué. Ta famille est là. On a eu plusieurs appels de leur part, cette nuit. Ils te cherchaient, ils étaient inquiets pour toi.

Dans le hall, Gwen s'attendait à trouver sa grand-mère, mais c'est la silhouette de son grand-père qu'elle reconnut. Il se tenait de dos, un peu voûté, et regardait par la fenêtre. La jeune fille fit la grimace. Il allait l'engueuler comme jamais, c'était sûr. Ça la saoulait d'avance, mais elle n'avait pas l'intention de se laisser faire. Il était trop mal placé pour la critiquer.

Alors qu'elle approchait, prête à entrer en conflit ouvert, le vieil homme se retourna vers elle, le visage éteint. Il se contenta de dire :

– Viens, on rentre.

L'affrontement n'allait pas tarder, ce n'était qu'une question de minutes. Gwen le suivit hors du commissariat. Elle préparait dans sa tête les phrases qu'elle allait lui opposer. Les mots et reproches gardés trop longtemps au fond d'elle-même étaient là, ramassés en elle, prêts à bondir sur son grand-père.

Celui-ci détacha sa bicyclette d'un poteau.

– On va passer récupérer ton vélo, dit-il. Tu l'as laissé où ?

La veille encore, Gwen appréhendait d'avouer la vérité, mais tout avait changé aujourd'hui.

– Je ne l'ai plus. Je me le suis fait voler.

– Quand ça ?

– Hier, près du *data center*.

Et elle ajouta, pour que les choses soient bien claires :

– Mais je m'en fous. Ça sert à rien, un vélo.

Son grand-père ne réagit pas. Poussant sa bicyclette, il prit le chemin pour rentrer à la maison d'un pas lent. Gwen le suivit. Ils marchèrent un moment et sortirent de la ville, toujours silencieux. Comme il n'engageait toujours pas les hostilités, la jeune fille brisa le silence.

– Si tu attends des excuses pour cette nuit, tu vas être déçu. J'en ferai pas.

Elle guetta une réaction qui ne vint pas. Elle insista.

– La seule chose que je regrette, c'est de m'être fait prendre.

– C'est moi qui aurais dû être arrêté à ta place, répondit brutalement son grand-père.

Gwen ne comprenait pas. Il perdait la tête ou quoi ?

– Oui, c'est moi, répéta-t-il. Toi, tu n'y es pour rien. Non, pour rien du tout.

Déroutée, Gwen l'observa plus attentivement. Elle n'arrivait pas à déterminer s'il lui parlait à elle, ou s'il était plongé dans ses pensées. Il avait l'air égaré et, en voyant ses rides et ses cheveux gris, elle se dit qu'il était vraiment vieux.

D'un coup, la fatigue accumulée depuis la veille lui tomba dessus. Elle avait envie de s'asseoir quelque part au bord du chemin, mais son grand-père continuait à avancer en marmonnant.

– On était de foutus égoïstes. De sacrés cons. Pourtant, on aurait dû voir qu'on allait droit dans le mur. Le monde entier se détruisait sous nos yeux. Mais on préférait regarder ailleurs.

– Je comprends pas de quoi tu parles...

Il tourna enfin la tête vers elle. À ce moment-là, son regard était clair, perçant.

– Je parle de ce qui te met en colère aujourd'hui.

Gwen tressaillit. Jamais auparavant il n'avait reconnu ou accepté ce sentiment chez elle. D'habitude, il l'engueulait chaque fois qu'elle s'exprimait.

– Si on avait réagi à ce moment-là, reprit-il, ça aurait pu marcher. Mais on ne peut pas revenir en arrière pour réparer le passé.

Il avait l'air tellement triste... Gwen était déconcertée. C'était la première fois qu'elle le voyait ainsi. Elle eut envie de lui dire quelque chose, mais quoi ? Que ce n'était pas de sa faute ? Qu'il ne devait pas se sentir coupable ? Impossible, elle ne le pensait pas. Et pourtant, quel sentiment étrange... Elle se rendit compte qu'elle avait pitié de lui. Mais déjà, ils approchaient de la maison.

– Je me suis fait un sang d'encre ! lança la grand-mère de Gwen qui les attendait sur le seuil. Mais qu'est-ce qui t'est passé par la tête ?

– De toute façon, qu'est-ce qui aurait pu m'arriver ? répondit la jeune fille.

– J'ai eu le temps d'imaginer le pire. Un accident sur la route, une chute au bord de la falaise, je ne sais pas, moi ! Tu imagines mon angoisse ? Je n'ai pas dormi de la nuit !

Elle avait des cernes, et Gwen se sentit moins fière.

– Désolée Mamie, répondit-elle sincèrement.

– Enfin, tu es de retour, c'est l'essentiel. Maintenant, dépêche-toi. Tu ne vas même pas avoir le temps de dire au revoir à ton frère !

Gwen pénétra dans la maison. Lohan était en train de descendre péniblement les escaliers avec sa grosse valise. Elle réalisa qu'elle n'avait même pas passé sa dernière soirée avec lui. Qui savait quand ils se reverraient ? Elle sentit sa gorge se serrer. C'était donc bien fini, leurs jeux dans le jardin, leurs disputes pour la salle de bains, leurs concours de lancer de noisettes avec rattrapage dans la bouche... Ce temps-là était passé et ne reviendrait jamais.

Lohan vint vers elle et lui ébouriffa les cheveux. D'habitude, elle détestait ça, mais cette fois, elle ne protesta pas.

– Si tu regrettes, dit-elle d'une voix étrangement enrouée, tu laisses tomber et tu reviens, hein ?

– Promis, répondit-il d'un ton joyeux un peu forcé. Eh, tu vas pas pleurer, quand même !

– Jamais de la vie ! se rebella Gwen.

– Et sinon... Déconne pas trop, p'tite sœur.

Visiblement, il était au courant de son incartade de cette nuit, mais avec un petit sourire aux lèvres, il chuchota :

– N'empêche, c'était bien joué. Des heures d'Internet gratuit, tu te démerdes bien...

Et il éclata de rire avant de s'éloigner. Mais au moment de passer le petit portail de bois, il se retourna vers Gwen.

– Ah au fait, j'ai failli oublier ! Nico est passé. Il a laissé ça pour toi.

Il revint sur ses pas pour lui donner un petit papier plié en quatre. Elle le fourra dans sa poche et resta dans la cour avec ses grands-parents. Tous les trois firent des signes tandis que Lohan chargeait sa valise dans le triporteur d'un ami venu pour l'accompagner à la gare. Quelques minutes plus tard, ils disparurent au détour de la route.

Dans sa poche, Gwen sentait le petit mot laissé par Nico. Que disait-il ? Annonçait-il qu'elle avait finalement obtenu le permis ? Ou au contraire, y avait-il simplement écrit qu'il devait lui parler ? Une façon de la préparer à la mauvaise nouvelle ? Gwen appréhendait tellement cette journée à venir...

Le vélo de Lohan était disponible désormais. Le cadre était un peu grand pour Gwen, mais armée d'une grosse pince de bricolage, elle dévissa la selle et la baissa à sa hauteur.

Dans la maison, sa grand-mère préparait le repas. Ça sentait bon les oignons et les pommes de terre sautées. Son grand-père avait disparu. Gwen alla voir dans l'atelier, mais il n'était pas là. Sans doute dans le jardin en train de semer les courges ou de cueillir les premières framboises. La jeune fille allait ressortir quand elle vit les pots de peinture.

Quelques minutes plus tard, Gwen pédalait sur la route, un seau de jaune accroché au guidon. Elle se dirigeait vers le *data center*. En s'arrêtant au début du chemin, elle vit qu'un autre vélo était déjà attaché à un poteau. Intriguée, l'adolescente regarda tout autour d'elle sans apercevoir personne. Elle accrocha à son tour son antivol et se dirigea vers le bâtiment.

En marchant dans les hautes herbes, Gwen ne savait pas encore exactement ce qu'elle allait écrire sur le mur. Elle improviserait. Peut-être qu'elle dessinerait, elle aussi. La paroi de béton était tellement vaste qu'elle pourrait revenir jour après jour.

Un peu plus loin, elle constata que l'échelle n'était plus cachée dans l'herbe. À la place, quelqu'un avait laissé sa veste. Curieuse, Gwen avança vers la grande vague bleue. Il n'y avait personne, mais en tournant au bout du mur, elle tomba sur l'échelle. Tout en haut se tenait une fille de son âge, un pinceau à la main.

– Salut, lui lança cette dernière.

La tête levée vers le haut, Gwen avait le soleil dans les yeux, mais quand la fille descendit de l'échelle, Gwen constata qu'elle ne la connaissait pas.

– Tu vas où en classe ?

– Au lycée du centre, répondit l'inconnue. Et toi ?

– Moi aussi. Je m'appelle Gwen.

– Et moi Sofia. C'est bizarre, je ne t'avais jamais remarquée.

Gwen aussi était surprise. Elle pensait pourtant connaître tout le monde dans les environs.

– Tu as du jaune ? reprit Sofia. Tant mieux. Moi, je n'avais que du bleu.

– Mon grand-père a pas mal de matériel. Je pourrai apporter d'autres couleurs si tu veux.

– J'aime bien cet endroit, expliqua Sofia en essuyant ses mains sur son jean. J'aurais voulu vivre à cette époque, quand ça marchait encore. Mais bon, c'est pas possible.

C'était troublant... Comme si cette fille pensait exactement la même chose qu'elle.

– J'en ai partout, dit Sofia en essuyant de la main la peinture encore fraîche sur son front. Tu n'aurais pas un mouchoir ?

En cherchant dans sa poche, Gwen sentit le petit mot laissé par Nico. Elle se dit qu'elle le regarderait plus tard.

Cela ne lui semblait plus si important. Soudain, Sofia agita la main et cria vers la route.

– Par ici !

Un garçon de leur âge arrivait à vélo, lui aussi.

– C'est un pote à moi, expliqua Sofia. Ça te dérange pas ?

– Non... répondit Gwen.

– Tu vas voir, il joue super bien de la guitare.

– Mon copain joue de la batterie.

– Faudrait qu'on fasse une fête, proposa Sofia. Ici. On pourrait inviter tes amis et les miens.

Gwen allait répondre avec enthousiasme, mais elle n'en eut pas le temps.

– Oh, regarde !

Elle avait les yeux levés vers le ciel. Un point blanc avançait, très haut dans l'azur. C'était si rare, de voir un avion de nos jours. Quelle était sa destination ? Elle ne le saurait jamais. Et elle n'aurait peut-être jamais son permis...

À ce moment-là, Gwen comprit que sa vie n'était qu'une question de choix. Alors, elle respira un grand coup et se décida. Elle ne vivait pas à la fin du monde.

Elle vivait au début.

MEURTRE DANS LA DOUCEUR

JÉRÔME LEROY

Le premier qui, ayant enclos un terrain, s'avisa de dire : « Ceci est à moi », et trouva des gens assez simples pour le croire, fut le vrai fondateur de la société civile. Que de crimes, de guerres, de meurtres, que de misères et d'horreurs n'eût point épargnés au genre humain celui qui, arrachant les pieux ou comblant le fossé, eût crié à ses semblables : « Gardez-vous d'écouter cet imposteur ; vous êtes perdus si vous oubliez que les fruits sont à tous et que la terre n'est à personne ! »

Jean-Jacques Rousseau, *Discours sur les fondements et l'origine de l'inégalité parmi les hommes*, 1755.

(Bibliothèque des Textes Prophétiques de la Douceur.)

1.

PORT-YOURCENAR

Je vais bientôt rejoindre l'Autre Côté.

Je les vois tous, les Postulants, les Novices et les Quêteurs, venir dans ma chambre, s'agiter autour de mon lit, prendre de mes nouvelles avec un sourire que dément leur regard attristé, parfois au bord des larmes. Cela fait un ballet multicolore et silencieux : robe blanche des Postulants, robe bleue des Novices, robe orange des Quêteurs.

Quand je ferme les yeux, j'entends leurs chuchotements, le bruit soyeux de leurs vêtements et celui des vagues, en contrebas.

Je me souviens du vers d'un poète qui a vécu avant la Douceur. J'étais jeune encore quand je l'avais lu mais il m'a marqué pour toujours : « La mer j'aimerais mourir devant une fenêtre ouverte sur le large. »

Alors voilà, j'y suis.

Je vais bientôt rejoindre l'Autre Côté.

Ils sursautent à chaque fois que je tousse. S'ils n'entendent plus le sifflement de ma respiration, ils viennent à pas de loup près de mon lit. Ils veulent voir si je ne suis pas *passé*. Ils posent leur oreille sur ma poitrine amaigrie. Ils poussent un soupir de soulagement : mon cœur bat encore, faiblement.

Je devine qu'ils sont malheureux, tous. Non, malheureux n'est pas le mot juste : ils savent que je vais rester dans l'Alliance du Vivant, que je serai dans le sable des plages, le chant de l'oiseau, l'abeille qui se pose sur une pêche mûre au cœur de l'été. Mais ils sont inquiets. Ils ont peur que je souffre pendant le passage. Ils ont tort : je suis très fatigué mais je n'ai mal nulle part. Les tisanes à l'ortie et au pavot préparées par le Quêteur apothicaire font des miracles.

Un très jeune Postulant me les fait boire deux fois par jour, en me soutenant le dos pendant qu'on retape mes oreillers. Je sens bien que ma maigreur le surprend à chaque fois, qu'il craint de me casser comme une branche trop sèche :

– Ce n'est pas trop chaud, Vénérable ?

– Non, je te remercie. Tu ne veux pas m'appeler Carlos ? Il y a tellement longtemps que je n'ai pas entendu mon prénom...

Il hésite. Sa jeunesse me rappelle la mienne. On croit toujours que ce sont les vieux qui sont attachés aux titres mais non, ce sont les jeunes. Quand j'avais son âge, j'ai mis longtemps à appeler Adrienne par son prénom, je lui donnais du « Sœur Quêteuse », et ça la faisait sourire.

Je vais bientôt rejoindre l'Autre Côté.

J'ai quatre-vingt-seize ans, peut-être quatre-vingt-dix-sept, je ne sais plus.

Il est temps de m'en aller : j'ai vécu dans la Douceur et ma vie a été belle, en harmonie avec tout ce qui est vivant. Je ne regrette rien. Quand le moment sera venu, et il est bien proche, je le sens dans le moindre recoin de mon corps, j'aimerais que ce soit au matin. C'est à cette heure-là que la mer du Nord est la plus belle, dans l'Archipel des Flandres.

La mer j'aimerais mourir devant une fenêtre ouverte sur le large…

Je la vois, depuis mon lit. Elle s'encadre dans la fenêtre en fragments d'azur entre les toits aux tuiles romaines de Port-Yourcenar. Je vois aussi, sur la gauche, le phare Marguerite et, juste à côté de lui, comme une sœur jumelle, la tour d'un puits de carbone Dacier-Blum, aux panneaux mauves et dorés qui miroitent au soleil. Ils m'éblouissent quand la lumière de trois heures arrive droit sur la tour.

Le Postulant s'en est aperçu. Alors, maintenant, il baisse les stores. La chambre se retrouve dans la pénombre. Je vois voler des grains de poussière dans le soleil filtré par les lames de bois.

– Cela va mieux, Vénérable ?

Je vais bientôt rejoindre l'Autre Côté.

Je fais partie de l'Ordre depuis que j'ai douze ans.

Qu'est-ce qui avait plu en moi à Adrienne, alors que j'étais à peine sorti de l'enfance ? Adrienne revenait d'une expédition dans les ruines d'Amiens. Elle avait fait une halte dans la communauté où j'habitais, Regnière-Écluse, en baie de Somme. C'était un village de yourtes avec quelques bâtiments en dur, près du Crotoy. L'ancienne station balnéaire était désertée parce qu'elle était submergée à chaque marée haute.

Ce jour-là, ma mère était partie pêcher des crevettes et récolter des salicornes, avec son compagnon numéro 3. Elle venait d'avoir un enfant de lui, une petite fille. Tout le monde était tellement heureux. Mon père et l'autre compagnon, le numéro 2, s'étaient passé le bébé en riant.

Une fille ! Enfin une fille !

Il y en avait tellement peu, de petites filles, à l'époque... Les femmes, bien plus que les hommes, avaient payé un lourd tribut lors des Grands Bouleversements. Pendant les guerres incessantes entre clans rivaux, elles étaient victimes de viols systématiques, de massacres, servaient de monnaie d'échange ; elles étaient souvent réduites en esclavage. On avait eu tendance à se débarrasser des bébés filles considérés comme des poids morts. Cela avait provoqué un terrible déséquilibre démographique.

Quand les communautés de la Douceur avaient réussi à se consolider, les femmes étaient si peu nombreuses qu'elles avaient plusieurs compagnons, si elles le souhaitaient.

Adrienne était accompagnée de deux cavaliers, des Novices. Ils n'étaient pas en robe, comme lorsqu'on se trouve à Port-Yourcenar. Ils portaient des tenues plus adaptées, des sortes de treillis : orange pour Adrienne, bleu pour les Novices.

Ils sont descendus de cheval. Ils ont relevé leur visière de protection. Adrienne était une jeune femme brune, aux cheveux longs, aux traits eurasiens. Elle était très grande et ses épaules larges dégageaient une impression de force physique impressionnante.

Ce n'était pas qu'une impression. Plus tard, j'ai pu voir qu'elle était une nageuse émérite, capable d'aller d'une île à l'autre dans l'Archipel, quel que soit le temps.

On leur a apporté de l'eau fraîche, ils ont conduit leurs chevaux jusqu'à l'écurie, et les Amis de Regnière-Écluse, comme il est de coutume dans la Douceur, leur ont offert de passer la nuit dans la Maison des Voyageurs en échange d'un récit de leur expédition à Amiens. Ils le feraient, pendant un repas réunissant tout le monde dans la grande yourte de l'Assemblée, et des musiciens accompagneraient leurs paroles.

Je ne me souviens pas de ce repas, peut-être m'avait-on envoyé me coucher, mais en revanche je me souviens très bien du lendemain matin. Comme chaque jour, depuis trois semaines, je m'étais réveillé très tôt dans la yourte individuelle que je m'étais construite avec l'aide de mon père. J'avais enfilé ma tunique, mes sandales et j'ai pris un livre que je cachais sous mon matelas.

C'était l'*Odyssée*.

Je le cachais parce que ce livre ne provenait pas de l'Arbre-Bibliothèque du village. On trouvait bien un exemplaire de l'*Odyssée* dans l'Arbre, mais le mien avait quelque chose de particulier qui m'était très précieux. Sur la première page, un nom était écrit à la main.

« Samira Kebaïli ».

En dessous, de la même écriture, on lisait « année scolaire 2027-2028 ». Surtout, il y avait ce dessin plié en quatre, entre les pages. Le dessin représentait quatre jeunes, plus âgés que moi, habillés comme dans le monde d'avant. On ne voyait que leurs yeux, le reste des visages était couvert d'un masque comme ceux qu'utilisent parfois les médecins de la Douceur. Au-dessus du dessin était écrit : « Pour Samira, souvenir d'une promenade autorisée. On l'aura, cette saloperie de Covid-28 ! »

Ce jour-là, j'ai quitté ma chambre et j'ai rejoint la grande dune qui nous sépare du Crotoy. Un coq a chanté. Là, dans un creux tapissé par les oyats, mes copains m'attendaient pour que je leur lise l'*Odyssée*. Ils trouvaient que je lisais bien, qu'on voyait les images quand je parlais, que c'était mieux que les pièces de théâtre des troupes itinérantes. On s'est salué d'un coup de coude avant de s'embrasser. Dans la Douceur, on fait les deux pour se saluer : le coup de coude et le baiser. Le coup de coude pour se souvenir des Épidémies, le baiser pour s'aimer malgré tout.

J'ai commencé à lire alors que se levait « l'Aurore aux doigts de rose » comme dit l'*Odyssée*. Une odeur iodée planait dans l'air, la marée était basse et on se serait cru à bord du bateau d'Ulysse.

Soudain, j'ai vu que mes auditeurs ne me regardaient plus, qu'ils fixaient un point derrière moi. Je me suis retourné.

C'était Adrienne.

Comme elle était en surplomb, elle semblait encore plus grande. Depuis combien de temps était-elle là ?

– Tu lis très bien. C'est l'*Odyssée*, non ?

Mon cœur s'est mis à battre plus vite, ma bouche est devenue sèche.

– Comment t'appelles-tu, jeune Ami ?

– Carlos. Carlos Nuage d'Automne.

– Joli nom.

– C'est celui de ma mère. Elle a été baptisée ainsi par ma grand-mère parce qu'elle est née en octobre et que ma grand-mère a regardé un nuage tout le temps de l'accouchement...

Adrienne a souri.

Elle s'est approchée de moi et, pour la première fois, j'ai senti son parfum de cannelle qui devait m'accompagner toute ma vie.

– Tu me montres ton livre ?

Je l'ai tendu en tremblant. Elle l'a feuilleté. Elle a vu le nom de Samira Kebaïli et elle est tombée sur le dessin qu'elle a déplié. Elle l'a regardé longtemps. Il y a eu un coup de vent, du sable est venu me piquer la joue.

– C'est un document très intéressant, Carlos... Ce livre vient de votre Arbre-Bibliothèque ?

Ses yeux noirs me fixaient, le regard n'était pas méchant, plutôt ironique. Je découvrais pour la première fois une des forces d'Adrienne : sa perspicacité.

On ne ment jamais, dans la Douceur. On ne sait plus le faire, ni les adultes, ni les adolescents, ni les enfants. Je sais que dans le monde d'avant, le mensonge était courant. L'*Odyssée* est un récit plein de mensonges. Ulysse aux mille ruses, lui-même, est un grand menteur.

– Non, je... je l'ai trouvé.

– Où ?

J'ai dégluti plusieurs fois. J'ai essayé de fuir le regard d'Adrienne. Mes camarades étaient aussi consternés que moi. Ils savaient très bien d'où venait le livre. Ils savaient très bien que j'avais désobéi aux adultes et que, depuis quelques mois, je profitais de la marée basse pour aller explorer les ruines du Crotoy.

J'ai désigné le Crotoy, au-delà de la dune. On pouvait voir la petite ville semblable à une épave couverte d'algues, avec les deux tourelles d'un ancien hôtel qui dépassaient.

– Tu as le droit d'aller là-bas, Carlos Nuage d'Automne ? a demandé Adrienne.

J'ai essayé d'éluder. C'est peut-être ce qui a plu à Adrienne, cette habileté rhétorique d'un garçon de douze ans : il fallait que je réponde sans mentir mais sans pour autant me trahir. Alors, j'ai récité sur le ton d'un bon élève un des principes de la Douceur :

– « Les Amis de la Douceur sont libres d'aller et venir comme ils l'entendent. »

Les Amis y faisaient souvent référence dans les Assemblées des communautés quand il s'agissait de prendre des décisions.

Adrienne a levé un seul de ses sourcils pour marquer son étonnement – j'ai tenté dans les années qui ont suivi d'imiter cette mimique sans jamais y parvenir – et elle a éclaté de rire :

– Tu es un petit malin, Carlos. Tu as raison, les Amis sont libres d'aller et de venir comme ils l'entendent. Mais quand ils sont adultes, et à condition que cela ne représente pas un danger pour le groupe ! Imagine qu'il te soit arrivé quelque chose. Ta communauté aurait dû partir à ta recherche et d'autres Amis auraient pu se blesser ou mourir à cause de toi.

Une mouette est passée au-dessus de nous, dans un cri qui avait tout du ricanement. Adrienne a demandé :

– Comment tu t'y es pris ?

J'ai raconté.

J'ai raconté ma fascination pour cette ville qui émergeait à chaque marée basse, l'envie d'aller voir depuis l'enfance à quoi elle ressemblait, le calcul et l'observation des marées pour ne pas me faire prendre par les eaux, mes premières tentatives, mes premières expéditions. D'abord prudentes, en me limitant aux anciens quais du port avec ses bateaux de plaisance échoués. Les carcasses s'étaient couvertes de coquillages, les mâts noircis étaient brisés, les phoques me regardaient passer et poussaient des gémissements d'enfants tristes.

J'ai raconté comment j'avais parcouru les avenues bordées de villas qui s'effondraient. J'étais entré à l'intérieur de certaines, j'étais monté dans les étages, là où la mer n'arrivait pas, même à marée haute. J'ouvrais des armoires, des vieilles caisses, je voyais des vêtements, des objets dont j'ignorais à quoi ils servaient. Je mettais les plus petits dans ma musette.

Dans certaines pièces, je me regardais dans des miroirs piqués, l'humidité me faisait frissonner, à moins que ce ne soit la peur de voir des fantômes du monde d'avant. Je sursautais quand un coup de vent faisait claquer une porte, quand des mouettes passaient par les toitures crevées. J'avais pleuré, une fois, en découvrant deux squelettes enlacés sur un lit moisi.

À plusieurs reprises, j'avais failli passer à travers le plancher, je m'étais raccroché *in extremis*, les pieds dans le vide, et je m'étais hissé pour remonter avec l'énergie du désespoir, avant de rester allongé, en sueur.

J'avais trouvé des pièces entièrement tapissées de livres. J'étais depuis tout petit fasciné par les livres, tous les livres. Le compagnon n° 2 de maman s'en était rendu compte et m'avait appris à lire avant même que j'aille à l'Arbre-École de Regnière-Écluse.

J'ai vu, à ce point de mon récit, qu'Adrienne souriait. Son regard était plus attendri qu'ironique. Elle jouait machinalement avec un bouton de sa vareuse.

– Et c'est comme cela que tu as trouvé ton exemplaire de l'*Odyssée* ?

– Oui, et quelques autres livres aussi. J'en aurais bien rapporté davantage mais les cachettes dans ma yourte sont déjà pleines.

– Tu as pris de grands risques, Carlos Nuage d'Automne. Tu t'en rends compte ? Dis-moi, tu veux bien me montrer tes autres trouvailles ?

J'ai soulevé du sable avec mes sandales, j'ai vu le regard inquiet des copains et des copines qui nous écoutaient en silence depuis le début.

– Je n'ai pas envie d'être banni !

Adrienne a éclaté de rire.

– On ne bannit pas les enfants ! Et puis c'est très rare, le bannissement, même chez les adultes. Tu as déjà vu quelqu'un être banni, dans ta communauté ?

C'est Gina, Gina Canicule, une des copines présentes, qui a pris la parole :

– Moi, j'en ai vu un, dans la communauté où je vivais avant. Il est passé avec son B cousu sur sa tunique, on lui a donné de l'eau, j'ai bien vu qu'il aurait aimé rester mais, après avoir bu au puits, il a rendu l'écuelle et il est reparti, sans un mot.

– Et vous autres, a demandé Adrienne, vous en avez vu ?

On a tous fait signe que non.

– Alors, Carlos, tu vois bien que c'est inutile d'avoir peur...

Nous sommes retournés vers le village. Il commençait à s'animer. Des Amis partaient aux champs, d'autres avaient installé leurs métiers à tisser, on entendait les coups de marteau du maréchal-ferrant.

J'ai vu ma mère, qui tenait ma nouvelle petite sœur dans ses bras, en conversation avec les deux Novices dans leur treillis bleus.

– Ah, te voilà, Carlos ! Bonjour, Quêteuse, il y a un problème ?

– Pas vraiment... a répondu Adrienne qui a souri, sans doute pour rassurer ma mère.

Elle a dit à mes copains :

– Allez à votre Arbre-École, il m'a l'air très bien...

Ils sont partis, soulagés. Gina Canicule, seule, est restée un instant. Nous étions un peu amoureux, elle et moi. Ses yeux bleus, entre ses cheveux bouclés, jamais coiffés, ont eu une lueur de regret et elle m'a envoyé un baiser, avant de partir.

Adrienne m'a dit ensuite de filer dans ma yourte, qu'elle me rejoindrait. Elle devait parler à ma mère.

J'ai attendu, j'étais inquiet. Je ne pensais plus être banni, mais d'une certaine manière, c'était pire. Je me sentais coupable. J'allais faire de la peine à ma mère, à mon père, aux compagnons n° 2 et n° 3. J'allais devoir dire adieu à nos repas pris sur la plage tous ensemble, avec mes cinq frères et sœurs, nos baignades en commun, l'odeur du poisson grillé que le compagnon n° 3 savait si bien cuire en y ajoutant des herbes sauvages au goût fruité qui favorisaient les beaux rêves.

Adrienne est enfin arrivée avec ma mère dans ma yourte. Ma mère n'avait plus le bébé et elle m'a pris contre elle en m'embrassant les cheveux :

– Mon petit aventurier, je ne t'en veux pas... J'ai juste eu peur en pensant à ce qui aurait pu t'arriver. Mais ton père et moi, on a toujours su que tu étais curieux. Tu savais à peine marcher que tu traînais chez le maréchal-ferrant à le regarder travailler. Et je ne compte pas le nombre de fois où on t'a cherché parce que tu étais parti sur tes petites jambes droit devant toi, sur la route, comme si tu voulais aller voir ailleurs, plus loin...

J'étais soulagé et j'ai montré mes trouvailles à Adrienne, sous les yeux étonnés de ma mère : Adrienne a regardé la douzaine de livres dont le sens m'échappait parfois, comme ce catalogue d'une exposition Goya au musée des Beaux-Arts de Lille et un livre de cuisine où il y avait beaucoup trop de recettes avec de la viande. Et même la viande de certaines espèces disparues dans les Grands

Bouleversements, comme les canards, les biches, les faisans. Il y avait aussi des romans étranges qui essayaient d'imaginer le futur mais qui n'avaient pas prévu notre Douceur.

– On appelait ça de la science-fiction, Carlos, m'a appris Adrienne. Tiens, ces deux-là ont bien anticipé les Grands Bouleversements : *Tous à Zanzibar* de John Brunner et *Ravage* de Barjavel. Mais je ne connais pas celui-là, *Je suis une légende* de Richard Matheson, ça a l'air intéressant.

La Quêteuse a aussi identifié deux smartphones, un appareil qui servait à faire de la soupe, et trois DVD de François Truffaut que je n'ai pu voir que beaucoup plus tard, quand un Quêteur a réussi à bricoler un vieux lecteur et un écran plat alimenté par nos deux heures quotidiennes d'électricité produites par le puits de carbone Dacier-Blum.

Ensuite, les choses sont allées très vite. Maman m'a demandé si j'étais d'accord pour partir avec Adrienne faire mon apprentissage dans l'Ordre des Quêteurs, comme Postulant. J'ai dit oui, sans hésiter. Je n'avais besoin de rien pour partir, on n'a jamais besoin de rien dans la Douceur puisque tout est à tout le monde. Je suis monté en croupe sur le cheval d'un des Novices.

– N'oublie pas de nous envoyer des nouvelles par pigeon voyageur ou si tu apprends que des Amis de l'Archipel passent par Regnière-Écluse ! a dit ma mère.

Mais j'ai à peine entendu, on galopait déjà et j'ai ressenti une sorte d'ivresse à tracer la route parce que finalement, en dehors de ma communauté et de mes expéditions au Crotoy, je n'avais rien vu du monde. Si j'arrivais à devenir Quêteur, je pourrais enfin voyager.

Il faisait vraiment beau, ce matin-là.

***

Les tisanes à l'ortie et au pavot de l'apothicaire me donnent l'impression de flotter dans l'air mais aussi dans le temps : je m'envole par la fenêtre, je survole les toits dorés des bâtiments blancs de l'Ordre construits autour de l'ancienne villa Yourcenar qui sert désormais aux assemblées générales des Quêteurs.

Je vole au milieu des fous de Bassan et des macreuses noires, je plane sur l'Archipel, au-dessus des îles du Mont-Noir, de Cassel, de Kemmel, de Boeschepe, j'effleure les clochers des beffrois et les dômes des églises des villes englouties qui émergent au ras de l'eau bleue, je vois les sillages d'écume que laissent les chalutiers, j'arrive vers la côte.

Bientôt, c'est le port d'Armentières.

Je survole la campagne environnante, je me sens d'une légèreté merveilleuse, je vois en miniature les champs, les villages aux petites maisons blanchies à la chaux, leurs moulins et leurs éoliennes. Il y a des cavaliers qui galopent pour le plaisir de galoper, une vieille jeep soulève de la poussière…

Soudain, ma respiration s'accélère : je reconnais la communauté de Capinghem, entre toutes les autres.

Et je me souviens du meurtre d'Agnès la Myope.

2.

AGNÈS LA MYOPE QUATRE-VINGTS ANS PLUS TÔT

Ce fut Leïla Mauve qui découvrit, par un petit matin brumeux de septembre, le corps d'Agnès la Myope.

Leïla avait seize ans.

Elle revenait d'un bal au port d'Armentières où elle avait dansé toute la nuit avec son amoureux du moment. Elle n'avait pas vu passer le temps. Elle avait bu trop de bière et s'était laissé embrasser dans un recoin de la salle des fêtes. L'amoureux avait voulu aller plus loin, il lui avait retiré sa couronne de fleurs, l'avait décoiffée. Elle était étourdie par l'alcool et le violon de l'orchestre, elle lui avait dit :

– Je ne me sens pas prête...

Le jeune homme, joliment sanglé dans une salopette de cuir rouge qu'il portait torse nu, l'avait regardée, avait eu un sourire à la fois joyeux et ému, et avait répondu :

– Pas de problème, nous avons le temps, Leïla...

Ils étaient sortis du bal et s'étaient promenés sur les quais. Au loin, on voyait les îles de l'Archipel des Flandres dans la nuit, éclairées par des lumières vacillantes. L'air de la mer fit du bien à Leïla :

– Il faut que je rentre avant le lever du jour, c'est ma journée de travail aux écuries. Et toi, tu vas faire quoi aujourd'hui ?

– Je dois m'occuper des tout-petits à l'Arbre-École Louise-Michel. Je vais leur apprendre les paroles de *L'Âge d'or* de Léo Ferré.

– C'est mon Texte Prophétique préféré ! Tu aimes ça, t'occuper des tout-petits, sinon ? Moi, parfois, ils m'énervent.

– Je préfère encore ça aux semaines où je vide le poisson dans les Entrepôts. On se revoit quand, Leïla ?

– Viens mercredi à Capinghem, je suis libre toute la journée !

Un beau sourire illumina le visage du garçon.

– Je ne pourrai être là que l'après-midi, mais je te rapporterai une langouste de Saint-Jans-Cappel : ce sont les meilleures !

Elle passa les bras autour de son cou, elle l'embrassa une dernière fois, le salua d'un coup de coude et reprit le chemin de Capinghem.

Il y avait sept kilomètres à parcourir mais elle avait un bon pas et elle fit le trajet en moins d'une heure. Elle prit l'ancienne autoroute qui allait de Lille à Dunkerque, mais qui s'arrêtait maintenant presque sans transition à Erquinghem, pour disparaître dans les vagues de la mer du Nord.

C'était plus rapide que par le chemin de la forêt, même si, sur l'autoroute, il fallait se faufiler entre des carcasses de voitures abandonnées soixante-dix ans plus tôt lors du Grand Cyclone. Ce cataclysme avait redessiné tout le littoral de Hambourg à Calais en quelques semaines, après avoir submergé la Maille, ce chapelet continu d'îles artificielles au large des plages, créé en 2040 pour ralentir la montée des eaux.

Quand Leïla arriva à Capinghem, après avoir quitté l'autoroute et regagné la forêt avant de traverser un champ, elle vit, malgré la brume de l'aube, la maison d'Agnès la Myope. La façade était masquée par les grands tuteurs de la houblonnière. Ce serait bientôt le temps de la récolte, et Leïla y participerait toute la semaine suivante.

***

Ce fut sans doute pour cela, comme elle le raconta plus tard lors de l'enquête, qu'elle eut l'idée, avant de repasser chez elle pour se changer et aller aux écuries, de dire bonjour à Agnès la Myope. Il était encore tôt, mais elle savait qu'Agnès la Myope ne dormait plus beaucoup depuis qu'elle avait perdu l'année dernière un enfant quelques jours après sa naissance. C'était une petite fille, de surcroît, qu'elle avait nommée Éphémère quand on avait dressé pour elle le bûcher afin que le corps réduit en cendres puisse rejoindre l'Alliance du Vivant.

Certains, comme le vieil Elpénor, qui avait été Quêteur à Port-Yourcenar avant de prendre sa retraite dans la communauté de Capinghem, disaient que cette habitude remontait aux Grands Bouleversements, quand les pandémies ravageaient le monde et qu'il fallait faire le plus vite possible pour se débarrasser des corps contaminés puisqu'il n'y avait plus ni hôpitaux ni morgues en état de fonctionner.

Agnès avait fait valoir auprès de l'Assemblée son « Droit à la tristesse » et exprimé son désir de vivre recluse avec les trois enfants qu'elle avait déjà eus de deux autres compagnons.

Leïla, comme d'autres Amis, ne renonçait pas à l'idée de guérir Agnès de cette mélancolie et de lui faire retrouver le bonheur d'être au monde. Il ne s'agissait pas de la forcer, non, on ne force personne à quoi que ce soit dans la Douceur, mais de lui parler.

Elle s'approcha de la petite maison blanche. Avec un peu de chance, Agnès lui offrirait un bol de chicorée pour la réchauffer. Leïla avait un peu froid dans cette matinée de fin d'été, et si la fête à Armentières et sa marche vive de nuit lui avaient laissé une sensation de chaleur, celle-ci se dissipait alors que soufflait un vent frisquet.

Elle frappa à la porte bleu marine. Il n'y eut pas de réponse. Agnès dormait sûrement encore, ou elle ne voulait pas ouvrir. Leïla soupira et allait continuer son chemin vers sa propre maison, un peu plus loin, quand elle entendit jouer un loquet et vit apparaître la tête ensommeillée de Zoé, la fille aînée d'Agnès.

Zoé avait seulement ouvert le battant du haut de la porte et avait dû grimper sur un tabouret pour être à la hauteur :

– Leïla ?

– Oui, ma grande... Je t'ai réveillée ? Je voulais voir ta mère mais elle ne veut peut-être pas parler.

– Elle n'est pas là...

Leïla fut surprise. Zoé n'avait pas six ans et Agnès n'était pas sortie de chez elle depuis la mort du bébé. Était-elle guérie de sa tristesse ? Mais alors, pourquoi serait-elle partie de si bon matin ?

Comme si la petite Zoé avait lu dans sa pensée, elle dit d'une voix inquiète :

– Elle est sortie hier soir mais elle n'est pas rentrée...

– Et tes deux petits frères ?

– En ce moment, ils préfèrent être chez leur père...

– Alors tu es toute seule... Tu n'es pas trop inquiète ?

– Si, quand même un peu...

– Tu ne veux pas venir avec moi ? Je pourrais t'emmener à l'Arbre-École...

Zoé fit la moue, mit un doigt dans son nez, ce qui était chez elle un signe de réflexion intense.

– Non, j'ai pas envie. Je préfère attendre maman ici.

– Comme tu veux, ma grande... Mais tiens-moi au courant, d'accord ?

C'était tout de même bizarre, pensa Leïla, qui fit le tour de la maison. Elle vit les plates-bandes à l'abandon et, sur le toit-terrasse, la pergola où se desséchaient des plantes grimpantes depuis que la petite Éphémère était passée de l'Autre Côté.

Leïla sentit soudain son ventre se serrer, la sueur lui couler dans le dos et ses paumes devenir moites. Elle éprouva un sentiment qu'elle n'avait jamais éprouvé jusque-là dans sa vie et qu'elle ne sut nommer que plus tard, quand elle en décrivit les symptômes pendant l'enquête : l'angoisse. Elle était devenue rare dans la Douceur, l'angoisse, et Leïla la rencontrait pour la première fois.

Des oiseaux chantaient dans la forêt qui commençait à quelques mètres derrière la maison d'Agnès.

Le brouillard se leva, de manière soudaine.

Un corbeau apparut dans le ciel bleu, croassant de manière sinistre, et vola vers la forêt. Leïla se retourna pour suivre son vol.

Elle le vit se poser à la lisière, près d'une forme bizarre semblable à un tas de chiffons rouges.

Elle marcha dans cette direction. La rosée mouillait ses sandales et le bas de sa robe de fête en lin blanc.

Elle eut du mal à respirer en reconnaissant un corps.

Le corbeau s'envola.

C'était Agnès, allongée sur le ventre. Ses cheveux roux étaient poisseux de sang. Leïla s'accroupit en tremblant.

– Agnès…

Elle secoua le corps.

Elle le retourna.

Elle vit le visage d'Agnès.

Son visage était en sang. Ses grands yeux vitreux étaient toujours ouverts, derrière ses lunettes à moitié brisées.

Des lunettes fabriquées par les Amis opticiens de Verlinghem. Un joli objet précieux qui avait demandé beaucoup de science et d'habileté.

Bizarrement, ce fut ce détail qui l'horrifia, comme s'il témoignait d'une sauvagerie qu'elle n'aurait jamais imaginée possible.

Alors Leïla hurla, hurla de toutes ses forces.

Et l'on comprit, en entendant dans tout Capinghem un cri comme celui-ci, un cri que nul n'avait jamais entendu auparavant, que le malheur était entré dans la Douceur.

3.

LA PELLE

Très vite, malgré l'heure encore matinale, les Amis arrivèrent en courant puis s'arrêtèrent d'un seul coup devant la scène. Il y eut des cris d'horreur, des sanglots, on se bousculait pour voir puis on se cachait le visage dans les mains.

Agnès la Myope : morte, le visage en sang.

Leïla Mauve : tremblante, à côté du corps.

Elle s'était mise en position fœtale, et sa bouche était ouverte sur un cri qui n'arrivait plus à sortir.

On écarta les enfants et on empêcha la petite Zoé, qui était sortie de la maison, d'approcher. Son père, le compagnon n° 1 d'Agnès, arriva et la prit dans ses bras en lui plaquant le visage contre son épaule.

– Ça va aller, ma Zoé, ça va aller.

Le père de Zoé s'appelait Jans le Grand. Comme tout le monde, il se demandait ce qui avait bien pu arriver et il se sentait incroyablement malheureux. Il aimait Agnès, il avait lui aussi été effondré par la mort d'Éphémère qu'elle avait eue avec son compagnon n° 3, Bilbo de Bruges, qui venait d'arriver.

– Agnès ? demanda Bilbo d'une voix rauque à Jans le Grand.

Ce dernier acquiesça.

Bilbo de Bruges explosa en sanglots :

– Mais qu'est-ce qui lui est arrivé ? Tu as une idée, toi ?

La masse des Amis devant eux les empêchait de voir la scène. Les corbeaux tournaient dans le ciel bleu pâle.

Deux Amies soutenaient Leïla et repartaient vers le centre de Capinghem :

– On va s'occuper d'elle...

Jans le Grand murmura à Bilbo de Bruges :

– Il faut... il faut que tu ailles examiner le corps d'Agnès, c'est toi qui as le plus de notions en médecine dans la communauté. On doit comprendre ce qu'il lui est arrivé.

Bilbo soupira. Il avait juste suivi quelques années de formation dans la communauté de la Nouvelle-Bruges où se trouvait une université de quelques centaines d'étudiants. On leur enseignait l'agronomie, la médecine et les Textes Prophétiques de la Douceur. C'était essentiellement un enseignement pratique et oral. Malgré les trouvailles des Quêteurs dans les ruines, il restait si peu de livres et d'instruments du monde d'avant... L'essentiel des connaissances avaient disparu avec la Grande Panne. Tout le savoir des hommes avait été placé dans des machines qu'on appelait ordinateurs, et ces machines étaient devenues muettes d'un seul coup avant de s'entasser dans des décharges.

Bilbo s'agenouilla près d'Agnès. Il demanda aux Amis de s'écarter. Il essaya d'oublier qu'il faisait face à une femme qu'il avait aimée, qu'il avait tenté en vain de consoler quand elle avait perdu leur enfant.

Il regarda les blessures au visage, retira quelques fragments de verre des lunettes. Il ne comprenait pas. Qu'est-ce qui avait pu provoquer de tels dégâts ? Bilbo se souvint, l'année précédente, qu'on l'avait appelé dans la communauté de Templeuve. Deux Amis y avaient fabriqué de bric et de broc, avec des morceaux de véhicule trouvés sur l'autoroute, un camsol, un camion solaire, pour faciliter le transport du bois de la scierie du village. Ils avaient perdu le contrôle et le camsol s'était fracassé contre des arbres. La cabine de pilotage avait été écrasée. Quand on avait retiré les corps des deux Amis, leurs visages étaient méconnaissables. De plus, Bilbo avait constaté des plaies sur tout le reste des corps, et leurs membres étaient désarticulés, leurs tuniques déchirées... Agnès, elle, n'avait pas d'autres blessures apparentes.

Bilbo eut conscience soudain que si les Amis étaient toujours là, ils étaient maintenant silencieux et le regardaient comme s'il avait la solution à cette horreur. Il détestait cette sensation, être le centre de l'attention : dans la Douceur, la discrétion et la modestie étaient naturelles à chacun.

Il retourna le corps d'Agnès. Il vit que l'arrière du crâne, au niveau de l'occiput, avait été écrasé. Le mystère s'épaississait. Agnès n'avait pas pu heurter quelque chose ou être heurtée *à la fois* de face et de dos...

– Qu'est-ce que tu en penses, Bilbo ? demanda une Amie derrière lui.

– Je n'en sais rien. Elle aurait pu grimper dans un arbre et tomber. Mais pourquoi aurait-elle fait ça ? Et elle aurait des écorchures et des contusions sur le reste du corps.

– Un animal ? Un sanglier ? Il y en a plein en ce moment dans la forêt...

– Pareil... Le reste du corps ne serait pas intact.

On transporta Agnès dans sa maison. On l'allongea sur la table. Jans le Grand passa la petite Zoé à une Amie :

– Tu veux bien l'emmener chez François ?

François du Canal était le compagnon n° 2 d'Agnès, le père des deux petits frères de Zoé. En ce moment, il vivait avec Louise de la Champignonnière, sa nouvelle compagne.

Il régnait maintenant chez tous une vague inquiétude. Les morts violentes étaient rares dans la Douceur. Les Amis mouraient le plus souvent de vieillesse ou parfois de maladies venues du monde d'avant. Mais c'était tout.

Les quelques Amis restés dans la pièce, avec Jans le Grand et Bilbo de Bruges, s'occupaient du corps, nettoyaient le visage d'Agnès avec des chiffons.

– Il faut préparer un bûcher funéraire, dit le vieil Elpénor qui venait d'arriver.

Elpénor, en tant qu'ancien Quêteur, était considéré comme un sage, un mélange de bonté et de savoir qui s'appuyait toujours sur les Textes Prophétiques qu'il connaissait par cœur quand un problème surgissait. Malgré son âge avancé, il avait encore une belle prestance avec son abondante chevelure blanche.

– Je voudrais tout de même savoir de quoi Agnès est morte... dit Bilbo.

– À quoi bon, Ami ? Aidons-la plutôt à rejoindre au plus vite l'Alliance du Vivant.

– Tu as raison, Elpénor...

C'est à ce moment-là que la porte d'entrée s'ouvrit brutalement et qu'apparut un adolescent, le frère de Leïla Mauve, qui brandissait une pelle :

– Regardez ce que j'ai trouvé ! Elle était derrière un arbre, à quelques mètres du corps d'Agnès !

Ce jour-là, personne ne travailla à Capinghem. Malgré la matinée radieuse de la fin d'été, les rues étaient désertes, seulement traversées par des chiens, des chats, des poules. Personne à la taverne, personne aux écuries, personne dans les champs environnants, personne dans les dépôts de nourriture qui étaient pourtant au plus bas car l'année précédente n'avait pas été bonne pour les récoltes.

C'est que tout le monde, sauf les petits qui étaient gardés par une Amie dans l'Arbre-École, était réuni dans la Maison Commune. Elle se trouvait dans la seule construction ancienne de Capinghem : une ferme flamande aux briques rouges constituée de trois corps de bâtiment autour d'une cour où avaient lieu les fêtes, les spectacles et les bûchers funéraires.

L'assemblée était houleuse, des cris d'indignation, de peur, d'incompréhension fusaient de partout.

– Ce n'est pas possible ! disaient les uns.

– Ça n'existe plus depuis les Grands Bouleversements. Dans la Douceur, on n'a jamais vu ça !... disaient les autres.

– C'est quoi, un meurtre ? demandaient les plus jeunes.

Elpénor, qu'on avait désigné pour présider la réunion, regarda Bilbo de Bruges à ses côtés, qui tenait la pelle à la main. Il lui chuchota à l'oreille :

– Qu'est-ce qui t'a pris, Bilbo de Bruges ? Es-tu sûr de connaître le sens de ce mot, « meurtre ? »

Bilbo avait l'air effrayé mais il avait annoncé ce qui lui était apparu comme une évidence. Pendant ses études, il avait appris ce qu'était un meurtre à la lecture des Textes Prophétiques : il s'agissait de tuer quelqu'un intentionnellement. Cela lui avait semblé monstrueux, comme était monstrueux ce qui était arrivé à Agnès la Myope, quand il s'était aperçu que la pelle trouvée par le frère de Leïla était couverte de sang mais qu'on y discernait aussi des cheveux roux collés.

Les mêmes que ceux d'Agnès.

Alors, même si c'était inconcevable, même si ça le terrifiait, oui, pour Bilbo, il s'agissait bien d'un meurtre.

L'assistance se calma enfin. Leïla Mauve, très pâle, posa la question que tout le monde redoutait :

– Mais qui... qui a fait ça ?

Elpénor reprit la parole. Il comprit que les Amis voulaient une réponse. Il sentit des choses qui n'existaient plus flotter dans l'air, comme un poison : la peur, la méfiance, le soupçon.

– Demandons conseil à l'Ordre des Quêteurs. Envoyons un pigeon voyageur à Port-Yourcenar.

4.

L'ENQUÊTE

La Vénérable était dans son bureau.

Par la fenêtre, on entendait les enfants de l'Ordre et quelques jeunes Postulants qui jouaient au football dans une cour. Il y avait des interpellations joyeuses, des coups de sifflet, les bruits du ballon quand on frappait dedans.

Elle soupira et regarda Adrienne, accompagnée d'un Novice de seize ans que l'on disait brillant, Carlos Nuage d'Automne.

Adrienne tenait entre ses mains le billet arrivé tout à l'heure par le pigeon voyageur. Il était signé d'Elpénor. Elle l'avait bien connu quand elle était elle-même Novice :

– J'aimerais que tu ailles voir ce qu'il s'est passé à Capinghem ce matin, Adrienne. Si ce qu'Elpénor dit est vrai, il faut trouver qui a tué cette Agnès la Myope. Tu sais comme moi que même dans les premières communautés de la Douceur qui se sont constituées avant et pendant les Grands Bouleversements, il n'y a jamais eu de… de meurtre. Leurs membres ont dû parfois se battre contre les pillards, ont dû tuer pour cela. Mais depuis près de cinquante ans, personne n'a été assassiné dans la Douceur. J'ai toujours redouté, sans y croire pour autant, un événement de ce genre. Tu comprends ce qu'il signifie, Adrienne ?

– Oui, Vénérable, une rupture dans l'Alliance du Vivant.

– Et ce n'est pas à toi que je vais apprendre que cette Alliance est un équilibre qui suppose le respect de toutes les formes de vie. Même les animaux que nous tuons pour nous nourrir, nous les tuons avec respect, sans oublier de leur rendre hommage quand nous nous en nourrissons. Toute la Douceur pourrait se trouver affectée par un meurtre et on pourrait revenir à l'enfer…

– Pourquoi m'avoir choisie, Vénérable ?

– Parce que je sais que tu as une étrange spécialité au-delà de ton érudition et de ton art des expéditions : tu passes ton temps à lire des romans policiers du monde d'avant et tu as transmis ce goût à ton Novice préféré.

La Vénérable eut un air amusé :

– N'est-ce pas, Carlos ? J'ai entendu dire que l'on t'avait surpris à l'heure du cours d'archéologie contemporaine en train de lire *Les Aventures de Sherlock Holmes* dans le jardin des Hespérides.

Carlos Nuage d'Automne rougit et regarda Adrienne comme si elle pouvait le sauver de la remarque moqueuse de la Vénérable. Mais Adrienne demandait déjà :

– Tu penses que cela pourrait m'être utile, Vénérable ? Ces romans policiers, quand par hasard on en trouve dans les communautés, sont lus comme des contes pour s'amuser à avoir peur, comme on se fait peur avec les péripéties de l'*Odyssée* ou les histoires de fantômes. Les Amis, surtout les plus jeunes, ne se rendent plus compte de la réalité atroce et très concrète que représentait un meurtre... Moi-même, parfois, ces récits me paraissent difficilement croyables.

– Ce ne sont que des romans, Adrienne, bien sûr. Mais tu sais comme moi qu'ils sont une source de documentation très importante, même s'ils sont à prendre avec précaution. Dans la mesure où il n'y a plus de meurtres dans la Douceur, tu pourrais t'inspirer de tes lectures au moins pour la méthode. Nous n'avons pas, louée soit l'Alliance du Vivant, de police dans la Douceur ! Et je n'aimerais pas que cela arrive. Cela signifierait que la Douceur ne serait plus la Douceur et que les Amis redeviendraient des hommes d'avant. Les Grands Bouleversements, malgré leurs horreurs, ont fini par transformer les barbares que nous étions en êtres doués pour l'harmonie et l'amour, en modestes garants de l'Alliance du Vivant... Je ne veux pas t'affoler, Adrienne, ni toi, jeune Carlos, mais cette mission, inédite pour l'Ordre, est capitale...

***

Sur le chalutier qui les embarqua pour aller de Port-Yourcenar au port d'Armentières, Carlos contemplait les jeux de lumières sur les fines voiles solaires au bruit de soie. Adrienne, elle, était accoudée à la proue et réfléchissait aux propos de la Vénérable.

Cette dernière avait raison. Dans les romans policiers, il s'agissait de trouver qui avait tué, bien entendu, mais aussi et surtout pourquoi. On appelait cela le mobile. Quel mobile pouvait avoir un Ami d'en tuer un autre ?

Elle ne voyait pas.

Le vol ? C'était absurde. Comme le disaient sous des formes différentes les Prophètes de la Douceur, des Actes des Apôtres à Karl Marx en passant par Rousseau : *Chacun reçoit ce qui lui est nécessaire*.

Alors, la jalousie, l'envie ? Là encore, l'égalité entre les Amis avait fait disparaître ces sentiments.

Dans les romans policiers, il était enfin souvent question de soi-disant « crimes passionnels ». Adrienne elle-même avait du mal à comprendre la psychologie des personnages. Tuer parce que celui ou celle que vous aimez en aime un ou une autre… Comment ceux d'avant avaient-il pu réagir ainsi ? Cela lui semblait aussi atroce que les sacrifices humains dans les anciennes religions. Alors qu'il était si simple de laisser librement circuler le désir, comme le recommandaient aussi les Prophètes…

Y aurait-il eu à Capinghem quelqu'un qui aurait retrouvé cette pulsion archaïque et aurait tué Agnès la Myope pour qu'elle n'appartienne pas à un autre ?

Ce serait bien inquiétant. Mais comme le disaient souvent les détectives dans ces romans-là, il ne fallait négliger aucune piste.

Carlos s'approcha d'Adrienne pour contempler l'arrivée sur le port d'Armentières.

Le bruit de l'activité contrastait avec le calme des jardins de l'Ordre à Port-Yourcenar, et elle lui fit remarquer des Amis qui entretenaient le puits Dacier-Blum, perchés à une dizaine de mètres de hauteur.

Ils trouvèrent des chevaux à l'écurie. « À moins que vous ne préfériez une jeep au biocarburant », leur proposa le responsable de l'endroit.

Carlos aurait bien voulu en essayer une, mais Adrienne décréta qu'ils iraient aussi vite à cheval et que les jeeps dégageaient une sale odeur de friture.

Ils arrivèrent à Capinghem en fin d'après-midi.

Adrienne fut surprise par le silence lourd qui régnait dans la communauté. C'était une ambiance presque aussi pesante que lorsqu'elle explorait les villes en ruines.

Adrienne et Carlos descendirent de cheval quand ils virent deux hommes qui attendaient. Ils allèrent à leur rencontre.

Adrienne reconnut le vieil Elpénor, qui avait l'air sombre. À ses côtés, un Ami, jeune encore, avait les yeux rougis par les larmes.

Il y eut coups de coude et embrassades.

– Je te présente Bilbo de Bruges. Il est à l'occasion notre médecin et il a aussi été le dernier compagnon d'Agnès, dit Elpénor.

– Où est sa maison ?

– C'est celle-là... indiqua Bilbo. Le corps y repose encore. On l'a préparé pour le bûcher funéraire, mais si vous voulez le voir...

Carlos n'avait pas envie de voir une morte. Les deux squelettes enlacés lors de l'une de ses expéditions d'enfance l'avaient traumatisé, mais Adrienne répondit par l'affirmative.

– Je peux rester à l'extérieur, Sœur Quêteuse ?

– Comme tu veux, Carlos. Mais il faudra bien t'y habituer un jour.

– Je préfère également rester avec ton Novice, dit Elpénor.

Pendant que Bilbo et Adrienne étaient à l'intérieur, Carlos tenta de nouer la conversation avec l'ancien Quêteur, mais Elpénor n'était pas d'humeur à parler. Il jouait machinalement avec la boucle de sa ceinture et répondait aux questions par monosyllabes. Carlos fut étonné par ce manque de courtoisie : les membres de l'Ordre étaient toujours très fraternels entre eux.

Il mit cela sur le compte du choc éprouvé par le vieil homme : un meurtre avait été commis justement dans la communauté où il avait décidé de terminer son existence.

Adrienne et Bilbo ressortirent de la maison. Adrienne, remarqua Carlos, était plus pâle.

– Bilbo, dit-elle, je suis désolée mais je voudrais interroger les trois compagnons d'Agnès et tu en fais partie. Tu m'as dit dans la maison que d'après la rigidité du corps d'Agnès quand tu l'as examiné, elle avait dû perdre la vie environ dix heures auparavant. Cela veut dire qu'elle a été probablement tuée entre la fin de l'après-midi et le milieu de la nuit, avant que Leïla Mauve ne la découvre ce matin, c'est ça ?

Bilbo murmura d'une voix presque inaudible :

– Oui, c'est ça.

– Alors, je vous attends tous les trois à la Maison Commune. Carlos, tu vas t'occuper des chevaux et tu me rejoins. Elpénor, tu viens avec moi ?

– Désolé, Adrienne, mais je suis épuisé.

– Tu peux m'héberger ? On pourrait dîner et discuter du bon vieux temps. J'ai rapporté des huîtres des parcs du Mont-Noir. Tu aimais ça, non ?

– Tu ne préfères pas dormir dans la Maison des Voyageurs avec ton Novice ?

Adrienne marqua un instant d'étonnement. Décidément, Elpénor vieillissait mal. C'était lui qui avait appelé l'Ordre au secours pour cette sale histoire, pourtant. Elle insista :

– Je me faisais une joie, Elpénor, il y a tellement longtemps que l'on ne s'est pas vus.

Elpénor se força à sourire :

– D'accord, mais il faudra que ton Novice dorme sur le toit-terrasse. J'ai une petite demeure.

Adrienne trouva sans problème la Maison Commune et entra sous le regard de quelques Amis dans la salle où, le matin même, Elpénor et Bilbo de Bruges avaient parlé à la communauté.

La pelle était encore sur la table de l'assemblée. Adrienne l'examina en attendant les compagnons d'Agnès la Myope. Les taches de sang et les cheveux collés étaient encore visibles. Un Ami qui s'occupait de la maintenance du lieu lui proposa d'allumer l'électricité si elle le voulait.

– Je te remercie, mais les lampes à huile iront très bien.

Comme beaucoup d'Amis dans la Douceur, Adrienne préférait l'éclairage donné par les feux de cheminée, les bougies ou les lampes à huile. Cela sculptait les visages en silence alors que l'électricité, avec ses ampoules, produisait un bourdonnement désagréable et donnait aux gens une allure maladive.

Les trois compagnons successifs d'Agnès la Myope, Jans le Grand, François du Canal et Bilbo de Bruges, arrivèrent ensemble, une heure après. Adrienne se demanda au nom de quoi elle allait se permettre d'interroger ces trois hommes manifestement si malheureux.

Car il s'agissait bien d'un interrogatoire.

Elle détestait à l'avance les questions indiscrètes qu'elle devrait leur poser. Elle porterait atteinte à leur liberté et ça, c'était très grave. Puis elle repensa au corps d'Agnès, elle regarda la pelle et se dit qu'il fallait savoir. Alors, elle les questionna sur leur alibi, comme on disait dans les romans policiers.

Aux heures où aurait pu être commis le crime, Jans le Grand et Bilbo de Bruges jouaient ensemble au petit marteau, un jeu flamand traditionnel, à la taverne de Capinghem. François du Canal, lui, était en famille avec les trois petits garçons qu'il avait eus d'Agnès et Louise, sa nouvelle compagne.

Adrienne vit au fond de la salle son Novice qui avait terminé de s'occuper des chevaux.

– Tu peux aller vérifier si ce que disent ces trois Amis est vrai ?

Les hommes en face d'elle étaient trop accablés pour s'indigner qu'Adrienne mette leur parole en doute.

Au bout d'une heure, Carlos revint. Il frissonnait car la nuit était tombée et qu'il avait dû courir d'un bout à l'autre de la communauté.

– Alors, Carlos ?

– Alors, ils ont dit la vérité. Une dizaine d'Amis peuvent témoigner qu'ils ont bien vu Jans et Bilbo jouer au petit marteau jusqu'à deux heures du matin. C'était une partie acharnée. Et puis ils sont repartis chez eux. Je ne crois pas qu'ils auraient été capables de commettre ce... ce meurtre, comme tu dis. Ils titubaient parce qu'ils avaient abusé du genièvre...

Les deux intéressés n'eurent même pas l'air soulagés.

– Et pour François du Canal ?

– D'après Louise, il était bien chez eux. D'ailleurs, elle m'a dit qu'un des deux petits garçons d'Agnès a eu de la fièvre. François est parti chez une voisine qui s'y connaît en tisane vers trois heures du matin. La voisine est venue avec sa tisane et elle est restée avec les parents à veiller l'enfant jusqu'à l'aube. Ils se souviennent très bien, d'ailleurs, d'avoir entendu le cri de Leïla Mauve quand elle a découvert le corps...

– Tu as fait un excellent travail, Novice... dit Adrienne.

– Oui, mais je n'ai pas aimé ça. Interroger des Amis comme ça, je trouve que ça ne se fait pas.

Adrienne pensa que Carlos avait raison. Ça ne se faisait pas. Celui qui avait commis ce meurtre n'avait pas seulement abîmé l'Alliance du Vivant, il les avait aussi obligés, Carlos et elle, à se comporter comme des... comment disait-on, déjà, dans les romans policiers ? Comme des flics. Voilà, c'était le mot.

Elle se tourna vers François du Canal :

– Pourquoi ne m'as-tu pas parlé de ton enfant malade ?

– Je... je n'en sais rien, Quêteuse. C'est la première fois qu'on m'interroge ainsi, qu'on me soupçonne. Je... je ne sais plus où j'en suis entre la mort violente d'Agnès et ta façon de procéder.

Lui aussi avait raison. Comme Carlos. La situation était malsaine, contraire à tous les principes de la Douceur.

Adrienne se leva, salua les trois hommes d'un coup de coude et d'une accolade qu'elle essaya de rendre la plus chaleureuse possible, mais elle sentit bien que Jans, François et Bilbo restaient raides, presque méfiants.

Elle en éprouva un vrai chagrin.

C'était la première fois, depuis qu'elle faisait partie de l'Ordre, qu'elle regrettait d'être une Quêteuse.

5.
ELPÉNOR

Les choses ne s'arrangèrent pas quand Adrienne arriva chez Elpénor avec Carlos Nuage d'Automne.

La bourriche d'huîtres qu'elle avait rapportée et les deux bouteilles des Coteaux de l'île du mont Kemmel ne rendirent pas leur dîner plus plaisant. Elpénor montrait un visage fermé, avait des accès de mauvaise humeur.

Carlos ne savait quelle attitude adopter et le regardait avec des yeux effarés. Comment un ancien Quêteur pouvait-il être aussi désagréable ? Il avait pourtant une jolie maison, avec des dessins d'enfants sur les murs. Il y avait aussi une petite bibliothèque où, malgré l'éclairage pauvre de la lampe à huile, on distinguait les tranches usées des Textes Prophétiques de la Douceur.

Carlos n'arrivait pas à se réchauffer et ne comprenait pas pourquoi Elpénor n'avait pas proposé de faire un feu dans sa cheminée, ce qui mettait toujours une note de gaieté dans les maisons. Peut-être n'y avait-il pas pensé ?

– Alors, qu'a donné ton enquête, Adrienne ? demanda Elpénor, le regard vide.

– Les compagnons d'Agnès la Myope sont hors de cause...

– Ça ne m'étonne pas.

– Mais il faut bien que quelqu'un ait tué Agnès...

– Oui, à moins que nous nous trompions, à moins qu'il s'agisse d'un accident. Tout n'est pas explicable. Je ne t'ai pas demandé de venir pour forcément trouver un coupable mais surtout pour avoir ton avis... Ton goût des romans policiers te pousse peut-être trop loin. Dois-je te rappeler qu'Agatha Christie ne fait pas partie des Textes Prophétiques ?

Adrienne, décidément, ne reconnaissait plus Elpénor. C'était lui qui avait appelé l'Ordre au secours, c'était lui qui avait parlé d'un meurtre.

– Et la pelle ? demanda Carlos. C'est quand même une preuve, non ?

Les yeux d'Elpénor se perdirent dans le vague :

– Oui, la pelle, bien sûr, la pelle...

– Tu la connaissais, toi, Agnès la Myope ? demanda Adrienne.

– Pas tellement, en fait. Je la voyais aux assemblées, mais c'est tout.

Un lourd silence s'installa. Elpénor semblait vraiment ailleurs.

– Allons dormir, dit-il au bout d'un moment. Toi, Carlos, prends des couvertures et va sur le toit. Adrienne, tu peux t'installer ici. Je vais aller dans ma chambre si ça ne vous dérange pas.

Adrienne eut du mal à s'endormir. Elle n'avait jamais connu d'insomnies auparavant. Elle était dans cette zone vague où l'on ne sait pas au juste si on dort ou si on est éveillé. Elle allait enfin sombrer quand un hurlement déchira la nuit.

Elle se redressa d'un seul coup, en sueur.

Elle entendit Carlos descendre précipitamment du toit.

Le hurlement venait de la chambre d'Elpénor. Elle y entra, Carlos derrière elle. Le vieil homme était réveillé, les yeux grands ouverts, et il continuait à crier comme s'il n'arrivait pas à s'extraire d'un cauchemar. Cela arrivait, auparavant, à ceux qui avaient connu les Grands Bouleversements. C'était le cas d'Elpénor, quand il était tout petit et qu'il avait perdu toute sa famille dans le Grand Cyclone. Adrienne avait du mal, parfois, à se représenter l'horreur qu'avaient traversée les êtres humains à cette époque, les traumatismes qui restaient si vifs chez ceux de cette génération qui, comme Elpénor, étaient maintenant devenus des personnes âgées mais dont l'enfance avait été une longue succession d'atrocités.

Elle s'approcha de lui prudemment.

Il ne fallait pas se montrer brutal dans ces cas-là, disaient les médecins qui avaient baptisé ce phénomène de cauchemar éveillé le SYRES, le Syndrome du Réveil des Survivants. Ils avaient connu de telles violences que ces terreurs nocturnes pouvaient déclencher des crises cardiaques ou laisser la personne dans un état catatonique pour le reste de son existence.

Carlos se bouchait les oreilles. C'était insupportable. Au bout de quelques minutes, Adrienne comprit ce qu'Elpénor hurlait de manière difficilement compréhensible.

Le prénom d'Agnès.

Étrange, tout de même.

Ce n'était pas un cauchemar où Elpénor se retrouvait à l'époque des Grands Bouleversements. Et pourtant, il avait prétendu ne connaître Agnès que de vue. Adrienne lui épongea le front.

Il s'arrêta d'un seul coup, retomba sur son oreiller et se mit à ronfler comme si de rien n'était.

– Qu'est-ce qu'il a eu ? demanda à voix basse Carlos. Un SYRES ?

– Je ne sais pas. Sans doute...

– C'est « Agnès » qu'il hurlait, non ?

– Je crois...

– Mais...

– Allons plutôt dormir, Carlos... Demain, il fera jour.

Le lendemain matin, Elpénor avait l'air de meilleure humeur. D'un signe, Adrienne fit comprendre à Carlos de ne pas lui parler de la nuit et du cauchemar.

– Vous allez repartir pour Port-Yourcenar, alors ? demanda Elpénor en coupant du pain et en remplissant les bols d'une chicorée odorante.

– Oui. J’ai réfléchi. Tu as peut-être raison pour l’accident inexplicable. Et puis tu sais, de toute manière, même s’il y a eu meurtre, peut-être serait-il plus sage de ne pas ébruiter l’affaire. Ce sera un cas isolé. Les Amis oublieront. Tout rentrera dans l’ordre. On ne va pas risquer d’ébranler tout l’édifice de la Douceur pour une malheureuse exception. En tout cas, c’est ce que je dirai à la Vénérable quand je ferai mon rapport.

Pour la première fois depuis leur arrivée, un sourire illumina le visage d’Elpénor.

– Adrienne, je pense comme toi. Peut-être même n’aurais-je pas dû vous appeler… Mais votre venue aura calmé la Douceur, surtout si tu dis toi-même à toute la communauté que tu crois à la thèse de l’accident.

Carlos, indigné, voulut parler mais sentit sous la table Adrienne lui envoyer un coup de pied.

– Nous allons faire un petit tour dans Capinghem avant de repartir. Ta chicorée était délicieuse. J’en rapporterais bien à Port-Yourcenar.

– Je t’en donnerai un peu, dit Elpénor, mais tu sais quel été de sécheresse nous avons connu après un printemps glacé. Nos entrepôts ont juste de quoi nous permettre de traverser l’hiver… Nous comptons, comme toutes les communautés de la province, sur les réserves de poisson fumé du port d’Armentières et de l’Archipel…

– Oui, je sais. Le climat fait à nouveau des siennes depuis deux ans, même avec les puits Dacier-Blum…

Quand ils furent dehors, laissant Elpénor à ses lectures, Carlos explosa :

– Je ne te comprends pas, Sœur Quêteuse ! Je ne suis qu'un Novice mais il est évident que ce n'est pas un accident. Agnès la Myope a été assassinée. Il faut savoir pourquoi. N'est-ce pas toi qui me disais que la Douceur courait un danger mortel ? Et là, tu t'apprêtes à mentir à tout le monde...

Adrienne, qui dépassait d'une tête Carlos, le regarda de ses yeux bridés en souriant :

– Bien sûr, tu as raison. Mais as-tu songé que celui ou celle qui a tué Agnès a pu le faire en croyant sauver la Douceur, au contraire ?...

– Qu'est-ce que tu veux dire ?

– Une intuition. Suis-moi.

Elle demanda à une Amie qui passait en promenant un petit garçon sur ses épaules où était la maison de François du Canal.

– Tu le soupçonnes encore ? demanda Carlos.

Adrienne ne répondit pas. Elle était presque détendue, elle en oubliait la crainte dans les yeux de l'Amie qui l'avait renseignée.

Elle frappa à la porte ornée d'une peinture représentant une chouette.

François ouvrit, un petit garçon accroché à ses jambes. Son sourire s'effaça en voyant Adrienne et Carlos.

– Encore toi, Quêteuse ?

– Je ne vais plus t'embêter longtemps, François. C'est bien chez toi que se trouve Zoé, elle n'est pas encore retournée chez son père ?

– Non, on a préféré la laisser avec ses frères pour lui changer les idées. Même si elle n'a pas vraiment vu le corps, elle a éprouvé un choc.

– Je voudrais lui parler...

– C'est vraiment nécessaire ?

– Plus vite nous aurons réglé cette affaire, plus vite Capinghem retrouvera le calme de la Douceur.

– Elle te parlera seulement si elle en a envie ! Je ne l'obligerai pas, c'est clair ?

Il appela Zoé. Elle apparut sur le seuil, encore endormie.

– Adrienne voudrait te parler, tu veux bien ?

Adrienne s'accroupit et regarda Zoé.

Elle passa la main sur la joue de la petite fille. Carlos se souvint alors de ce qui se racontait chez les Quêteurs. Adrienne avait plusieurs fois été enceinte mais elle avait perdu les bébés. Les médecins de l'Ordre avaient diagnostiqué, à la quatrième fausse couche, une maladie qui avait traversé les générations, venue de l'époque des Grands Bouleversements. On voyait encore aujourd'hui des Amis naître avec des malformations ou mourir en deux jours à cause d'une simple grippe.

La caresse d'Adrienne eut un effet miraculeux sur Zoé qui lui adressa son plus gentil sourire. Sans doute Adrienne avait mis dans cette caresse tout l'amour qu'elle n'avait pas pu donner.

– Bonjour, Zoé. Je m'appelle Adrienne...

– C'est toi qui es venue en bateau ? J'aimerais bien voir l'Archipel, un jour...

– Tu en auras l'occasion, j'en suis sûre... Dis-moi, Zoé, tu veux bien me montrer les roses de ton jardin ? Elles ont l'air très belles...

Zoé la prit par la main et elles allèrent toutes les deux, seules, vers un magnifique massif.

– Avant, il y en avait des comme ça chez maman. Et puis quand Éphémère a rejoint l'Autre Côté, elle ne s'est plus occupée de rien...

– Ça se passait comment avec ta maman ?

– C'était triste mais je voulais rester avec elle pour la consoler. Parfois, j'y arrivais. Puis elle recommençait à pleurer. Elle disait qu'Éphémère était morte à cause du manque de nourriture.

– C'est vrai ?

– Je ne crois pas. Personne n'a eu beaucoup à manger quand elle portait le bébé parce que les récoltes, elles n'avaient pas été bonnes. Mais mon papa, Jans, il disait que tout le monde avait eu selon ses besoins, que maman était très malheureuse et qu'elle cherchait une explication pour Éphémère pour se sentir moins coupable.

Une guêpe vint se poser sur une rose thé. La température se réchauffait. Ce serait une belle journée sur la Douceur.

– Qui apportait à manger, pendant que ta maman restait enfermée avec toi ?

– Des Amis comme Bilbo et François, papa, d'autres aussi. Ils essayaient de parler avec maman mais elle ne voulait pas.

– Elle ne laissait entrer personne ?

– Si, quand même...

– Ah bon, qui ça ?

Les yeux de Zoé s'illuminèrent. La guêpe s'envola.

– Elpénor. Il est très gentil... Lui, il savait parler à maman. Il arrivait à la consoler. Il passait chaque soir.

Adrienne fit un effort colossal pour ne pas montrer son trouble à la petite Zoé.

– Est-ce que tu te souviens s'il était là le soir où ta maman est...

– ... est passée de l'Autre Côté ? Ne t'inquiète pas. On m'a expliqué... Je suis triste mais je sais que maman est partout autour de moi.

Zoé fit un geste gracieux de ses deux bras, comme si elle allait commencer une danse, pour montrer le ciel, les roses, un chat qui passait...

Adrienne prit Zoé dans ses bras et lui donna un baiser :

– Alors, parle-moi d'Elpénor, ce soir-là...

– Je ne sais pas trop, mais à un moment donné, ils ont parlé fort, comme s'ils étaient en colère... Et puis ils sont sortis tous les deux, parce que je les ai encore entendus, mais du dehors. Je me suis rendormie et le matin, quand Leïla m'a réveillée, j'ai vu qu'il n'y avait plus personne dans la maison...

***

Plus tard, quand tout fut terminé, Adrienne expliqua à Carlos que le plus étrange dans cette enquête, ce n'était pas le mobile du meurtrier. Non, le plus étrange, ce fut sans doute cette espèce de sixième sens qui saisit Elpénor quand Adrienne et Carlos eurent quitté sa maison. Elpénor les suivit, de loin, et fut à peine surpris de voir Adrienne tenir Zoé par la main devant le massif de roses.

Elpénor resta caché derrière une charrette. Peut-être que Zoé ne dirait rien. Peut-être qu'elle n'avait rien vu.

Il entrevit à travers les planches disjointes Adrienne se redresser. Elle souriait à Zoé mais une ride soucieuse traversait son front.

« Personne ne me comprendra, songea Elpénor, qui sentait le poids de la tristesse sur ses vieilles épaules. Je ferais mieux de quitter Capinghem, me perdre dans la Douceur. »

Il revint vers sa maison. Il regarda une dernière fois la pièce où il avait prévu de finir ses jours. Il devina l'odeur encore présente de cannelle d'Adrienne qui avait dormi sur le divan. Il prit un seul livre dans sa bibliothèque, un des Textes Prophétiques les plus lus et commentés de la Douceur : le *Discours sur les fondements et l'origine de l'inégalité parmi les hommes* de Rousseau.

Elpénor le mit dans sa besace et alla aux écuries de Capinghem. Il vit les montures d'Adrienne et de son Novice. L'Ami qui était en charge des chevaux ce jour-là salua Elpénor et lui demanda :

– Tu as besoin d'un cheval ? Celui-là ? C'est Gris-Nez... Tu le ramènes quand ?

– Cet après-midi, je vais faire un tour à Armentières, me baigner à la plage d'Erquinghem.

– Tu as bien raison, Elpénor... C'est l'époque de l'année où la mer est la meilleure, elle a eu tout l'été pour se réchauffer...

À peine sorti de Capinghem, Elpénor prit la direction opposée à la mer et s'enfonça dans les terres, plein sud. Il trouverait bien une communauté, très loin, en Ligurie par exemple, où il était sûr de ne pas croiser de Quêteurs. Il vivrait avec sa culpabilité mais aussi la consolation d'avoir sauvé la Douceur.

Soudain, il entendit un bruit de galop derrière lui.

Il reconnut le treillis orange d'Adrienne. Il fit accélérer sa monture, mais Adrienne était meilleur cavalière et lui coupa le chemin.

Son cheval se cabra, il bascula en arrière et se retrouva à terre. Sa chute fut douloureuse. Il tenta de se redresser. Sa besace s'était ouverte et, au milieu de ses objets de toilette répandus, il y avait le livre de Rousseau.

Déjà, Adrienne le dominait de toute sa haute taille.

Il tenta de se redresser.

Sans violence, mais fermement, le pied botté d'orange d'Adrienne le renvoya au sol et l'immobilisa en appuyant sur son torse.

– Je crois que tu as des choses à me dire, Elpénor.

– Tu me fais mal, Adrienne…

– Toi aussi, Elpénor, tu me fais mal et tu nous as fait mal à tous, dans la Douceur. Maintenant, il faut que tu parles.

6.
LES AVEUX

Ce fut Carlos Nuage d'Automne qui transcrivit les aveux d'Elpénor lors de l'Assemblée extraordinaire de la communauté qui eut lieu le soir même avec tous les Amis présents. On peut encore en consulter le texte dans la Bibliothèque de Port-Yourcenar, sous le titre *Dossier Capinghem.*

« Comme tous les anciens Quêteurs qui ont décidé de vieillir dans une communauté, je me suis retrouvé, au bout de quelques mois, à jouer un rôle que je n'avais pas forcément souhaité, celui d'un sage, parce que ma vie avait été consacrée à l'étude et aux expéditions. J'étais invité dans les Arbres-Écoles, on me demandait conseil... Quand Agnès la Myope a perdu Éphémère, je suis allé la visiter. J'étais le seul auquel elle ouvrait sa porte.

« J'ai été touché par cette jeune femme rousse qui sombrait dans le désespoir sous le regard de Zoé et de ses petits frères quand ils n'étaient pas chez leurs pères respectifs. Je tentais d'expliquer à Agnès que la vie avait raison, qu'elle aurait d'autres enfants. Mais elle finissait toujours par pleurer : elle ne supportait pas ce vide en elle, elle sentait toujours l'odeur d'Éphémère.

« Je venais tard, en fin de journée. J'avais remarqué qu'Agnès était plus calme à ce moment-là. Au bout de quelques semaines, une chose m'a intrigué. Elle ne touchait pas aux rations que lui apportaient les Amis mais elle n'avait pas l'air de maigrir.

« À quel moment me suis-je aperçu qu'elle avait perdu la raison ? Vous savez tous que dans la Douceur, nous n'enfermons plus les fous, comme aux époques barbares. Nous les laissons vivre parmi nous. Ce qu'on appelle la folie est d'ailleurs très relatif. Il n'empêche, celle d'Agnès m'a terrifié lorsque j'en ai compris la nature.

« Je ne vous demande pas de me pardonner mon crime, je vous demande de comprendre qui je suis, quel enfant j'ai été. Qui, dans cette communauté, est aussi vieux que moi ? Qui a vu ses parents mourir dans des épidémies, sa grande sœur violée dans les ruines radioactives de Lille ? Qui peut savoir, dans sa chair, les atrocités de l'Effondrement et mesurer cette chance merveilleuse que l'on a de vivre dans la Douceur ? Qui, à part quelques vieillards comme moi qui bientôt ne seront plus parmi vous ?

« Quand j'ai demandé à Agnès de quoi elle se nourrissait, ce soir-là, elle a éclaté d'un rire méchant comme je n'en avais plus entendu depuis l'enfance, quand j'étais un petit garçon terrifié errant avec sa famille à la recherche d'un abri alors que le monde s'effondrait ; et elle m'a dit : "Il est hors de question que je mange la nourriture apportée par les Amis. Ils essaient de se racheter d'avoir tué Éphémère."

« Elle rendait responsable la communauté de la mort de son bébé lorsqu'il avait fallu se rationner après nos mauvaises récoltes. Évidemment, c'était faux. "Mais ça n'arrivera plus, Elpénor, ça n'arrivera plus." Quand je lui ai demandé pourquoi, elle m'a regardé sans répondre. Il y avait dans ses yeux une joie mauvaise. J'ai monté le ton : "Tu n'as pas le droit d'accuser les Amis, Agnès !"

« Elle a continué de se taire, en restant la bouche ouverte, les yeux perdus. J'ai eu peur que nous ayons réveillé Zoé qui dormait à l'étage. Brutalement, elle est sortie de son hébétude et a crié : "J'ai tous les droits depuis la mort d'Éphémère, tu comprends, Elpénor ? J'ai le Droit à la tristesse, j'ai aussi le droit d'assurer moi-même la subsistance de mes enfants ! Suis-moi, tu vas comprendre ! Prends une torche dans le cellier. Tu verras..."

« J'ai obéi et, une fois la torche allumée, je l'ai suivie dans la forêt. On a marché longtemps, très longtemps. Par moments, au-delà des lisières, je devinais des masses plus noires que la nuit : les premières ruines annonçant l'ancienne métropole lilloise, là où j'avais fait tant d'expéditions quand j'étais Quêteur.

« Nous sommes arrivés dans une clairière et là, j'ai vu la catastrophe effroyable qui s'annonçait.

« Il y avait un grand potager, des serres et, à côté, une cabane de planches à la porte verrouillée par un cadenas. Dans la Douceur, nous ne fermons plus à clef. Agnès avait dû trouver ce cadenas chez un brocanteur qui le proposait comme accessoire décoratif. Mais j'ai vu aussi un autre détail angoissant : le potager était entouré de rouleaux de fils barbelés qui m'ont rappelé les camps de réfugiés de mon enfance et qu'on n'utilise plus, dans la Douceur, que pour empêcher nos vaches et nos moutons d'être attaqués par les loups ou les sangliers.

« Même si je devinais déjà ce qu'il en était, j'ai demandé, la gorge serrée :

– Qu'est-ce que c'est, Agnès ?

– Tu vois bien, c'est un potager. Mon potager. Dans la cabane, j'ai mes outils et une réserve de pommes de terre. Je n'aurai pas peur de l'hiver qui vient.

– Et pourquoi ce cadenas, ces barbelés ?

– Mais parce que c'est *à moi* ! Tu comprends, *à moi* ! Et à personne d'autre !

« Elle avait hurlé.

« L'affolement m'a envahi.

« C'était un cauchemar, un véritable cauchemar.

« En un éclair, j'ai cru qu'à cause d'Agnès, tout allait recommencer. J'ai paniqué.

« Son chagrin l'avait rendue folle et avait fait renaître, au fond de cette forêt, ce qu'il y avait eu de pire chez les hommes du monde d'avant : la propriété ! Ceux qui ont étudié le Prophète Rousseau savent qu'il a expliqué que ce qui nous a conduits aux Grands Bouleversements, ce qui a failli tous nous tuer, c'est la propriété !

« À partir du moment où quelqu'un a décidé que tel morceau de terre est à lui et à personne d'autre, qu'il n'est plus question de partager, il ne peut plus y avoir d'Amis comme dans la Douceur. Seulement de la violence, de l'horreur, cette horreur qui avait englouti mes parents et ma sœur dans les Grands Bouleversements ! Parce que comprenez-moi bien, Amis : si vous commencez à croire que quelque chose est à vous et seulement à vous, vous serez prêts à tuer celui qui veut vous le prendre. Et que celui qui veut vous le prendre, lui aussi sera prêt à vous tuer. C'était ça, le monde d'avant, et Agnès, sans le savoir, l'avait reconstruit dans un coin de forêt.

« Ma peur s'est changée en fureur. J'aurais dû rester calme, revenir avec Agnès, parler avec elle, exposer le problème à l'Assemblée, mais je n'étais plus moi-même. J'ai revu le corps de ma sœur massacré par les pillards. J'ai revécu comme dans un cauchemar la terreur qui avait été la mienne quand je n'étais qu'un petit garçon affamé qui se battait avec d'autres enfants pour disputer sa nourriture, alors que des hommes en treillis riaient en nous regardant et pariaient sur celui qui survivrait.

« Ce potager et cette cabane mal éclairés par la torche étaient un danger mortel pour la Douceur. Alors, j'ai poussé violemment Agnès qui est tombée à terre dans un gémissement. J'ai commencé à arracher les piquets qui entouraient le potager. J'ai brisé une serre. J'ai piétiné les plantations.

« Mais Agnès s'est relevée, je me suis retourné et je l'ai vue, les yeux écarquillés, qui brandissait une pelle et s'apprêtait à m'ouvrir le crâne. J'ai évité le coup de justesse. Malgré sa force démesurée, j'ai réussi à lui arracher la pelle. J'étais toujours aussi furieux et, sans réfléchir, je l'ai frappée avec au visage. Elle a comme pivoté sur elle-même, en sang, étourdie. Elle a eu la force de s'enfuir en criant, à travers la forêt. Je l'ai poursuivie. Il fallait que je fasse disparaître avec elle cette idée maudite de la propriété.

« Je l'ai rattrapée après une longue course, alors que nous allions sortir du bois et que nous arrivions près de chez elle. Je lui ai assené un deuxième coup, de toutes mes forces, sur l'arrière du crâne.

« Elle s'est effondrée.

« J'ai marché quelques pas, j'ai lâché machinalement la pelle.

« Je l'avais tuée.

« Je me répétais ce mot.

« Je n'avais jamais tué personne, même dans ma jeunesse, à l'époque où nous étions encore armés, quand nous étions les premiers Quêteurs et qu'il fallait parfois affronter les pillards dans les ruines.

« Je suis revenu chez moi, je n'ai pas dormi de la nuit. J'ai essayé de me convaincre qu'en tuant Agnès, j'avais tué le virus de la propriété et sauvé la Douceur.

« Mais j'avais sous-estimé l'émotion dans la communauté. J'avais espéré qu'on ne comprendrait pas qu'il s'agissait d'un meurtre. J'avais prévu de retourner dès que possible au potager d'Agnès et de le détruire complètement, même s'il était bien caché dans la forêt. Je n'en ai pas eu le temps. Quand il a fallu calmer tout le monde, lors de l'Assemblée, presque malgré moi, j'ai suggéré de faire appel aux Quêteurs. J'espérais juste qu'ils ne comprendraient pas, eux non plus, ce qu'il s'était passé.

« C'était tellement inconcevable. Je tentais de me rassurer. Leur enquête ne donnerait aucun résultat, ils repartiraient, on oublierait... Mais quand j'ai vu que c'était toi, Adrienne, qui avais été envoyée, j'ai su que ce serait plus compliqué, que tu finirais par découvrir la vérité.

« À vrai dire, aujourd'hui, je suis soulagé que vous sachiez la vérité. Je suis un meurtrier. En tuant Agnès, j'ai finalement été plus dangereux pour la Douceur que cette malheureuse qui avait au moins l'excuse du chagrin et de la folie... »

Les aveux d'Elpénor plongèrent Capinghem dans la stupéfaction. On se désola de l'étrange maladie d'Agnès qui, enfermée dans son chagrin, avait cru pouvoir se rassurer en décidant de ne plus partager ce qu'elle cultivait.

Il faudrait désormais faire attention, dans la Douceur, à ce que d'autres Amis ne contractent pas cette maladie. Qu'on prenne davantage soin d'eux pour ne plus courir un tel risque.

Adrienne intervint à la fin des débats.

Elle proposa, au nom de l'Ordre, que les Quêteurs fassent connaître dans les autres communautés ce qui s'était passé à Capinghem. Qu'on donne un récit détaillé de l'affaire et des copies des aveux d'Elpénor. Cela serait un document utile à tous pour prévenir le danger qu'avait prophétisé Rousseau, mais aussi le danger à vouloir faire justice soi-même.

Ensuite, on vota le bannissement d'Elpénor.

Pendant que le bûcher funéraire d'Agnès brûlait dans la cour de la Maison Commune, un B fut cousu par Adrienne elle-même sur la tunique d'Elpénor.

Certains Amis, heureusement peu nombreux, auraient voulu pour Elpénor une peine plus sévère, et pourquoi pas la mort ? Ce fut la première fois que Carlos vit Adrienne en colère. Elle garda pourtant un ton glacial et dit :

– Très bien ! Qui est volontaire parmi vous pour tuer Elpénor qui a tué Agnès ? Et qui sera volontaire pour tuer celui qui aura tué Elpénor ? Et ainsi de suite... Comprenez bien que nous sommes la Douceur, tous. La mort d'Elpénor ne nous rendra pas Agnès. Ni même le fait de l'enfermer dans un endroit que ceux du monde d'avant appelaient des prisons. Dans les romans policiers que je lis à Port-Yourcenar, j'ai découvert que même à cette époque on trouvait aux meurtriers ce qu'on appelait des *circonstances atténuantes*. Pour moi, le passé d'Elpénor, son enfance atroce ne sont pas des excuses pour le meurtre d'Agnès, mais son acte doit nous inciter à nous comporter en vrais Amis, à comprendre sa réaction sans pour autant l'excuser.

Il y eut, dans la communauté de Capinghem, alors que brûlait le bûcher funéraire d'Agnès la Myope, un murmure d'assentiment avant que ne soit repris par tous, comme un refrain devant les flammes : « Nous sommes la Douceur. »

Le bannissement d'Elpénor ne fut même pas un véritable bannissement. En raison de son grand âge, Adrienne et Carlos le ramenèrent à Port-Yourcenar où il termina sa vie, enfermé dans une petite chambre, à écrire une *Vie de Jean-Jacques Rousseau*.

Adrienne, elle, cessa d'aimer les romans policiers et elle ne lut plus que de la poésie, même quand elle fut élue Vénérable, avec un goût particulier pour l'*Odyssée* dont elle conserva toute sa vie l'exemplaire trouvé jadis par Carlos Nuage d'Automne dans les ruines du Crotoy.

Le Vénérable Carlos Nuage d'Automne, pour sa part, bien des décennies plus tard, passa de l'Autre Côté, paisiblement, en regardant la mer mêlée au soleil.

Et, aux dernières nouvelles, aucun autre cas de l'étrange maladie d'Agnès la Myope n'a plus jamais vu le jour dans la Douceur où, pour l'éternité, si la terre n'est à personne, les fruits sont à tous...

Note : le vers cité par Carlos, « La mer j'aimerais mourir devant une fenêtre ouverte sur le large », est de Jacques Darras, dans *L'Indiscipline de l'eau. Anthologie personnelle 1988-2012* (Gallimard/Poésie).

POSTFACE

Comment penser les futurs ?

J'ai commencé à lire de la science-fiction à l'adolescence, en piochant dans la bibliothèque de mon père. Au-delà de l'émerveillement propre à ce genre et qui fit son succès, j'ai rapidement été attiré par les questions sociales et politiques que les auteurs de science-fiction soulevaient. Après la publication en 1972 du rapport du Club de Rome, portant sur les liens entre conséquences écologiques de la croissance économique, limitation des ressources et évolution démographique, la fin des années 1970 fut propice à la publication de nombreuses écofictions décrivant une humanité confrontée à (sur)vivre ou à renaître dans un monde de moins en moins habitable. Si la science-fiction met volontiers en scène des catastrophes ou des mondes post-apocalyptiques qui ne se produiront sans doute pas ainsi, la question de l'habitabilité de notre planète reste plus que jamais d'actualité car, depuis cette époque, les moyens industriels dont elle dispose ont tellement augmenté que leur usage menace le fonctionnement écologique de la Terre. L'unité de compte est d'ailleurs devenue le nombre de planètes nécessaires à une humanité qui poursuivrait son développement en persistant dans la logique actuelle. La modernité industrielle s'est installée comme si l'on pouvait puiser indéfiniment dans les ressources matérielles et énergétiques, sans se soucier de l'environnement. Cette époque est révolue. Il est grand temps d'agir pour prévenir les conséquences de nos actions. Encore faut-il avoir sous la main les outils mentaux adaptés et stimulants. La science-fiction pourrait être l'un d'eux, car certaines de ses anticipations portaient sur ces questions écologiques.

Au cours de son âge d'or, entre les années 1930 et 1960, une large partie de la science-fiction a été imprégnée par un optimisme technologique qui pouvait paraître moins sensible aux enjeux écologiques, voire dédaigneux à leur égard. Ces visions résultent de la manière dont s'est enrichi le genre durant cette période, à force d'inventions et de prouesses tant techniques que scientifiques. Une tendance qui n'a pourtant pas effacé toute trace des questions écologiques. Le sujet a gagné en importance à partir des années 1970, à cause de l'accumulation des menaces sur la biosphère terrestre. Les inquiétudes ont monté au point que la fin de la civilisation actuelle est devenue une hypothèse non seulement envisageable, mais aussi propice à de nombreux récits d'anticipation. La science-fiction ne manque donc pas de scénarios pour imaginer comment une civilisation évolue, comment elle est mise en péril, comment elle se délite suite à un déclin progressif ou un effondrement rapide. Ces textes visaient à déconstruire les fondements de sociétés dites avancées, soulignant aussi leur fragilité. La responsabilité des humains dans la dégradation de l'environnement s'oppose à leur orgueil quand ils s'estimaient être, grâce à leurs outils techniques, « maîtres et possesseurs de la nature ». Même si les descriptions sont souvent pessimistes, voire apocalyptiques, la mobilisation de cet imaginaire donne l'occasion de réfléchir aux façons de penser des voies d'adaptation aux perturbations qui s'accumulent. Les différents scénarios de mondes porteurs d'espoir qui sont déployés dans les six nouvelles du recueil *Renaissances* reflètent quatre domaines d'exploration privilégiés de la science-fiction à l'affût du futur.

D'abord, la science-fiction propose des récits qui donnent matière à réflexion. Elle produit des idées renouvelées et originales qui offrent l'occasion de prendre de la distance. Face à l'apparente absence d'alternatives au système dominant (le fameux *There Is No Alternative* attribué à Margaret Thatcher, alors Première ministre du Royaume-Uni), la somme de récits de science-fiction constitue un répertoire des possibles dessinant les multiples futurs : l'avenir n'est pas fermé, comme nous le montre Nathalie Stragier dans sa nouvelle « La Fin du monde ».

Ensuite, la science-fiction fabrique et simule des mondes. Elle imagine des systèmes physiques et sociaux décalés dans l'espace et dans le temps, en définissant les règles propres à un nouveau modèle de société. L'un de ses avantages sur la littérature conventionnelle est qu'elle tient très visiblement compte des enjeux techniques émergents. C'est même l'un des thèmes principaux de la nouvelle de Nadia Coste, « Solange de Paris », avec ses fermes urbaines pour nourrir les villes, et de celle d'Yves Grevet, « Cueilleurs de vent », déployant un monde où l'énergie, rare, devient un enjeu.

Troisièmement, la science-fiction est un réservoir d'idées politiques. Il serait facile d'écarter cette proposition de façon condescendante en ramenant ses œuvres à un simple exercice d'imagination débridée. Mais ce serait ignorer ce que des œuvres majeures ont apporté, tels *Le Meilleur des mondes* d'Aldous Huxley (1932) ou *1984* de George Orwell (1949). Bien sûr, on ne découvrira pas dans la science-fiction des schémas idéaux ou des recettes prêtes à l'emploi. Il s'agit plutôt de repérer les propositions alternatives de ces récits. Sur quelles bases construisent-ils les moyens d'atteindre une situation soutenable et de garder une planète habitable ? Comment s'organise la vie collective ? Quelle place y tiennent les techniques ? Y a-t-il des fictions sur l'avenir planétaire qui n'annulent pas les chances d'un avenir meilleur ? La dimension politique de la science-fiction est une évidence à la lecture des nouvelles « La Ferme au chapeau vert » de Florence Hinckel et « Meurtre dans la douceur », de Jérôme Leroy. Elles installent, chacune, une organisation avec des règles de fonctionnement claires pour faire face, par exemple, à un événement dramatique. La violence n'est donc pas un phénomène ignoré, mais elle est abordée avec toutes ses conséquences, notamment judiciaires.

Enfin, la science-fiction pose les bases d'une « éthique du futur », expression du philosophe allemand Hans Jonas (1903-1993). Il la définit comme « une éthique d'aujourd'hui qui se soucie de l'avenir et entend le protéger pour nos descendants des conséquences de notre action présente ». Le poids de l'écologie dans la science-fiction nous renvoie à un futur dans lequel l'habitabilité de la planète repose sur la responsabilité de tous, d'une génération à l'autre. La nouvelle de Christophe Lambert, « La Fresque », révèle que, dans l'adversité, une communauté de vie est aussi soudée par l'art et l'imaginaire.

Vous l'aurez compris, la science-fiction ne cherche pas à prédire l'avenir. En faisant un pas de côté, elle nous aide à nous interroger sur le présent. Du coup, la viabilité des scénarios des six nouvelles de ce recueil, qui doit être posée s'il s'agissait de les mettre en œuvre, compte moins que l'ouverture mentale qu'ils favorisent. Dérouler et tester à l'aide de la fiction littéraire des choix de société, comme une sorte de boussole de navigation vers l'avenir, s'impose comme un exercice indispensable pour se libérer de la tyrannie du court terme. N'oublions pas aussi les enjeux cachés derrière l'anticipation de l'avenir, activité qui peut aussi conduire à l'orienter pour satisfaire des intérêts particuliers. Ne nous laissons pas contaminer par les visions d'un milliardaire s'improvisant astronaute, de technoprophètes ou de groupes voulant préempter l'avenir. Il n'est pas déterminé par avance, et nous devons forger ensemble celui que nous espérons.

La science-fiction représente, comme le dit le manifeste de Zanzibar, un collectif d'auteurs et d'autrices de science-fiction, l'endroit idéal pour « se rencontrer, penser et commencer à désincarcérer le futur ».

Roland Lehoucq
Membre du comité scientifique de l'exposition *Renaissances*

Roland Lehoucq est astrophysicien au CEA (Commissariat à l'énergie atomique et aux énergies alternatives) de Saclay. Chercheur, enseignant et vulgarisateur, il tient également une rubrique scientifique dans la revue de science-fiction *Bifrost*. Il préside depuis 2012 le festival international de science-fiction Les Utopiales à Nantes. Il est directeur de la collection « Parallaxe » aux éditions du Bélial (spécialisées en SF), où il anime également la rubrique « Scientifiction » de la revue *Bifrost*. Il a écrit la postface de l'anthologie *Premiers Contacts* (Mango, 2005).

L'EXPOSITION « RENAISSANCES »

Trois questions sur l'exposition *Renaissances* à la Cité des sciences et de l'industrie.

Pouvez-vous nous présenter en quelques mots le projet de l'exposition ?
Inégalités sociales, pollution, dérèglement des écosystèmes vivants, changement climatique, surconsommation de ressources et d'énergie... Le monde actuel est menacé par de grandes perturbations. La pandémie de Covid-19 en est une. Simultanément à une prise de conscience généralisée, les imaginaires se développent. Ils suscitent des angoisses individuelles ou collectives mais aussi l'espoir et l'envie de créer. Si un changement brutal survenait, quels choix s'offriraient à nous pour imaginer un monde différent, « renaître », construire de nouveaux fondamentaux de vie ?
Alternant entre introspections personnelle et collective, et analyses de la société actuelle et des avenirs possibles, l'exposition *Renaissances* fait appel aux émotions des visiteurs et à leur envie de les décrypter. Tour à tour joueur, décideur, co-constructeur, le visiteur sera immergé successivement dans trois environnements fictifs :
– 2023, un stage de survie : un jeu en forêt ;
– 2029, un effondrement : un film de fiction interactif ;
– 2045, un renouveau : une installation sonore qui décrit d'autres vies possibles.

Chaque fiction sera analysée et décodée par des experts scientifiques.

En quoi l'anthologie de fictions co-éditée avec Syros qui accompagne l'exposition est-elle inédite ? Quelle dimension supplémentaire cet ouvrage propose-t-il au public ?
Nous avons souhaité toucher plus directement nos publics adolescents en ouvrant notre politique éditoriale à la fiction jeunesse, ce qui est nouveau. Les rapports entre la science et les imaginaires ont déjà été à l'affiche de la Cité des sciences et de l'industrie avec deux grandes expositions à succès, *Star Wars l'expo* en 2005, puis *Science (et) science-fiction. Aventures croisées* en 2010, montrant que la science-fiction est un chemin de traverse précieux vers la connaissance. Nous n'avions pas publié de littérature, mais un essai de l'astrophysicien Roland Lehoucq *Faire de la science avec* Star Wars, et un riche catalogue d'exposition sur la SF.
L'anthologie prolonge la troisième partie de l'exposition en approfondissant six thèmes : l'alimentation, la santé, l'éducation, l'énergie, la communication et le vivre ensemble. Le lecteur découvre six mondes porteurs d'espoir où, après qu'une forme d'effondrement a eu lieu, d'autres voies doivent être inventées. Quant à la postface de Roland Lehoucq, elle offre le regard d'un scientifique sur ces créations littéraires. Il s'agit d'évaluer « la licence littéraire » sur le monde d'après selon des critères scientifiques mais sous l'œil complice d'un spécialiste de SF.

Que nous apportent les auteurs et autrices de science-fiction dans ces six nouvelles ?
C'est clairement un appel à leur imagination et à leur sensibilité d'écrivains jeunesse. La fiction est synonyme d'exploration et le

champ des possibles est grand ouvert. Dans les nouvelles, les difficultés, les écueils, mais aussi les bonheurs d'une vie quotidienne se trouvent ainsi réinventés pour tenter de découvrir de quoi demain pourra être fait. Un roman d'un seul auteur aurait peut-être limité nos perspectives à un seul univers.

LES AUTEURS ET AUTRICES

NADIA COSTE

Nadia Coste est convaincue qu'il suffit de rencontrer le roman qui nous correspond pour basculer dans le monde des lecteurs… C'est pour cela qu'elle écrit pour la jeunesse : pour donner le goût de lire avec des histoires simples aux émotions fortes. Elle a écrit plus d'une vingtaine de romans à destination des enfants, des adolescents ou des adultes (qui aiment les livres pour la jeunesse). Chez Syros, on lui doit *Ascenseur pour le futur* (« Mini Syros +, Soon », 2014), *Papa de papier* (« Tempo », 2018) et *Comment je suis devenue un robot* (« Tempo », 2019).

FLORENCE HINCKEL

Florence Hinckel est née en 1973. Après une licence de programmation analytique, elle devient professeuse des écoles, avant de se consacrer entièrement à l'écriture. Elle a publié de nombreux romans jeunesse, dont *U4. Yannis* et *U4. Contagion* chez Syros. Pour enfants ou adolescents, elle aime explorer tous les genres, avec une affection particulière pour le roman d'anticipation. Sa formation initiale lui permet de nourrir une réflexion critique sur l'intelligence artificielle, les réseaux sociaux, le transhumanisme… Son dernier roman chez Syros, *Ce qui fait battre nos cœurs*, a paru en août 2019.

CHRISTOPHE LAMBERT

Après des études de cinéma, Christophe Lambert a réalisé plusieurs courts-métrages, puis travaillé pour la télévision. Il est aujourd'hui une signature bien connue de la littérature de jeunesse, mais aussi de la littérature adulte, auteur d'une trentaine de romans : romans policiers, d'aventure, de fantasy et de science-fiction. Il est également professeur de scénario dans une école de réalisation audiovisuelle parisienne, la MJM. Chez Syros, il publie en 2021 un nouveau roman pour les adolescents, *Si tu vois le Wendigo*.

YVES GREVET

Yves Grevet habite dans la banlieue est de Paris, où il a enseigné en classe de CM2 jusqu'en juin 2015. La trilogie *Méto*, qui l'a fait connaître, a été récompensée par 13 prix et traduite en 8 langues. Il est aussi l'un des auteurs de l'aventure U4 chez Syros (*U4. Koridwen, U4. Contagion*). Il s'est essayé à de nombreux genres littéraires et fait vibrer les lecteurs et lectrices de tous les âges. Son ambition ? Partager avec celles et ceux qui le lisent « des sensations, des émotions, des réflexions ».

NATHALIE STRAGIER

Nathalie Stragier a grandi à Tourcoing, dans le Nord. À dix-neuf ans, elle intègre la Fémis à Paris, département scénario. Dès sa sortie de l'école, elle participe à l'écriture de séries télé. En 1995, elle remporte la bourse de la Fondation Hachette/Jean-Luc Lagardère « jeune scénariste télé ». Elle écrit par la suite plusieurs téléfilms. Depuis quelques années, tout en poursuivant son activité de scénariste, elle invente des histoires pour « J'aime lire » ou « Je bouquine ». Chez Syros, elle a publié la trilogie *La Fille du futur* et *Signe particulier : Transparente*. Elle initie une nouvelle série dans la collection « OZ » en 2021 : *Grand appartement bizarre*.

JÉRÔME LEROY

Jérôme Leroy est né en 1964 à Rouen et a été professeur de français dans différents collèges du Nord. Il se consacre désormais à la littérature. Il est auteur de romans et de nouvelles qui appartiennent souvent au roman noir ou à l'anticipation, et de poésie. Aux éditions Syros, on lui doit *La Grande Môme* (« Rat noir », 2007), *Norlande* (« Rat noir », 2013), *Macha ou l'évasion* (hors-série, 2016), *Les Filles de la pluie* (« Mini Syros +, Soon », 2018), et la série *Lou, après tout* (dont le dernier tome, *La bataille de la Douceur*, a paru en janvier 2020).

TABLE DES MATIÈRES

N° d'éditeur : 10264511
Achevé d'imprimer sur Roto-Page en février 2021
par l'Imprimerie Floch à Mayenne
N° d'impression : 97605
Imprimé en France

MIXTE
Papier issu de
sources responsables
FSC® C022030